Pruszak · Bernsteinweg

H. Joachim Pruszak

Bernsteinweg

Ullstein

Verlag Ullstein GmbH · Berlin · Frankfurt/M · Wien

Satz: Alfred Utesch GmbH, Hamburg
Druck und Einband: Ebner Ulm
Printed in Germany 1983
ISBN 3 550 06477 2

I

An jenem Tag rissen sie der kleinen Hannah die Puppe aus dem Wagen und pinselten sie schwarz an. Ihr Vater konnte ihr nicht helfen, denn er mußte sich verstecken.

Ich aber ging am Nachmittag ins Kino. Das war mir fast immer verboten, aber an jenem Tag durfte ich es. Obwohl der Großvater tot war und wir alle noch in Trauer, durfte ich es, denn es war ein Märchenfilm.

Ich saß dann in jenen Stuhlreihen. Man kann den Sitz hochklappen, wenn man klein ist, und in der Hocke sitzen. Bei Pat und Patachon hatten wir getobt. Da brauchten wir keine Stühle. Es war zum Irrewerden: Sie spülten die Heringsköpfe vom Deck und fielen in den Kakao! Pat hatte eine Wanne voll Kakao gekocht, und dann kamen die großen Wellen. Der Hans Buttgereit sagte, damit ist Windstärke sieben gemeint. Und die Amerikaner haben Schiffe, die diese Windstärke spielend aushalten. Sie haben die besten Schiffe, sie kämpfen nur auf der falschen Seite. Und das heimlich. Denn sie sind Freunde der Engländer. Aber in Wirklichkeit sind sie so gute Leute wie Pat und Patachon. Und überhaupt sind die Amerikaner meistens eigentlich Deutsche. Es war zum Kreischen: Pat konnte den Schlauch nicht mehr halten, Patachon torkelte, und dann fielen sie in den frisch gekochten Kakao. Der war garantiert noch heiß, denn die Luft blieb ihnen weg. Sie schrien. Das hörte der Kapitän. Der war immer wütend, weil sie soviel Unsinn machten. Er raste über die Planken des Schiffes, und weil Pat den Schlauch nicht mehr halten konnte, wurde der Mann von oben bis unten naßgespritzt. Die Mütze flog über die Reling, seine goldenen Orden flatterten wie Schmetterlingsflügel. Die waren aus Blech und garantiert nur vergoldet. Wir tobten und kreischten vor Lachen. Konnten beim besten Willen nicht sitzen bleiben. Der Kapitän prustete und drehte sich im Kreis. Gertchen Wittmoser sagte: Jetzt kriegt er einen Herzanfall. Gertchen wußte solche Sachen, weil sein Vater Arzt war. Das hätte ja nun jeder gern gesehen, wie das ist, wenn der Kapitän einen Herzanfall kriegt. Vielleicht japst er dann wie ein gejagtes Huhn – hui mit dem Fahrrad, und die Hähne verflattern sich. Sie sind noch feiger als die Hühner. Aber der Kapitän japste nicht. Er kam gar nicht dazu. Er fiel zu den beiden in den Kakao. Rutschte. Wollte das nicht. Konnte sich aber nicht halten. Brüllte, und drin lag er. Wir tobten. Wir rissen die Mädchen an den Haaren. Pat biß den Kapitän ins Ohr! Das kam daher, weil Pat den Mund offen hatte und heimlich von dem Kakao trinken wollte. Das war wirklich der tollste Film. Das sagten wir laut auf der Straße, und Hans Buttgereit sagte: Der Führer sollte sich unbedingt mit den Amerikanern verbünden und ihnen alles verzeihen, wenn sie auch verweichlicht sind, aber sie können Filme machen, sie können das, und solche Filme haben unsere Soldaten an der Front nötig. Nur Gertchen sagte: Kein deutscher Kapitän hätte sich so unmöglich benommen. Und das stimmte ja auch. Bei unserer Marine undenkbar. Niemals hätte der Führer das erlaubt.

Heute war es ganz anders: Der Inder küßte den Ring, und wenn er den Ring küßte, erschien die Prinzessin. Der Inder war sehr arm. Aber in Wirklichkeit war er ein

Prinz. Er wußte das nur nicht. Es wurde dann alles gut. Ganz anders, als ich es glaubte. Der Zauberer hatte es auch nicht geglaubt. Der starb, und seine Hände verkrallten sich. Als sich seine Hände verkrallten, grölten ein paar vorn in der ersten oder zweiten Reihe. Die Platzanweiserin ging dorthin. Aber sie wurden von selbst still, denn inzwischen war die Prinzessin wieder zu sehen, und der Inder hatte ein strahlendes Gewand an. Die Augen der Prinzessin wurden sehr groß sichtbar, und zwei Tränen – genau aus den Augenwinkeln kommend – sollten wie Perlen aussehen. Der Inder hatte einen Federbusch auf dem weißen Turban. Aber nur ihre Gesichter waren wichtig. Es war nun wieder unmöglich, genau hinzusehen, als sie sich küßten. Aber die Hauptsache, sie küßten sich. Bestimmt oft. Und dann war da noch ein großer Fluß. Ein Boot fuhr unter einer Brücke hindurch. Waren die beiden darin? Ende.

Es gab jetzt nur eins: Schnell nach draußen. Mit niemandem reden. Wer will auch ein Wort sagen? Ganz weit fort sein. Wir sind alle noch fort und schieben uns aus diesem Kino mit halbgeschlossenen Augen. Niemand versteht auch, weshalb hier das Licht immer so knallig angeht. In Berlin soll es ein Kino geben, in dem das Licht wie eine Sonne aufgeht. Sacht.

Auf der Straße waren viele Leute. Meist in dunklen Kleidern. Nur eine Frau hatte ein weißes Kleid an. Büroschluß. Und die Arbeiter kamen von der Maschinenfabrik. Auch die Uniformen der Soldaten erschienen dunkel, nur bei den Feldwebeln und Unteroffizieren schimmerten die Silberlitzen. Die Sonne war nur noch ein schmales goldgelbes Band zwischen den Häusern. Keine Laterne. Die Autos schlichen. Kein Scheinwerfer. Gut zum Verstecken.

In Stadtlichs Bücherei brannten Lampen. Die waren unerhört hell, und der Hans Buttgereit hatte bestimmt recht: Es war staatsgefährlich. Die alte Frau Stadtlich hatte die Birnen nur mit hellblauer Tinte überpinselt. Sie werden ihr bald mit dem Luftschutz kommen. Der Blockwart mit Helm und blauem Anzug. Muß er ihr klarmachen. Muß ihr das doch sagen: Die feindlichen Flieger sehen ein leuchtendes Streichholz auf dreitausend Meter Entfernung! Sie haben eben besondere Ferngläser, wenn sie auch keine Zeissgläser haben. Oder Hans Buttgereits Vater kommt persönlich: »Ich als Ortsgruppenleiter erteile Ihnen eine letzte Verwarnung!«

In Stadtlichs Bücherei werde ich nie mehr gehen. Denn es war eine Schande. Die Verkäuferin hat es garantiert gespürt, daß ich das Geld heimlich genommen hatte. Denn woher sollte ich auf einmal fünf Mark – volle fünf Mark – für Briefmarken haben? Der Inder hatte nicht einen Pfennig. Nicht eine Rupie. Solche Rupien hatten sie von ihm verlangt in der Herberge. Er hatte nicht eine. Aber er hatte den Ring. Den trug er sicher verwahrt auf seiner Brust. An einer Schnur unter dem Hemd. Das Vermächtnis des Zauberers. Aber mein Geld war gestohlen.

Ich laufe schnell.

Schnell über die Straße. Schnell über die Blaue Brücke. Eine Stunde habe ich noch. Schnell den Bernsteinweg entlang. Da soll ja immer noch der Hort vergraben sein. Mindestens über neun Meter tief. Aber wer glaubt das? Bis zu zweieinhalb Meter hatten wir es schon versucht und dann mit dem Eisenstab getastet, aber nur Lehm und Kies. Lügenmeldungen? Nur Schlacke fanden wir und ein verrostetes Türschloß. Der Großvater hatte gelacht.

»Glaubst du denn nicht an die Geschichte?«

»Ich habe nichts dergleichen gesagt.«

»Stimmt es, daß ein goldener Becher, der über einen Liter Wein faßt, ein Pokal genannt werden muß?«

»Weshalb muß? Was laßt ihr euch erzählen?«

So hat er geredet.

Aber eins ist klar, daß zu einem Hort alles gehören kann: Becher und Pokale. Spangen und Armbänder. Und auch ein Ring natürlich.

Aber das war damals. Und außerdem ist die Buddelei nun verboten. Ich laufe.

Immer ist hier das Gras knallgrün. Immer ist hier der Weg glitschig feucht. Wer hier laufen will – und wer will hier nicht laufen –, der muß sich vorsehen. Schnurgerade Bahn, aber wie auf einem Sportfeld im Regen. In England sollen sie ja so feige sein, daß sie auch zu den Sportwettkämpfen Regenschirme mitnehmen. Die halten sie über ihre Zylinder. Und die wollen den Krieg gewinnen. Vorsichtig laufe ich. Hier unten liegt der Bernstein. Gold, aus Schweiß, Blut und Tränen entstanden, sagen die Fischer. Aber in Wirklichkeit ist es das Harz, in Wirklichkeit sind es die Bäume. Still liegt der Fluß. Er ist hier nicht breit. Früher fuhr auf ihm ein Motorboot. Das war weiß gestrichen. Am Kiel schwarz. Die Sitze weinrot.

In der tiefsten Dunkelheit hat er den Ring leuchten sehen. Ich werfe mich in das Gras. Hier überblicke ich alles. Bald wird sich der Fluß öffnen. In weitem Bogen legt er sich um die Wiesen. Die breiten sich wie ein Tal vor dem Bernsteinweg aus. In der Schweiz sollen sie ja richtige kilometertiefe Täler haben. Bei uns haben wir nur flache Täler. Leicht zu bestreichen mit LMG und SMG. Im Winter werden hier die Eisblöcke gestapelt. Ohne Eis kein Bier. Im Krieg müssen die Soldaten wenigstens etwas Vergnügen haben. Wir schicken ihnen fast alles Bier, das bei uns gebraut wird. In Indien werden die Menschen garantiert kein Bier trinken. Dort gibt es Saft aus Apfelsinen. In solchen kristallenen Pokalen. Apfelsinen massenhaft. Die für die Prinzessin.

In Indien ist auch der Himmel anders. Warme Lüfte wehen unter den Palmen.

Aber es gibt viel Armut.

Viele Menschen wohnen nur in Strohhütten. Sie schlafen auf Binsenmatten.

Daran sind die Engländer schuld. Davon war in dem Film nichts zu sehen, aber jeder weiß es.

Es ist keine Kunst, mit einem Maschinengewehr einen Tiger abzuknallen. Das können sie. Hundertundachtzig Schuß in der Minute. Einfach zwischen die Augen. Der kann nicht einmal brüllen!

Aber den Engländer möchte ich sehen, der den Indern auch nur ein Maschinengewehr überläßt. Er würde es ihnen nicht einmal leihen.

Und wenn nun das Dunkel kommt – die Pferde rühren sich nicht. Wertvolles Zaumzeug blinkt im Mondlicht. Die Seidenballen, die Gewürzfässer und die Apfelsinenkisten sind alle in den Keller geschafft.

Ich liege still. Vom Flüßchen – nein, ein Fluß wird da nicht sein. Ich wundere mich nur darüber, daß sie unter den Arkaden, da, wo das Feuer brennt, immer noch solchen Lärm machen müssen. Das wundert den alten Mann, der neben mir liegt, auch. Ich weiß natürlich nicht, daß er ein Zauberer ist. Wie sollte ich das wissen. Er ist ein alter Mann. Er ist müde. Er will jetzt ruhen und in die indische Nacht hineinlauschen. Er will die Reize der indischen Nacht genießen. Der Mond ist hinter den Wolken zart. Die Wolken ziehen über den Palmen dahin. Palmwedel, einfach so aus den Bäumen hinausragend. Baumsterne. Wie im Advent. Der Alte neben mir hat seinen Turban zur Nacht nicht abgenommen. Das tun die meisten Inder beim Schlafen ja wohl auch nicht.

Im Film wird es nicht gezeigt.

Er hebt manchmal seinen Kopf mit den gütigen Augen und sieht zu dem Lärm am Feuer hin. Er sagt nichts, aber ich spüre es: Den Mann beschäftigt etwas. Er macht sich seine Gedanken. Er ist besorgt, denn es ist klar, daß der Lärm der Leute den Tiger wachmacht. Und der Geruch von gebratenem Fleisch!

Ich würde gern ein Stück Fleisch essen. Aber ich habe nur eine halbe Rupie. Die muß für morgen reichen. Der Alte fragt mich: »Du hast keinen Hunger, junger Freund?«

»Nein«, sage ich. Aber irgendwie sage ich das so, daß es gleichzeitig mutig klingt, und er spürt, daß ich in Wirklichkeit hungrig wie ein Wolf bin. Denn ich hatte seit Wochen kein Stück Fleisch zwischen den Zähnen. Er blickt mich freundlich an. Sein Turban liegt wie eine große weiße Sumpfdotterblume über seinem Kopf. Ich habe meinen Kopf auf die Arme gelegt. Liege da so, wie ich hier liege. Liege und weiß genau, was der Alte denkt: Unser Leben ist in Gefahr!

Nur ist da ein Unterschied, sein Leben ist wertvoll. Die Lastenbündel seines Pferdes sind mit Seide, Geschmeide, Apfelsinen und Zimt gefüllt. Mein Leben taugt nicht viel. Ich habe nicht einmal ein Pferd. Mein Vater ist in der Ferne vermißt. Mein Großvater ist tot. Ich bin in der ganzen weiten Welt allein. Mein Großvater hätte beinahe noch ein Häuschen gebaut, aber was nützt das, wenn die Russen kommen. Und hier in Indien habe ich sowieso kein Haus. Hier komme ich aus der totalen Armut. Nur meine Mutter wartet auf mich in irgend so einem Dorf. Und die Großmutter natürlich. In einer Hütte. Da müssen sie für den Maharadscha die Wäsche waschen.

Wir liegen hier unter den Palmen, und der alte Mann hat um sein Leben Angst. Er lockert seinen mit Edelsteinen besetzten Dolch.

»Das ist nicht gegen dich gerichtet«, sagt er.

»Ich weiß es, Vater«, gebe ich zur Antwort und mache meine Augen wieder zu, denn ich fürchte mich nicht. Ich habe nichts zu verlieren. Aber in Wirklichkeit – in Wirklichkeit passe ich genau auf. Schmale Augenschlitze gemacht.

»Vater«, habe ich gesagt. Das ist in Indien eine ehrfürchtige Anrede. Diese Anrede hat ihm gefallen. Er sagt mir das nicht, aber ich spüre es.

»Du bist sehr müde, mein junger Freund?«

»Etwas müde bin ich schon«, sage ich, »aber realiter bin ich überhaupt nicht müde.«

Nun hebt er mit leichtem Erstaunen den Kopf: »Woher kennst du dieses lateinische Wort?«

»Ich kenne es aus meiner Vergangenheit«, antworte ich. »Meine Mutter lehrte es mich.« Und das stimmt ja, denn die Mutter redet so: Realiter ist Weißkohl nicht sehr vitaminreich. Die Russen sind weit entfernt, aber realiter ist das anders. Jedenfalls weiß der Mann das eine: Ich gehöre zu den nicht ganz einfachen Menschen. Ich bin arm – das mag wohl sein –, aber wer weiß, was ich früher war – ich weiß es vielleicht selbst nicht, welcher Abstammung ich bin.

Wir schlafen dann beide. Ich lasse ihn schlafen. Ein ganz klein wenig schnarcht er. Daran kann ich hören, daß er jetzt wirklich eingeschlafen ist, daß er sich auf mich verläßt.

Und die dort lärmen am Feuer. Als ob sie im Lindenkrug Bier trinken. Oder solchen Reiswein aus China. Sie lärmen und trinken, und der Wirt schreibt ihre Schulden auf. Und eine Frau lacht. Schelmisch.

Da das Gebrüll!

Da der Tiger!

Da die völlige Stille.

Erstarrt der alte gütige Zauberer neben mir. Eiskalt seine Hand. Laß nur das Schwert, alter Mann. Laß dein Schwert.

Völlige Stille. Erstarrt alle, die da am Feuer sind.

Erstarrt die Magd. Flatternd vor Angst der Hund. Ich aber habe das Funkeln zweier Augen gesehen. Nein, ein Maschinengewehr kann hier niemand in Stellung bringen. Ich habe weder Pistole noch Gewehr. Ich habe meinen Speer. Und ich habe diese Augen gesehen. Da: Noch einmal das Gebrüll! Der Tiger springt auf uns zu. Die Augen! Der dunkle, schwarze Schatten fliegt. Ich schleudere den Speer. Der alte Mann schreit. Ich werfe mich zur Seite. Mitten in der Stirn federt der Speer.

Der Tiger stöhnt.

Der Tiger stöhnt und brüllt und liegt zuckend zwischen uns. Der Alte sagt: »Du hast mir das Leben gerettet.« Aber er blutet doch. In meine Hand legt er den Ring. Staunend treten die anderen herzu.

Ich muß gehen. Vom Fluß kommt ein letzter Schimmer. Das Wasser wird kalt sein. In Indien fließt der Ganges. Seine Wasser sind immer lauwarm, auch wegen der vielen Leichen, die dort verbrannt werden. Ich muß nun unbedingt gehen. Zu Hause werden sie sich fragen: Wo bleibt er? Die Mutter wird sagen: Er darf nicht mehr ins Kino. Und sie wird traurig sein, denn sie wird nach den Schularbeiten fragen. Nichts ist schlimmer, sie kommt aus dem Büro und muß so traurig aussehen.

Einmal noch sehe ich über den Fluß. In Klein-Venedig kommt Nebel auf. Lichter sind kaum zu erkennen. Alles vorbildlich verdunkelt. Als sie damals die Verdunkelung zum erstenmal befohlen hatten, fanden wir das total gut. Da muß ich wohl verrückt gewesen sein. Es machte unheimlichen Spaß, durch die plötzlich verwandelten Straßen zu gehen. Die Lazarettstraße war eine dunkle Schlucht. Aber der Geßler kam nicht. Nur am Krankenhaus, an der Einfahrt ein schwach erleuchtetes rotes Kreuz.

Ich weiß, was ich jetzt tun werde. Es wird noch mehr

Zeit kosten, aber diese Zeit ist realiter ein Gewinn: Ich laufe noch zum Friedhof hin.

Naß ist das Gras jetzt schon am frühen Abend. Es ist eindeutig Herbst. Wie gut, daß ich noch die Sandalen trage. Die Schuhe wären sonst wieder durchgeweicht. Sie sind dann angenehm groß am Fuß. Bequem. Aber hinterher grau und eng, und die Mutter jammert. Sie kann einmalig jammern. Sie sieht auch dann noch schön aus. Beinahe wie die Prinzessin. Aber ganz anders. Total anders. Komm ich vom Friedhof, ist der Abend gerettet. Sie werden natürlich fragen: So spät noch zum Friedhof? Aber ich kann es ihnen beweisen, daß ich dort gewesen bin: Ein Blatt von dem japanischen Ahorn mitgebracht.

Ich laufe.

Es ist so: Sage ich, ich komme direkt vom Friedhof, ist die Großmutter wehrlos. Wenn sie das ihren Tanten erzählt, sagen die: Wie rührend ist das Kind. Und dann machen sie der Mutter klar, daß ich gar nicht so verquer bin. Selbst die Frau Toussaint sagt das. Ich laufe. So ist das Leben. Auch wenn die Frau Toussaint andauernd in ihren Nebensätzen von ihrem fleißigen Ältesten erzählt und daß der bestimmt Arzt wird, sie steht mir bei: Das Kurtchen ist rührend. Sie steht mir schon deshalb bei, weil ihr zweiter Sohn eigentlich auch gut ist. Aber seine dritte Braut ist für immer fort. Er hat einen Wirbel in der Stirn. Ich habe den Wirbel auch. Wie die Königin Luise.

»Das sind diese unbändigen Kreaturen, die können letztlich nichts dafür«, sagt Frau Toussaint.

Die Großmutter sagt nichts dazu.

»Das sind die Menschen, die sich Hindernisse erschaffen müssen, um dagegen anzugehen.«

Jeder weiß es, die dritte Braut war eine Ziege. Sie hatte ein Kleid mit Lochstickerei über der Brust an. Jeder konnte darunter die weiße Haut erkennen. Der Wind kam überall durch. Ein Windkleid. Diese Braut sollte aber das reizendste Wesen sein. Das sagte Frau Toussaint. Sie mochte nur den Wirbel nicht. Der Friedrich Wilhelm Nietzsche hat auch einen Wirbel gehabt, und er wurde zum Philosophen des Führers.

»Ja«, sagte sie, »entweder zerbrechen sie an den Hindernissen, oder sie steigen gestärkt darüber hinweg. Und bei dem Nietzsche ist es auch eine Frau gewesen.«

Das weiß ich. Diese Wirbelmenschen. Aber wenn wir dann eine Sache als ein unumgängliches Hindernis erkannt haben – flink wie die Windhunde sind wir darüber hinweg. Wenn wir uns nicht festbeißen. Frau Toussaints Zweiter hat jetzt schon das EK I. Sie schenken ihm garantiert das Abitur nach dem Sieg. Das ist eine stillschweigende Vereinbarung. Weshalb sieht denn Moppel immer so geheimnisvoll aus, wenn er sich mit den jungen Rekruten unterhält? Weshalb? Er kann ihnen doch nichts erzählen. Er kann ihnen nur noch was zuflüstern. Hinterherflüstern. Ich glaube, daß auch der Wilhelm Tell einen Wirbel gehabt hat. Eindeutig auf dem Bild über der gefurchten Stirn zu erkennen. Er hat eine freie, männliche Stirn. Und den Wirbel darüber. Kein Gedanke an Neutralität. Die Schweizer waren damals nicht feige.

Ich laufe. Stundenlang schaffe ich das. Wenn der Moppel mir in Latein eine Fünf gibt, ist das Leben noch lange nicht verloren. Die Russen rücken auf unsere Grenzen vor? Gut. Laß sie rücken. Das dauert vielleicht – zwei Jahre. Gut. Lassen wir es drei Jahre dauern. Noch besser. Dann sind wir endgültig im Abwehrkampf. Sie müssen wieder zurück. Zäh sind sie. Sie verbeißen sich in die russische Erde. Laß sie sich verbeißen. Geben wir ihnen wieder zwei Jahre, dann bin ich siebzehn. Und jeder Mann wird gebraucht. Das weiß jedes Kind. Dann sollen sie mit ihren Zensuren sehen, wo sie bleiben.

Ich laufe nun langsamer. Die Verdunkelung stört

mich nicht. Ich kenne jede Bordkante auswendig. Wenn die Russen kämen – sie würden reinrasseln in das Flüßchen. Einfach vor die Blaue Brücke eine Straßensperre gebaut. Eichenstämme, abgelagert. Ablenkungsmanöver. Auf keinen Fall die Brücke gesprengt. Dazu ist sie zu wertvoll. Das Geländer ist fast überall noch hellblau. Nur ein bißchen Mennigrot schimmert.

Am Friedhof ist niemand.

Das war nicht anders zu erwarten. Liebespärchen im Kino. Liebespärchen beim Schwimmbad, am Wall, beim Waldschlößchen. Auch bei der Wildschweinkuhle sind Liebespärchen. Aber hierher getrauen sie sich nicht. Obwohl doch immer der Soldat dabei ist. Sie getrauen sich nicht, hier an der Friedhofsmauer zu stehen im Dunkeln und sich einen Kuß zu geben. Die Soldaten fürchten den Tod ja wahrhaftig nicht. Aber die Mädchen und jungen Frauen fürchten ihn. Weil sie vor den Gespenstern Angst haben. Oder weil sie an den Herrgott überhaupt nicht denken. Die Friedhofsmauer ist wirklich sehr lang. Die Hecken über der Mauer, die hohen Wacholderbäume, sehen wie auf einem Bild aus Italien aus: Zu einer Insel fährt ein weißes Todesgespenst. Die Bäume stehen riesig. Und das Friedhofstor ist verschlossen. Das ist nun ein Hindernis. Die Klinke ist naß. Wer hat mir auch gesagt, daß ich um diese Zeit zum Friedhof gehen soll? Wer hat mir das gesagt? Niemand.

Es ist keine Kunst, über die Mauer zu steigen. Der Wärter ist schon lange Soldat. Seine Frau fürchtet sich garantiert, um diese Zeit hier einen Kontrollgang zu machen. Es ist nicht wahr, daß die hellen Grabsteine nachts wie Geister aussehen. Das sind die Märchenerzählungen einer vergangenen Zeit. Die dunklen Grabsteine sind kaum zu erkennen. Helle Kreuze können niemals etwas Gespenstisches bedeuten. Auch dunkle nicht. Kreuze sind nie Gespenster.

Ich finde das Grab sofort. Dunkel steht der Stein. Die Goldschrift kann um diese Zeit kein Mensch lesen. Aber ich kenne sie auswendig.

Ich sage dem Großvater: Den Bernsteinhort haben wir immer noch nicht gefunden. Das ist vielleicht auch kein richtiger Hort wie im Rhein. Es ist vielleicht nur ein kleiner Schatz. Wer soll den aber tiefer als drei Meter vergraben haben? Oder er ist von irgendwelchen Räubern geholt? Oder vielleicht von den Russen im vorletzten Krieg?

Ich sage dem Großvater, daß wir vom Vater immer noch keine Nachricht haben. Ich sage dem Großvater, daß sie auf den Bauch der Puppe der kleinen Hannah ein schwarzes J pinseln wollten. Als das nichts wurde, malten sie die ganze Puppe schwarz an.

Ich sage dem Großvater, daß es einen Ring gibt, wenn man den küßt, erscheint eine Prinzessin. Schnell pflücke ich das Ahornblatt.

Wer sitzt gern in den alten Klassen? Nur wenn man aus dem Fenster sieht, geht es. Die Ölfarbe blättert von den Wänden. Die Bänke sind morsch. Nach dem Krieg erst werden neue Bänke angeschafft. Jeder versteht das. Ich verstehe nur nicht, weshalb diese so sehr mit Tinte beschmiert sind. Wären die Schreibplatten nicht schwarz gestrichen, müßte man sich als deutscher Junge schämen. Hans Buttgereit hat gesagt, wir wollen in die Platten unsere Namen nicht schnitzen, die Soldaten sterben auch namenlos. Der Sohn von Herrn Reichsbankdirektor Kalweit hat gesagt: Das ist Quatsch, nach dem Endsieg kriegen wir neue Bänke und ziehen wieder in die neue Schule, in der jetzt die Verwundeten sind. Außerdem weiß das jeder: In Frankreich gibt es Bänke, die aus Stahlrohr gemacht sind. Diese Stahlrohrbänke werden dann zu Beute-Bänken ernannt und unseren Schulen einverleibt. Hans Buttgereit sagt, nach dem Krieg wird uns auch der Eiffelturm einverleibt. Er soll auf der Schneekoppe aufgestellt werden und ist dann noch weit höher als in Paris. Die Franzosen müssen reichlich Schulbänke haben, denn auch unsere Schule soll eine Zuteilung bekommen. Vielleicht nur für die oberen Klassen? Vielleicht für jede Klasse ein paar? Das wäre was, dann sitzen die Klassenersten zur Belohnung in denen. Dann wird das eine irre Streberei.

Ich kann den Moppel nicht leiden. Er thront auf seinem Katheder. Er hat uns mit seinem Zensurenbüchlein in der Hand. Wir müssen über seine dummen Witze lachen: Decurentumserum – die Kuh rennt um den See rum. Er hat es mitgekriegt, daß ich nicht gelacht habe. Manche haben gelacht, weil sie diesen traurigen Witz schon urlange kannten. Blöd, blöd. Ich aber lache nicht, mein lieber Moppel. Ich lache nicht, denn ich bin nicht feige. De virtute Cimbrorum et Teutonorum – was geht uns die Mannhaftigkeit der Kimbern und Teutonen an? Jedes Kind weiß, daß die Römer gut sind – sie haben die Saalburg und die Porta Nigra erbaut –, aber jedes Kind weiß auch, daß die Germanen hundertmal besser sind. Sie haben mit Armin gesiegt, und sie haben den Limes durchbrochen. Jedes Kind weiß, daß die Römer verweichlicht sind, aber darüber zu sprechen wäre unkameradschaftlich, weil die heutigen Römer unsere italienischen Verbündeten sind. Und der Mussolini ist garantiert nicht verweichlicht. Ich habe ihn in der Wochenschau gesehen. Der Mann sieht wie ein Mann und ein Husarenoffizier aus. Ohne Pelzjacke. Er kann bestimmt nichts dafür, daß ihn seine Soldaten im Stich lassen. Wenn kein Krieg wäre, wäre Moppel längst abgesetzt. Er ist der blödeste Lateinlehrer Deutschlands. Kommt mit Reithosen in die Schule, hat aber keine Stiefel an. Reithosen, über die er Strickstrümpfe gezogen hat. Dick ist er, wie diese Karnickelböcke, diese Riesen, die sie jetzt überall züchten, und niemand weiß, weshalb er sich die paar Haare, die er auf seiner Glatze hat, zu solch kurzen Stoppeln geschoren hat.

»Wegen des Bedürfnisses an Getreide wanderten daraufhin die Kimbern aus. Mit den Kimbern wanderten die Teutonen.«

Ich höre dieses Gerede ungern, aber Moppel findet alles gut, was der Ernst Kalweit sagt, weil er der Reichsbankdirektorssohn ist.

»Bedürfnis stimmt schon – besser wäre, inopia vielleicht mit dem deutschen Wort Mangel zu übersetzen«, springt der Moppel seinem Liebling bei.

Besser – wäre – vielleicht. Uns allen reicht das.

»Beides ist richtig«, sagt Moppel und wabbelt auf seinem Thron, »variatio delectat.« Da lächelt der Ernst natürlich. Er lächelt, weil er diese Bemerkung seines geliebten Moppels versteht.

Delectare ist klar. Heißt: sich erfreuen. Die Mädchen erfreuen sich an den Blumen des Gartens. Aber was heißt variatio?

»Es ist sicher etwas leichter für dich«, sagt Moppel und sieht den Ernst genau an, »da dein Vater Akademiker ist.«

Das wissen wir nun allmählich. Akademiker sind Leute wie Onkel Siegfried. Das sind Leute, die studiert haben. Sie kriegen dann solche ulkigen Mützen. Onkel Siegfried hält von seiner Studentenmütze gar nichts. Er sagt, sie ist passé.

»Mein Vater hat auch studiert«, sagt der Botho, und sein Vater ist Medizinalrat.

»Ja, ja«, sagt Moppel, »aber dein Vater ist an der Front.«

Daran liegt es. Der Botho kann noch nicht einmal audire durchmachen, von audire den Konjunktiv Präsens. Er sagt glatt audant, und »solch eine Konjunktivform gibt es in der ganzen lateinischen Sprache nicht«. Das weiß der Moppel genau.

Botho kriegt die i-Konjugation zum zweitenmal auf, aber nicht schriftlich. Jeder von uns weiß, daß der Moppel auf Soldatensöhne etwas Rücksicht nimmt, auch auf die Söhne der ganz einfachen Soldaten. Aber er trägt den Botho in sein Zensurenbüchlein ein.

»Was aber wird aus denen von den Gefallenen?« fragt mich der Sohn vom Schornsteinfegermeister Teppner aus der Bismarckstraße. Er fragt mich das in der Pause. Sein Vater ist in Südrußland gefallen, weil die Rumänen da ohne uns nicht weiterkamen.

»Das weiß ich auch nicht.« Ich bleibe fest neben Teppner stehen, der manchmal ausgelacht wird. Er zieht das linke Bein etwas nach und kann nicht damit aufhören. Nur Hans weiß die richtige Antwort. Er sagt, wenn er das Wort Moppel auch nur auf Entfernung hört: »Sprengladung untern Hintern.«

Eins ist jedenfalls jedem klar: Kein Russe betritt deutschen Boden – der Gauleiter Erich Koch hat es in Kulligkehmen gesagt –, es ist aber Bedingung, daß unser Volk in der Heimat zusammensteht und alle Gemeinheiten ein Ende haben. Doch was ist in dieser Zeit von einem Lehrer zu halten, der die Römer gegen die Germanen ausspielt, als ob wir nicht in gemeinsamem Abwehrkampf stünden? Wenn die Italiener auch etwas feige sind, sie sind bestimmt nicht feiger als die Römer, ist es doch besser, sie als gar keine Verbündeten zu haben. Wir wollen es nicht hören, daß der Tacitus die Germanen für mutig, aber dumm hält, weil sie keine Badewannen kennen. Oder Wein in Amphoren.

Das sind unnötige Streitereien. Es ist nicht leicht, an einer Schule Schüler zu sein, an der es Lehrer wie Moppel und Streber wie den Ernst Kalweit gibt. Das sagen alle. Aber ich sehe genauso klar, daß jeder Pimpf sich dem Moppel beugt, wenn der mit seinem Büchlein winkt. Wir tragen das braunschwarze Tuch des Führers an jedem Mittwoch – dann ist aufgabenfrei – und an jedem Sonnabend, aber wir haben vor einem Zensurenbüchlein Angst. Ich stehe auf diesem Schulhof und erkenne das klar. Um uns herum die Erstkläßler, die Räuber und Gendarm spielen. Die haben keine Ahnung. An der Linde unser Jungzugführer, der den Moppel angrinst, sobald der irgendwo auftaucht. Als ob ein Jungzugführer das nötig hätte. Wir sind bereit, einem solchen Mann zu gehorchen. Wir tun das. Robben am Bahndamm über das Brückchen, obwohl das bahnpolizeilich verboten ist. Das macht uns sogar Spaß. Und es ist strategisch notwendig. Aber es macht gar keinen Spaß, einem Jungzugführer zu gehorchen, der sich dem Moppel beugt. Als ob der Moppel nicht weiß, was eine grüne Schnur ist. Die grüne Schnur des Jungzugführers – jedes Kind kennt sie.

Ich stehe auf dem Schulhof und sehe das alles. Teppner steht neben mir. Auch Hans kommt. Es wäre feige, nicht neben Teppner zu stehen, weil manche ihn auslachen. Er ist auch ein deutscher Junge und ist nicht minderwertig. Und sein Vater ist gefallen. Es ist eine harte Zeit.

Wenn die Franzosen nicht so feige wären, wären sie die besten Menschen. Das sage ich nicht laut, aber Jean kann ich es sagen.

Jean lacht.

Jean heißt eigentlich Jean-Louis, aber ich soll Jean zu ihm sagen. Jean arbeitet wie ein Pferd, sagt der Ortsbauernführer, aber Onkel Wilhelm sagt, der Jean arbeitet aus reinem Vergnügen.

»Sagen Sie bloß?«

»Ja, das sage ich.«

Wenn Jean vor mir beim Heuwenden ist, muß ich bald rufen: »Jean, nicht so schnell!« Aber er hört nicht. Er pfeift seine Liedchen, die ich nicht kenne, und ist mit seiner Reihe bald fertig. Er will nachher zum Fischen raus, Onkel Wilhelm läßt ihn. Ich sage: »Du, deine Lieder hören sich wie freundliche Märsche an, aber du brauchst wirklich nicht so schnell zu machen, das Frühstück hast du dir auch so verdient.«

Jean lacht. Er weiß, daß Onkel Wilhelm seinem Gefangenen immer das gleiche Essen geben wird, das auch er ißt. Und das ist verboten. Das ist eine Verschwörung.

Jean sagt: »Mein Err.« Damit bin ich gemeint. »Mein Err, es ist mir schwer, langsam sein. Du wissen, meine Temperament.«

Er nimmt meine Harke. Er sagt: »Oh, die ist schwer« und verdreht dabei seine Augen ein paar Millimeter nach oben. Aber ich weiß es: Seine Harke ist genauso schwer wie meine. Sie ist sogar schwerer. Sie ist zwei Handbreit länger. Aber die Hitze ist auch schlimm. Es ist eine Hitze wie in den besten Erntezeiten. Jean pfeift und schlägt nun auch nach links aus. Rechts gewendet, links gewendet, so schaffen wir meine Reihe schnell. Da hole ich uns sofort ein Schinkenbrot. Oder einen Flins? Die Flinsen sind meistens in Ordnung, weil sie der Onkel Wilhelm selbst macht. Auch wenn sie kalt sind, sind die Flinsen in Ordnung. Man muß sie dann mit Apfelmus nehmen. Und Apfelmus haben wir massenhaft.

»Nein, wir müssen noch fünf Rei'en arken!«

Also arken wir fünf Reihen. Wir wenden die fünf Reihen noch, weil Jean vor dem Onkel Wilhelm Angst hat. Und darin ruht eben seine Feigheit.

»Ihr Franzosen seid feige«, rufe ich. »Vor Onkel Wilhelm brauchst du nun wirklich keine Angst zu haben.«

»Abe ich auch nicht.«

»Hast du.«

»Du bist dumm«, sagt Jean und vergißt, daß er ein gefangener Franzose ist und ich ein deutscher Junge bin. Aber vielleicht macht ihm die Arbeit wirklich Spaß.

»Bon courage«, sagt er und tut so, als ob er uns etwas von Courage zu erzählen hätte. Er pfeift sich seine Arbeit – pfiff, pfaff – hinweg.

»Komm, mein Errchen!«

»Ich komm ja schon.«

Die Hitze ist irre. Aber das will Onkel Wilhelm nicht hören, er freut sich über diese Hitze. Er sagt: »Meine liebe Sonne, brenn du schön, dann muß ich meine Scheune nicht brennen sehen.« Das sagt er wegen der Selbstentzündung.

Onkel Wilhelm hat Jean seine zweite Mütze gegeben. Nun ist auch dessen Stirn knallweiß. Knallweiß die Stirn von Onkel Wilhelm, knallweiß die von Jean. Jean sieht wie ein Fischer aus.

»Weshalb sagst du knall?« will er wissen.

»Weshalb, weshalb, weshalb. Weil das so knallig aussieht.«

Das versteht Jean nicht, und auch Onkel Wilhelm will das nicht hören. Er sagt: »Bei euch muß es immer knallen«, und meint uns Pimpfe damit.

»Jean, laß doch ein bißchen nach!«

»Was willst du?«

»Du sollst nicht so schnell machen.«

»Aber ich arke doch auch deine Rei'e.«

»Das sollst du nicht«, sage ich ihm.

»Ärgerst du dich?«

»Ja.«

Jean lacht.

Ich harke und harke. Meine Zunge ist eine Feuerkugel in meinem Mund. Und dieser ewige Staub! Aber Jean pfeift.

Nun ist der Frühstückskorb wieder eine ganze Länge von uns entfernt.

»Ihr Franzosen seid feige«, rufe ich laut über dieses Feld hin. Und morgen werde ich mir schon am Morgen die Zähne putzen, und meine Zunge wird sich wundern. Das werde ich der Mutter erzählen.

»Ich bin nicht feige«, sagt Jean. »Ich bin genannt nach der Jungfrau.«

Aber das will ich nicht wissen. Diese Geschichten kenne ich von ihm. »Du putzt dir wohl immer am Morgen deine Zähne, was?« Da bleibt ja dann etwas Feuchtigkeit übrig.

»Mein Errchen?«

Er versteht nicht. Er will nicht verstehen. Wahrscheinlich putzt er sich überhaupt nicht die Zähne, und das »Errchen« kann er sich sparen. Das ist verboten. Denn es gibt keine Herren mehr in Deutschland. Seitdem wir ein einheitliches Volk sind. Früher liefen die Herren bei uns wie in England sogar mit Zylindern herum. Und die Melonen wurden aus Frankreich importiert. Witzfiguren.

Soll der Jean machen. Soll er pfeifen. Dumm sind wir, wenn wir hier eine Arbeit tun, die auch noch für morgen reicht. Ich hör jetzt auf. Ich gehe über dieses Feld, gehe nun endlich den Korb holen. Die Stoppeln stören mich nicht. Da hat sich der liebe Onkel Wilhelm verrechnet: »Deine Füßchen, deine lieben Füßchen bluten ja!« Und der Jean hat gelacht. Es ist überhaupt verboten, wie kameradschaftlich der Onkel Wilhelm mit seinem Franzosen redet. Meine Füßchen, meine Füßchen. Ja, die zarten. Ohne Rücksicht trete ich die Stoppeln um. Die Köpfe der Disteln sind abgeschlagen, das hilft etwas. Und man darf es im Gesicht nicht zeigen. Außerdem: Unsere Soldaten müssen auch durch alles hindurch. Nach vorn geblickt.

Über den Korb ist das weiße Tuch gebreitet. Die Fliegen ahnen nicht, daß da etwas zu holen ist. Da sind heute Streuselfladen drin. Für jeden ein großes Stück. Die Stücke sind gleich groß. Dafür aber wohl keine Flinsen. Oder doch? Kaffee? Kaffee natürlich.

»Du, Jean«, kann ich laut rufen, »Streuselkuchen haben wir und Flinsen massenhaft!«

Jean wirft die Harke hin. Endlich. Er läuft. Der Mann kann laufen bei dieser Hitze. Mitten über das gemähte Feld. Keine Kunst, er hat Schuhe an.

»Kuchen?«

»Ja. Und Flinsen massenhaft.«

»Apfelmus?«

»Massenhaft.«

Das wäre was, wenn sie das überall hätten. In Oslo. Am Nordkap. Bei Leningrad. Im Mittelabschnitt. Und überhaupt an der ganzen Ostfront. Auch in Griechenland und in Jugoslawien müßten sie Flinsen haben. Jean würde es ihnen gönnen. Aber ein wenig bleibt der Jean immer unser Feind. Das muß so sein, weil er ein geborener Franzose ist.

Jean kann zwei Flinsen auf einmal essen.

»Du«, sag ich, »ich wollte dich eben nicht beleidigen.«

Er sagt nichts dazu. Er will das Apfelmus in einem ganz dicken Klacks in der Mitte haben.

»Du«, frage ich ihn, »meinst du, daß es die Jeanne d'Arc wirklich gegeben hat?«

»Ich bin nach ihr genannt.«

»Ja, ja«, sage ich, »aber sie hatte doch keinerlei militärische Ausbildung.«

Es ist wirklich schwer zu verstehen. Unsere Rekruten müssen schwitzen, und sie sind noch immer nicht genügend ausgebildet.

Der Jean ißt seine Flinsen wie eine Dame. Die Apfelschläubchen nimmt er aus dem Mund und legt sie einzeln ins Gras. Er könnte sie einfach ausspucken. Weit, weit – so macht man das. Und die Kerne? Die sind gesund. Die zerbeißt man. Aber die Franzosen sind verweichlicht.

»Also, die Jeanne d'Arc hat sich vor den Augen der Engländer in ein Boot gesetzt, und dann über die Loire?«

»Ja«, sagt Jean. Er denkt jetzt nur an seine Flinsen, wie die Franzosen immer, wenn sie beim Essen sind, nur an das Essen denken, aber auf die Jeanne d'Arc läßt er nichts kommen.

»Sie brauchte keine militärische Zeit, Kurtchen, sie mußte nicht lernen.«

Kurtchen dürfte mich der Jean nun überhaupt nicht nennen. Das darf nur der Onkel Wilhelm.

»Sie brauchte nicht lernen, Panzer zu fahren«, sagt der Jean und lacht.

»Das ist klar. Aber ein Schwert hatte sie?«

»Sie hatte das Schwert von dem Altar in Fierbois.«

»Ja, ja«, sage ich, »ich weiß das alles, aber sie war doch nur eine Frau.«

»Sie war der Engel Frankreichs«, sagt Jean und hält die Hand mit seinem Flins vor dem Mund an.

»Ich weiß, Jean. Ich weiß das. Aber gib es doch zu: Ohne Feuerschutz, ohne Artillerie am hellen Tag über die Loire? Das schafft niemand.«

»Der Wind schlug um.«

»Ach ja«, sage ich, »der Wind schlug um.«

Immer, wenn der Jean es nicht erklären kann, muß ich das so hören. Der Wind schlug um. Es hat keinen Sinn mit seiner ›pucelle‹. Und auf einem weißen Pferd in die Stadt. Ohne Deckung. Wem erzählt er das? Vielleicht noch mit einer Flagge hoch über dem Helm? Die Russen türmen, und Kiew ist zurückerobert. Das wäre dem Führer eine gute Nachricht. Aber wir leben nicht in einer Zeit, die für Märchen gemacht ist. Wahrhaftig nicht. Und der Führer ist kein Karl der Siebente, der nur seine

Agnès Sorel im Kopf hat. Freundliches Märchen, wie würden wir das unseren Soldaten gönnen: So in einem Graben oder hinter einer Stadtmauer. Nur mit Lanzen, mit Schwertern bewaffnet. Keine feindlichen Panzer, keine Stalinorgeln, keine Jäger in der Luft. Nur die Jeanne d'Arc und die Sonne. Reichlich Obstsaft. Am besten aus Himbeeren oder Kirschen gemacht. Und die Engländer von damals müßten unsere Feinde sein. Dann gibt es das Siegesfest. Jean legt sich in den Graben und schläft. Ich leg mich auch hin.

Wie werden ihre Augen aussehen? Daran kann ich jetzt denken.

Der Zauberer hat mir das Geheimnis des Ringes nicht verraten. Er konnte das nicht mehr. Im letzten verzweifelten Todeskampf erhob sich der Tiger noch einmal. Unbarmherzig riß er mit seiner Tatze den Rücken des gütigen alten Mannes auf. Eine offene Wunde quer über den Rücken hin. Die Schulterblätter, freigelegt, sahen wie künstliche, zarte Segel aus. Aber nur einen Augenblick, danach gleich rotüberströmt. Blut. Überall Blut. Was nützt das nun, wenn der Tiger sein Leben für immer verröchelt? Die Inder schreien und kreischen, sie werfen ihre Speere in sein Fell. Der Tiger spürt davon nichts mehr. Einmal zuckt er. Der Tiger ist tot, und der Zauberer ist tot. So ist das Leben. Die Inder decken den zerfetzten Rücken mit großen Blättern zu. Neiderfüllt blicken sie auf meinen Ring. Mir wird klar, daß ich die Nacht nicht hier zu verbringen habe.

Ich schwinge mich auf des Zauberers Pferd. Fort reite ich. Weit fort.

Wie aber kann ich das Geheimnis des Ringes erfahren? Ich ahne nur, daß der Ring wertvoll ist. Arm bin ich. Werde ich ihn verkaufen? Mein Speer ist im Kopf des Tigers steckengeblieben. Ich habe nur meine kurze Hose und mein Turnhemd an. Das ist nicht angenehm in dieser kalten tropischen Nacht. Aber ich muß weiter. Von fern sehe ich ein Lagerfeuer. Vorsicht! Ich habe meinen Ring zu hüten.

Nach sechs, sieben Stunden Ritt werde ich dann müde sein, oder das Pferd ist müde.

Pferde sind keine Maschinen.

Ja, das Pferd ist müde. Und es ist durstig. Wir müssen einen Rastplatz finden. Da blinkt ein Flüßchen. Ich führe das Pferd zum Wasser hin. Es trinkt gierig.

Ich weiß nicht, wie das Pferd heißt. Wie könnte es heißen? Hans werde ich es nicht nennen. Liese werde ich es nicht nennen. Und Grauschimmel auch nicht. Es erwartet sicher einen indischen Namen.

Drindallah?

Drindalladah werde ich es nennen. Das klingt echt und auch nach Bewegung. »Drindalladah«, sage ich immer wieder. Dem Pferd gefällt der Name. Es trinkt sich satt, es wiehert und reibt den Kopf an meiner Schulter. Tiefer indischer Wald ist um uns. Ich untersuche die Satteltaschen. Ich finde darin vier Stückchen Marzipan. Solches, wie wir es vor dem Krieg hatten. Drei Stückchen esse ich, eins gebe ich dem Pferd. Sonst ist in den Taschen nichts zu finden. Nur noch die Zahnbürste und ein Stück Seife des Zauberers. Kein Saft. Keine Wurst. An Streichhölzer nicht zu denken.

Es ist kalt. Aber das Pferd muß seine Ruhe haben. Ich binde es an einen Baum. Soll es schlafen. Undurchdringlich ist die Tropennacht. Ich kann kaum den Baum erkennen, an den ich das Pferd gebunden habe. Ein paar Affen zetern. Einer schmeißt mit Kokosnüssen. Das stört mich nicht. Ich trage an meiner linken Hand den Ring. Der leuchtet. Genau gesagt: Sein Gold schimmert, sein Stein leuchtet. Der Stein leuchtet so, als ob er mir etwas sagen will.

Ich suche Holz. Ein Feuer will ich uns machen. Überall liegt Holz herum. Auch trockenes. Reines Pulverholz ist das. Manche Äste erscheinen wie Schlangen. Vorsichtig stoße ich sie mit dem Fuß an. Wer möchte in tiefer Nacht von einer Schlange gebissen werden? Ich trage die Äste zum Rastplatz am Wasser hin. Drindalladah ist eingeschlafen. Noch zwei Stückchen Faulholz muß ich finden. Das aneinander gerieben, schon flammt es. Es muß leicht sein, im indischen Wald Faulholz zu finden, wo hier doch ganze Stämme vermodern. Aber es darf nicht zu pulverig sein. Plötzlich stolpere ich. Ich stolpere, fange mich ab. Meine Lippen haben meine Hand, haben den Ring berührt. Um mich wird es Tag.

Die Prinzessin steht vor mir. Mitten in diesem indischen Wald.

Es ist das Geheimnis des Zauberers.

Es ist dieses wunderbare Gesicht, das der liebe Gott gemacht hat. Nur er kann das. Denn sie hat die schönsten Augen und einen Rosenmund. Sie hat wunderbares Haar. Lang fällt es von ihren Schultern – wie bei Genoveva, wie bei den norwegischen Wasserfällen ist das – mit lauter Perlen darin. Die sehen wie goldene Tränen aus. Und die Prinzessin spricht mit leiser Stimme. Sie sagt mir, wie ich sie erlösen soll.

Der Bootswagen knallt über die Schienen. Das darf Onkel Wilhelm nicht hören. Jean springt jetzt auch auf, und wir rauschen in das Wasser. Die Wellen gehen hoch, wir müssen gleich schöpfen. Wir sind mitten im Kampf. Die Wellen schäumen, und wir sind klatschnaß. Der Jean lacht und hält die Angel fest. Das braucht er nicht, die Angel ist eingeklinkt. Die Wellen gehen in der Brandung hoch, das ist ein einziges Toben, aber unser Boot wird niemals besiegt. Wir ducken uns und schöpfen auch den Fischkasten leer. Bald wird es ruhiger.

Die Wellen schieben noch, aber sie kippen nicht. Jean wirft den Motor an. Er kann das. Ein Ruck, und der Motor kommt. Wir sollen nicht so weit rausfahren, aber wir werden erst einmal ein schönes Stück fahren, und dann lassen wir uns schaukeln.

Jean sitzt hinter dem Motor. Er nimmt das Ruder, und ich übernehme die Verantwortung. Ich stehe am Bug und halte mich am Dollbord fest. Das Boot saust. Wir gleiten in Täler. Die sind glasgrün. Unten, tief unten, tiefer und tiefer liegend, breiten sich die Bernsteinwälder aus. Dort ruht das Gold aus Blut, Schweiß und Tränen, bis es von der See an den Strand geworfen wird. Die Großmutter hat eine Kette, deren Perlen blutrot und durchsichtig sind. Sie hat ihr nur Glück gebracht. Das Blut vereinte die Herzen.

Wir fahren aus der Bucht hinaus. Wir können den Leuchtturm von Brüsterort sehen. Die Sonne scheint klar. Wir können sogar den rot-weißen Anstrich des Leuchtturms erkennen. Jean hält auf die See hinaus. Das ist sicher verboten. Wir sollen uns unter Land halten. Der Jean dürfte überhaupt nicht auf die See, aber Onkel Wilhelm sagt: »Das ist mein Boot, und ich kenne den Mann.« Das ist eine lebensgefährliche Behauptung, um die sich aber Onkel Wilhelm nicht kümmert. Jean könnte fliehen. Er braucht nur immer geradeaus zu fahren, und dann wäre er in Schweden. Er wird das nicht tun, ich stehe am Bug dieses Schiffes. Es ist ein deutsches Schiff und untersteht dem Führer. Und er würde es auch Onkel Wilhelms wegen nicht tun.

Ich halte meinen Stein in das Licht. Der Jean staunt. »Oh, Monsieur!« ruft er.

Ja, jetzt bin ich sogar ein Monsieur für ihn.

Der Stein erstrahlt. Er ist wie eine kleine Sonne in meiner Hand. Eine Sonne, aus klarstem Wasser und Gold entstanden. Auch etwas Blut ist wie in einer roten

Wolke darin und zwei Blättchen von einer Blume. Die sehen wie Flügel aus.

Ich habe keinen Ring, aber ich habe diesen Stein. Und dieser Stein ist mehr wert.

Ich verwahre den Stein wieder in der Hosentasche. Ich ziehe den Reißverschluß zu. Ohne diesen Reißverschluß an der Tasche würde ich den Stein nicht mitnehmen. Die Großmutter hat mir den Stein gegeben. Der Großvater hat ihn für sie am Strand gefunden. Die Großmutter hat mir den Reißverschluß angenäht. Der Inder würde den Stein küssen.

Wir fahren weit. Die Wellen sind glasklar und kalt. Ich halte mich am Dollbord fest und sehe in die Bernsteinwälder hinunter.

Onkel Wilhelm hält gar nichts davon, daß ihm die Mutter bei der Ernte helfen will. »Du ruh dich aus. Bist du endlich einmal hier, sollst du dich ausruhen.«

Kochen darf sie, wenn der Jean nichts dagegen hat. Dem soll sie zeigen, daß es auch eine deutsche Küche gibt. Was wird sie dem Jean beibringen? Fettmus? Er sagt immer, wir haben nicht die richtigen Zutaten. Aber was weiß er? Seinen Knoblauch hat ihm der Onkel Wilhelm verboten. Und unser Essig wäre erst dann richtig, wenn er Weinessig wäre? Jean sagt, der wird in seiner Heimat in magnifiken Fässern gemacht.

Und auch Muscheln essen die Franzosen. Einfach aus dem Fluß gefischt. Das erzählt er, in Wirklichkeit liebt er Schmandschinken über alles. Der Schmandschinken muß am besten ein bißchen hart sein – alt, jedenfalls gut durchgeräuchert. Was will die Mutter ihm zeigen? Er kennt doch alles schon.

Gansbrust geschmort?

Kartoffelkeilchen mag er. Die Kartoffelkeilchen will er nach Frankreich exportieren. Und den Bärenfang, den selbstgemachten. Niemals den gekauften aus Pillkallen. Von dem hält Onkel Wilhelm gar nichts. Jedenfalls muß die Mutter uns Waffeln backen. Waffeln bis zum Umfallen. Wenn man dann nicht mehr kann, füllt man die Kuhlchen vorsichtig mit Himbeer- oder Johannisbeermarmelade. Besser ist Himbeer.

»Ihr habt Sorgen«, sagt die Mutter.

Ich weiß, woran sie denkt. Ich sage: »Er wird schon bald schreiben.«

Aber sie sieht so aus dem Fenster, sie mag meine Worte nicht hören. Und käme morgen ein Brief, wäre er mindestens zwei Wochen alt. An der Front haben sie jetzt wahrhaftig keine Autos frei, um Post nach Hause zu fahren. Das sage ich ihr nicht. Das würde sie erst recht nicht einsehen. Ich sage ihr auch nicht, daß sie so schön ist wie die Prinzessin. Die Stirn ist etwas anders, und das reine Goldhaar fehlt ihr. Sie hat das Eichhörnchenhaar, das der Vater sich beim lieben Gott bestellt hat.

So redet der.

Ich frage ihn: »Weshalb willst du nicht Offizier werden?«

Er lacht mich aus.

Ich sage: »Frau Toussaints Zweiter war auch nur Oberfeldwebel, und jetzt ist er Oberleutnant. Und der hat nicht das Sportabzeichen wie du. Er hat auch nicht das Verwundetenabzeichen.« Von dem Krimschild rede ich nicht, denn wenn einer nicht auf der Krim war, kann er auch nicht den Krimschild haben.

»Du warst mit deinem ganzen Troß auf der Krim, du hast alle wieder heil runtergebracht – und es werden doch viele befördert.«

»Ich bleibe lieber bei meinen Leuten«, sagt der Vater.

Das sagt er immer, aber in Wirklichkeit ist es anders, realiter ist es so: Er wäre wohl am liebsten nicht Soldat, am liebsten wäre er zu Hause bei der Mutter, am zweitliebsten bei mir und der Großmutter und immer in seiner Tischlerwerkstatt. Er sieht wie ein Soldat aus. Er sieht wie ein richtiger Landser aus, braungebrannt und etwas wild, möchte aber am liebsten bei seiner Frau sein. Daran ist die Mutter schuld. Aber der Jung-Siegfried mußte auch Brunhild entsagen, und gerade deshalb wollte sie ihn.

Frag ich ihn: »Sag mir, woher kommt das Wort Landser?«, ist ihm das nicht wichtig. Er läßt die Hand der Mutter nicht los. Auch wenn wir zusammen durch die Stadt gehen, hält er sie hinter dem Uniformärmel heimlich fest. Der Mann möchte, während er da an Mutters Hand durch die Moltkestraße wandert, auch noch meine Hand nehmen! Auf dem Postamt legt er seinen Arm um meine Schulter – das versteht niemand. Braungebrannt bis zum großen Zeh, Muskeln wie der alte Hindenburg sie gehabt hat, aber Hand in Hand, und die Mutter sagt Brummi zu ihm. Ich war froh, als der Urlaub zu Ende war. Er wird immer nur Schirrmeister bleiben.

»Du bekommst doch auch höheren Sold, wenn du befördert worden bist, nicht wahr?«

»Für deine Lakritzstangen reicht's auch so.«

Das ist eine Antwort.

Ich kann ihm aber sagen, daß er keine Ahnung hat.

»Wie, keine Lakritzstangen mehr?« fragt er und läßt sogar Mutters Händchen los.

»Kein Gedanke an Lakritz. Wird nicht mehr hergestellt. Ist schließlich kein kriegswichtiges Produkt.«

»Was soll das denn?« Er bleibt stehen.

»Das ist kein kriegswichtiges Produkt«, sage ich noch einmal. »Das Ochsenblut wird der menschlichen Ernährung zugeführt. Blutwurst in Dosen für die Front.« Und weil er das immer noch nicht verstehen will: »Die guten Lakritzfabriken in Berlin nahmen immer nur Ochsenblut.«

»Ach so ist das«, sagt er und nimmt schon wieder Mutters Hand. Er hat nicht die geringste Ahnung, aber alle mögen ihn. Mit Jean versteht er sich bestens, obwohl er sich mit Jean eigentlich nicht zu verstehen hat. Überhaupt, wie wir mit Jean umgehen, das ist verboten. Onkel Wilhelm will nach dem Krieg an die Loire fahren und in die Essigfässer kriechen. Er will wissen, wie die ausgepicht sind. An der Loire soll es auch einen Berg geben, auf dem liegt eine Stadt. Und um die Stadt herum, den Berg hinunter lauter Weinreben. »Ein Weinkranz«, hat Jean gesagt.

»Wäre ein klares Schußfeld nicht besser? Aber ihr Franzosen müßt es ja wissen.«

Jean sagt: »Der Wein ist nichts für dich.«

»Ich will ihn auch nicht haben.«

»Zu sauer. Erb, erb.«

Soldaten, die Wein trinken, geraten eben in Gefangenschaft, mein lieber Jean. So ist das.

Die Mutter steht in Onkel Wilhelms Haus am Fenster und schaut den Vater an. Es ist so, als ob sie ihn anschaut. Sein Bild steht aber auf der Kommode in unserem Haus. Im Bürochen. Die Großmutter kann das Soldatenbild nicht leiden. Damals war er in Holland. Damals konnte noch jeder denken: Der Mann geht bestimmt zu den Fallschirmjägern. Die Mutter sagt, es ist doch eigentlich ein schönes Bild. Aber beim Warstat, in der Königstraße, gibt es kolorierte Aufnahmen. Mit Silberrahmen. Meistens Offiziere. Auch Luftwaffe.

Doch zum Warstat würde die Mutter niemals gehen. »Ich mag nicht, wenn der Mann mir so auf die Brust schaut«, hat sie zur Großmutter gesagt.

Der Warstat ist ein Schwein.

Der Führer ist nur an der Hand verletzt. Ich habe es selbst gesehen. Das Bild ist auch in dem Altpreußischen

Landboten abgedruckt. Der sollte längst umgetauft werden. Freundlich blickt der Führer auf den Duce. Der gibt ihm fest die Hand. Der Arm des Führers liegt in einer schwarzen Schlinge. Der Führer blickt auf den Duce etwas hinunter, als ob der Duce ein bißchen kleiner wäre. Aber das stimmt nicht. Der Duce ist nicht kleiner. Es sollte nur die Freundlichkeit des Führers gezeigt werden. Sie sind einander ebenbürtig. Der Duce wurde von den deutschen Fallschirmjägern in einem Handstreich befreit.

Der Teppner will wissen, was ein Handstreich ist. Das ist ja nun wirklich nicht wichtig. Was ist ein Handstreich? Ein Blitz, ein Schlag, ein Überfall. Der Teppner muß sich nicht wundern, daß jeder mit ihm die Geduld verliert, wenn er solche Fragen stellt. Und es ist klar, daß der Ausdruck Handstreich vom Fechten kommt. Der Großvater hat davon erzählt. Rapier heißt der Fechtdegen. Auch der Jean weiß das, »rapière, oui, oui«.

Der Führer hat ein Gesicht auf dem Bild – ein wenig, ein klein wenig jedenfalls ähnelt das Gesicht des Großvaters dem des Führers. Es ist voll Güte, aber jeder weiß, daß man zu gehorchen hat. In dem Gesicht des Führers ist eindeutig Güte. Wie wollte er auch sonst mit der Fürsorge für das Volk fertig werden. Ich kenne ein Bild von ihm, da gibt er einer alten Bäuerin die Hand. Die Bäuerin ist aus Siebenbürgen. Die Leute laufen da in solchen Volkstrachten herum. Hüte wie Bienenkörbe mit künstlichen Klunkern. Der Führer versteht diese einfachen Menschen gut und verbietet ihnen ihre Trachten nicht. Er sieht die alte Bäuerin freundlich an. Sicher ist es so: Er wird bei einem solchen Händedruck an seine eigene Mutter denken. Die ist schon lange tot. Früh war er ein Waisenkind. Er könnte diese alte Bäuerin ja in seine Reichskanzlei transportieren. Er ist der mächtigste Mensch weit über Deutschland hinaus, und die Plutokraten erzittern. Aber er tut das nicht. Er sagt das der alten Bäuerin nicht einmal. Er behält diesen Wunsch in seinem Herzen. Gewiß, sie könnte so gut für ihn sorgen. Aber er muß das verschweigen. Der Grund ist klar: Er will den Sohn der Bäuerin nicht verwirren. Denn sosehr der junge Bauernsohn den Führer liebt, seine Mutter liebt er auch. Dabei sollte er eigentlich den Führer über alles lieben.

»Leg die Zeitung weg, Lemhöfer!«

Ich sehe den Moppel ruhig an. Ich sage ihm ganz ruhig ins Gesicht: »Ich habe mir nur noch einmal die Fotos von dem Attentat angesehen.«

Ich nehme das auf mich; der Gertchen Wittmoser hat sich die Fotos genauso angesehen. Und die anderen haben auch Zeitungen.

»Ja, ja«, sagt der Moppel.

Was heißt hier: Ja, ja?

Was heißt an dem heutigen Tag: Ja, ja? Den Hans Buttgereit sehe ich an und sage – ganz ruhig – ganz kalt in Moppels Gesicht: »Dieses Bild ist mir nämlich wichtiger als der ganze Lateinunterricht.«

Der Moppel läßt seinen Mund etwas offenstehen. Der sieht jetzt aus wie ein dummer Fischmund, der keinen Ton rauskriegt. Schmatz, schmatz. Die Barsche schmatzen ja. Man denkt jedenfalls, daß sie schmatzen. Der Ernst Kalweit weiß nicht, ob er lachen, ob er mich auslachen soll. Er würde den Führer glatt in dieser Stunde verraten.

Moppel macht seinen Mund zu. In der Klasse ist es nun still. Aber ich glaube, kaum einer ist feige. Nur der Kalweit. Und er will der Klügste sein. Der Führer müßte mit der alten Bäuerin den Bernsteinweg entlanggehen. Am Flüßchen. Und der Krieg ist vorbei. Dann hätte er Ruhe.

»Wie heißt du eigentlich mit Vornamen, Lemhöfer?« fragt Moppel.

»Kurt«, sage ich.

»Kurt, der dem Lehmhof entwachsen ist«, sagt Moppel über die Klasse hin. Wenn er so über die Klasse hinsieht, hat er meist glasige Augen, wie die Poggen, wenn sie kurz vorm Abgurgeln sind. Triffst du sie in den Bauch, gurgeln sie gleich ab.

»Deine Väter waren vornehmlich Bauern, nicht wahr?« werde ich nun gefragt.

»Ja«, antworte ich und stehe auf, »sie waren meistens Bauern.« Ich weiß es natürlich, daß ein Junge nicht mehrere Väter haben kann, es ist im Sinne der Ahnentafel gemeint. Und wegen der arischen Abstammung. Der Moppel sieht mich jetzt genau an.

»Wirklich, alle waren Bauern«, sage ich. »Nur einer war Lehrer, das war mein Großvater, und der war auch nicht feige, Herr Studienrat. Der hatte sich im ersten Weltkrieg freiwillig gemeldet. Und nur weil mein Vater Tischler ist, wohnen wir in der Stadt. Aber ob das mit dem Lehm so genau stimmt, weiß ich nicht«, sage ich, »denn das H fehlt ja.«

»Lehm ist nichts Schlechtes«, sagt Moppel.

»Für den Roggen ist er manchmal direkt gut.« Das weiß auch der Hans Buttgereit.

Ja, da kann er gut sein. Nur nicht zu körnig, sonst: Gute Nacht. Was weiß der Moppel vom Lehm? Was will er?

Ich sehe aus dem Fenster. Der Führer ist verwundet, und wir stehen im Abwehrkampf. Ich setze mich hin.

»Wein gedeiht auf lehmigem Boden unter Umständen gut. Das gibt einen ganz eigenen Geschmack«, sagt Moppel. So ist er. Er kann an diesem Tag an Wein denken. Er denkt an seine Studentengelage. Da haben sie sich alle grün und blau getrunken. Gesoffen haben sie, und die anderen fielen bei Langemarck. Und der Führer verlor sein Augenlicht beim Gasangriff.

Wein gedeiht auf lehmigem Boden? Was wird das für ein Wein sein, und was wird das für ein Land sein, in dem es solchen Wein gibt? Wir wissen das nicht. Jean wird das wissen. Aber jeder von uns weiß, daß der Moppel nie an der Front war. Der Mann war Zahlmeister. Und jeder weiß, daß es der Führer mit solchen Lehrern nicht leicht hat.

»Lehm ist gut«, sagt Moppel, und er will sich heute wohl bei mir einschmeicheln, weil der Ernst Kalweit das gesagt hatte von dem Stallgeruch. Damit war aber der Heinz Mornigkeit gemeint. Die haben ja noch Schafe. Onkel Wilhelm hat Kühe. Siebenundvierzig Stück und ein Fischerboot dazu.

»Lehm ist immer gut«, sagt Moppel. »Man könnte auf einem solchen Hof eine Ziegelei errichten.« Das sieht ihm ähnlich. Aber er blickt mich wirklich freundlich an.

Hans hat Ärger beim Appell. Seine Hosen sind zu kurz. Er hätte es wissen müssen: Eine Handbreit über dem Knie ist immer noch Vorschrift. Wir haben es ihm gesagt, er war klüger. Und dann noch das Gerede: »Meine Hand ist etwas breiter als deine Hand, Jungzugführer.« Sie haben den Oberjungzugführer geholt. Dem hat der Hans Buttgereit diesen Spruch nicht erzählt.

Jedenfalls muß seine Mutter die Hosen um vier Zentimeter runterlassen. Das ärgert den Hans, schon weil sich die Sache in unserer Klasse herumspricht.

»Kurtchen, komm doch mal.«

Ich mag die Art nicht, wie er Kurtchen sagt. Ich sage laut, daß alle es hören: »Ja, Hänschen, ich komme gleich.«

»Gib deine Hand her«, sagt er wütend.

Ich weiß, daß er eindeutig der Stärkste ist, aber keine Aufregung, keine Aufregung. Ich halte ihm die Hand hin. Er preßt sie auf sein Bein.

»Da habt ihr es: Höchstens zwei Zentimeter!«

Bei solcher Pressung ist das keine Kunst. Man kann mit ihm nicht reden.

»Ja, ja, höchstens zwei Zentimeter«, sage ich.

»Weißt du, was mich am meisten ärgert?« will er von mir wissen.

»Woher denn?«

»Daß man mich als euren Führer blamiert.«

So, nun hat er es gesagt. Und genau dieses Wort. Da gibt es nur eine Frage: »Was heißt hier Führer? Seit wann bist du unser Führer?«

»In der Klasse. Das mußt du doch zugeben.«

»In der Klasse bist du unser Führer?« frage ich laut. Es kann nichts schaden, daß die anderen das hören. Aber es ist nicht laut genug gefragt, sie kümmern sich nicht um uns. Und sie sollten sich jetzt um uns kümmern. »Seit wann das denn?« frage ich. »Mein Führer bist du nicht. Ich kenne nur einen«, ja, das sage ich laut. »Und das ist der Mann in der Wolfsschanze!« brülle ich in diese Klasse.

So weit mußte es kommen. Wenn er nun zuschlägt, schlägt er vor allen anderen zu. Wenn er zuschlägt, wird er sich vielleicht wundern, denn ich bin wütend, und wenn ich wütend bin, kann ich etwas ausrichten, mein liebes Hänschen. Langsam umrunde ich ihn. Nehme ich ihn von der Seite? Von vorn nehme ich ihn nicht. Das wäre Unsinn. Aber was sehe ich da: Unser lieber Riese ist fett geworden! Der Mann ist tatsächlich fett geworden. Genauso wie die alten Römer, bevor die Kimbern und Teutonen kamen. Genau so. Er dreht sich im Kreis. Dreh dich nur. Dreh dich. Von der Seite will er sich nicht nehmen lassen. Ist sein gutes Recht. Und die anderen um uns, sie haben sich in der Runde aufgestellt. Das paßt dir wohl gar nicht, mein lieber Hans, daß die hier nun alle zusehen. Und vor allem: Sie haben deine Führerbeleidigung gehört. Gut: Es gibt Jungenschaftsführer, Jungzugführer, Fähnleinführer, Stammführer und auch den Bannführer. Das ist klar. »Aber es gibt nur einen Führer.« Das wird laut gesagt. Da sage der Hans nun mal was. Das wird er nicht. Der kleine Teppner grinst. Aha, der Teppner grinst. Ich tänzele jetzt. Ich tänzele um den Hans Buttgereit herum, wie die Boxer das tun, und er dreht sich im Kreis. Ich mit meinen Fäusten vor ihm. Genau wie im Sportpalast.

»Mach Schluß jetzt«, flüstert der Teppner mir zu. »Oder er macht dich fertig.«

So, flüstert er das? Ich kann aber meine Fäuste nicht herunternehmen. Wie denkt er sich das? Das muß ausgefochten werden. Und die anderen sehen zu.

»Aber ich habe es ja nicht so gemeint«, sagt der Hans Buttgereit nun plötzlich.

Ich bleibe stehen. »Aha«, sage ich. Ich kann meine Fäuste runternehmen.

Das hat er also gesagt. Doch er hätte eine Abreibung verdient. Soll ich das tun? Wie sollte ich das allein tun? Wir wissen es alle: Heimlich geht seine Mutter zu Moppel und schmeichelt ihm. Und sie geht zu dem Studienrat Gehlsdorf und macht dem schöne Augen. Hat immer ein Stückchen Speck in der Tasche. Nur damit seine Zensuren nicht gefährdet sind. Und seine Zensuren waren gefährdet, als wir uns die Themen der Klassenarbeiten vorher besorgt hatten. Wer hat das dem Moppel verpetzt? Nicht wahr, mein lieber Hans, dann hört die Freundschaft auf. Dann kannst du mit dem Ernst Kalweit nicht mehr auf einsamer Spitze stehen. Wie der Goethe mit dem Schiller. Ich gehe von diesem Hans Buttgereit fort. Langsam. Soll er sich dick auf die Treppe setzen und an seiner Hose ziehen. Wer sich am Sonnabend auf die Treppe setzt, kriegt einen Ölpo. In meinem Bauch merke ich es, daß ich Hunger habe.

Drüben, auf der anderen Seite der Kuhle, lassen sie den dritten Zug antreten. Der Staub liegt wie Nebel unter den Bäumen. Die Tannen sind grau vom Staub. Der zieht in Schwaden. Das ist schlimmer als beim Heuen hier. Mein Koppel war bestens geputzt. Meine Schuhe waren mal blank, das muß jeder einsehen, daß die jetzt nicht mehr blank sein können. Meine Knöpfe sind alle fest. An meiner Hose ist auch alles in Ordnung. Wir müssen noch warten. Wir möchten nur das eine: Regen soll kommen. Wer sein Koppelschloß eng hat – und wer hat sein Koppelschloß nicht eng –, möchte nur das eine: Das Koppelschloß aufmachen. Aber das darf niemand. Das wäre ja auch ein Witz: Wir stehen mit offenem Koppel, und der Feind kommt.

Immer wenn es heiß ist, wird der Bauch etwas dicker, infolge der physikalischen Ausdehnung. Auch der Bauch ist der physikalischen Ausdehnung unterworfen. Darin dehnt sich nun alles aus. Der Magen und die Gedärme. Und das, was in den Gedärmen ist. Das Wasser. Der Saft. Die zerkaute Nahrung. Gase entstehen durch Gärung und Fäulnis. Das sind dann die Blähungen. Je weiter man nach Süden kommt, je heißer es wird, desto mehr Blähungen werden die Menschen haben. In Italien soll es ganz besonders schlimm sein. Die nordischen Menschen haben weniger Blähungen.

Mein Braunhemd ist alt, aber ich kann nichts dafür. Es gibt keine Braunhemden. Auch auf Textilmarken nicht. Meine Haare habe ich mit einem Hauch Schmalz gebürstet. Das ist verboten. Aber das machen alle, die mit ihren Haaren Schwierigkeiten haben. Wasser allein hält nicht vor. Wer glaubt, daß Honigsaft hilft, hat keine Ahnung. Frauen nahmen früher ein Zeug, das Brillantine heißt. Das hat mir Onkel Wilhelm erzählt. Und in Frankreich haben sie das Zeug erfunden. Das Haar schimmerte wie von Brillanten übersät. Ich will nicht schimmern. Ich will, daß mein Haar anliegt. Und das ist der Kummer. Einmal soll der Tag kommen – wenn man richtig männlich ausgewachsen ist, wenn man mündig ist –, daß der Wirbel sich zurückbildet. Langsam bildet er sich dann zurück.

»Achtung –! In Formation angetreten, marsch, marsch!« Keiner gibt diese Kommandos so scharf wie unser Jungenschaftsführer. Wir spritzen durch den Sand – Sandstaub ist das – und bauen uns auf. Das macht uns keiner nach: Wie mit dem Lineal gezogen.

»Seitenrichtung!« Das brüllt er nur noch zum Schein. Das Kommando kann er sich sparen. Die Seitenrichtung stimmt. Aber wir trauen unsern Augen nicht: Der Fähnleinführer kommt. Die weiß-grüne Schnur ist an den weißen Stellen noch knallweiß. Das Gesicht – wir wissen es von Ernst Kalweit – sieht wie das Gesicht eines Olympioniken aus. Das sind die Leute, die die Olympiade erfunden haben.

Nun geht es los. Soll es losgehen: Taschentücher, Hände und Koppel!

Wir sind alle staubig, und wir dürfen staubig sein. Wir sind beinahe zehn Kilometer marschiert, wir haben unsere Sache gemacht. Aber die Taschentücher brauchen deshalb noch lange nicht schwarz zu sein. Jeder weiß, wie man sein Taschentuch sauber hält. Sie sind gefaltet und gebügelt.

»Raustreten! Rühren!« Meine Fingernägel sind hundertprozentig. Kein einziger ist angekaut. Auch der Daumen ist in Ordnung. Aber was wird der kleine Buchholz machen? Was wird aus dem? Der hat doch gar keine Fingernägel mehr. Sie werden ihn zur Minna machen. Sie werden ihm den Arsch aufreißen. Sie werden ihn über den Jordan jagen.

»Halstuch? Ein Drecklappen! Ein Drecklappen ist das!«

Der lange Heinz Mornigkeit fällt wie immer auf. Jetzt flattert er. Und wie er flattert. Daß sich der Fähnleinführer mit solchen Leuten abgeben muß! Und dem Gertchen Wittmoser haben sie angeblich sein Taschentuch gestohlen.

»Du behauptest also, daß in unserem Fähnlein geklaut wird?!«

»Das sage ich nicht.«

»Was hast du dann gesagt?!«

Der Wittmoser sieht im Gesicht wie eine Maus aus. Das sehen wir jetzt. Jeder kann das sehen, das Mausgesicht. Und es nützt ihm hier gar nichts, daß sein Vater Arzt ist. Nur das Mausbärtchen müßten wir ihm noch ankleben.

»Raustreten!«

Der Jungenschaftsführer sieht mich an. Ich trete vor. Nehme Haltung an.

Ich presse die Fingerspitzen an die Hosennaht. Nein, keinesfalls die ganzen Handflächen. Handflächen leicht angewinkelt. Füße: fünfunddreißig Grad.

»Taschentuch!«

In Ordnung.

»Hände!«

In Ordnung.

»Und wie sieht unser Koppel aus?«

In Ordnung.

»Schuhe?«

Jeder kann das sehen, daß die heut früh geputzt worden sind.

»Stege?«

Ja, auch die Stege sind geputzt.

»Stege, habe ich gesagt!«

Beide Stege sind in Ordnung. Zwischen Absatz und Sohle war eindeutig Schuhcreme drauf. Unmittelbar am Absatz eine Scharte, die ist vom Marschieren.

»Stege in Ordnung«, sagt der Fähnleinführer. »Du kämmst dich wohl nie, was?!«

»Der Mann hat einen Wirbel, Fähnleinführer.«

Wer hätte das dem Jungenschaftsführer zugetraut, daß er mich so eindeutig verteidigt? Ich weiß nicht, was ich denken soll. Der Fähnleinführer geht weiter. Dann bleibt er ruckartig stehen. Er dreht sich um.

»Einen Wirbel hast du?«

»Jawohl, Fähnleinführer.«

»Und was ist das!?« Der Fähnleinführer greift mir ins Haar.

»Was ist das, habe ich gefragt.«

»Das ist ein ganz klein wenig Schmalz, Fähnleinführer, weil . . .«

»Weil, weil, weil – das ist ein Schmalzkopp, mein Lieber!« Er brüllt dieses Wort über mich hin zu den anderen. Die Tannen stehen grau. Fest blicke ich dem Fähnleinführer auf die Nasenwurzel. Das ist der achtungzollende Blick, der in jedem Fall erwiesen werden muß.

»Ich weiß, daß ich Schmalz nicht benutzen darf«, sage ich.

»Gar nichts weißt du.«

»Ich wollte ja auch gar nichts sagen.«

»Halt den Mund!«

Der Fähnleinführer faßt noch einmal meinen Kopf an.

»Das ist eindeutig Bohnerwachs!«

Jetzt lachen alle. Vorher waren sie kameradschaftlich, aber jetzt lachen sie. Auch der Jungenschaftsführer lacht. Der Fähnleinführer läßt sich von mir mein Taschentuch geben. Er wischt sich die Hände damit ab. Er gibt mir das Taschentuch zurück. Es ist fast ganz sauber. Nur ein wenig fettig. Die anderen lachen immer noch. Der Heinz Mornigkeit ist deutlich zu hören.

Laut sage ich und blicke die Nasenwurzel fest an: »Es ist keine Schande, einen Wirbel zu haben.«

»Wer sagt das?« werde ich gefragt.

»Wer sagt das!« werde ich noch einmal gefragt.

Ich weiß, daß ich darauf nicht zu antworten habe.

»Weißt du, was ein Frisör ist?«

Das weiß ich wohl. Und ich weiß sogar, wie dieser Beruf auf französisch geschrieben wird.

»Zu Befehl, Fähnleinführer«, kann ich ruhig sagen. »Ich war beim Frisör.«

»Dann muß der wohl ein Idiot sein.« Er tritt dicht an mich heran. »Dann such dir einen anderen! Die Kerle müssen doch in der Lage sein, dir einen passablen Haarschnitt zu verpassen.«

»Zu Befehl, Fähnleinführer. Der Philosoph des Führers, der Friedrich Wilhelm Nietzsche, hat auch einen Wirbel gehabt.«

Der Jungenschaftsführer plinkt mich an und hält seine Hand auf den Mund.

»Friedrich Nietzsche? Seit wann heißt der Wilhelm?« will der Fähnleinführer wissen.

»Das war schon immer so, Fähnleinführer. Das hat mir mein Onkel erzählt.«

»Was soll der Unsinn?« Der Fähnleinführer stemmt seine Hände in die Hüften und stellt sich breitbeinig vor mich hin.

»Er heißt wirklich Friedrich Wilhelm Nietzsche«, sage ich.

»Du bist nicht gefragt.«

»Zu Befehl, Fähnleinführer.«

Der Fähnleinführer hält sein Gesicht dicht vor meines. Ich sehe ihm nun auf die Augen, und er sieht sich meinen Wirbel an. Jetzt muß er es ja sehen. Nein, diese Augen sind nicht böse. Er kann es jetzt genau sehen, daß da etwas nicht stimmt. Und ich kann es ihm jetzt klar, aber nicht zu laut sagen: »Der Führer hat ja auch einen Wirbel. Wir können nichts dafür.«

»Was ist los?«

»Er trägt den Scheitel rechts«, sage ich leise.

Der Fähnleinführer tritt einen Schritt zurück.

»Alle Männer tragen den Scheitel links«, sage ich. »Der Führer trägt den Scheitel rechts und seine Hitlertolle nach links hinüber. Das hat seinen Grund«, sage ich.

»Schnauze halten. Ist das klar?«

»Zu Befehl.«

»Bringt den Mann weg. Ist das klar?«

Niemand lacht. Die Hitze ist fort. Ich spüre sie nicht mehr. Sie werden mir vielleicht das Sportabzeichen aberkennen. Nur weil ich die Wahrheit gesagt habe. Und das ist die Wahrheit.

»An den Waldrand, marsch, marsch!«

»Durch die Kuhle?«

»Na, was denn?!«

Durch die Kuhle gerobbt?

»Na, wird's bald!«

Ich werfe mich hin. Die Kiefernnadeln sind vom Vorjahr. Sie sind hart. Der Abhang ist steil. Ich muß ihn seitlich nehmen. Sand ist in meinem Mund.

In der Nacht ist es immer gut. Wenn ich nicht schlafe, höre ich die Züge. Von weit höre ich sie. Sie fahren über die große Eisenbahnbrücke nach Rußland. Und sie kommen über die große Eisenbahnbrücke von Rußland. Der Alte Fritz hat bei Kunersdorf auch eine Schlacht verloren. Hinterher saß er auf einem Baumstamm und wollte nicht mehr leben. Er wollte sich entleiben. Weinen konnte Friedrich der Große nicht. Er hat vielleicht einmal als Kronprinz geweint. Und an seiner Frau hatte er auch keine Hilfe. Die lief in ihrer Krinoline zwischen den Rosenbeeten herum. Das konnte sie. Reiten konnte sie nicht. Sie hätte eine Kutsche haben müssen mitten in der Schlacht. Ein Witz: eins, zwei haben die Panduren ein leichtes Spiel. Gefangengenommen ist die preußische Königin. Friedrich muß Frieden schließen, weil seine Frau, die er gar nicht gut leiden kann, bei der Kaiserin Maria Theresia in Wien gefangen sitzt. Die aber ist eine gute Landesmutter. Sie kämpft um jeden Fußbreit ihres Landes. Der Alte Fritz muß sich beugen. Schlesien ist verloren. Wegen einer Frau. Schon bei ihrer Hochzeit hat sie schwarze Zähne gehabt. Und er muß wieder in die Verbannung. Damals mußten sie meistens in die Verbannung. Meistens auf eine Festung. Und die Feinde weideten sich an ihnen.

Von fern die Züge. Rot sind ihre Lichter. Fliege ich voran, bin ich in weißem, gleißendem Licht. Bei den amerikanischen Loks haben sie nur einen Scheinwerfer. Der kommt näher und näher, und die Indianer haben Steine auf die Schienen gelegt. Echten Granit aus den Rocky Mountains.

In unserm Zug brennt kein Licht. Der ist keine glühende Schlange in der Nacht. Wir sind im sechsten Kriegsjahr. Auch die Scheinwerfer sind abgedunkelt. Schmale Schlitze. Weißgelbe Pfeile durchschießen die Nacht. Zart. Weit kann der Zugführer nicht sehen. Aber wir wollen ja auch nicht gesehen werden. Manchmal glimmt ein Feuerzeug. Das ist eigentlich verboten. Aber man kann den Soldaten nicht alles verbieten. Der Stein schimmert in meiner Hand. Wir sind im Abwehrkampf. Wir sprechen wenig. Wir sind deutsche Soldaten und sind müde. Nur ich bin nicht müde. Ich bin hellwach. Das ist keine Kunst. Ich bin schließlich der Jüngste hier. In geheimer Mission eilig zum Fahnenjunker ernannt. Die Uniform macht mich etwas älter. Aber wer fragt heute danach?

Keiner der Kameraden ahnt, wer ich bin. Nur der Lokführer weiß Bescheid.

Plötzlich Bremsen. Kreischen, Kommandos.

Mein Name!

»Fahnenjunker! Fahnenjunker!«

Ich stürze hinaus.

Der etwas unwillige Blick eines Obersten empfängt mich. Der Oberst trägt einen Mantel nach altem Schnitt, wie die Offiziere der Reichswehr ihn hatten. Das ist eigentlich verboten. Ob er auch einer der geheimen Verschwörer gegen den Führer ist? Daran will ich jetzt nicht denken. Dafür ist jetzt keine Zeit. Wir stehen im Abwehrkampf. Die Focke-Wulf wartet. Eine der wenigen Maschinen dieses Typs, die wir noch haben. Sie ist vollgeladen mit Benzin. Kaum noch Platz. Ich erkenne es sofort: Die Benzinfässer festgezurrt. Zwischenlandung nicht erforderlich. Wäre ja auch nicht möglich. Wo denn da? Wer will die Deutschen haben? Wenn wir genauen Kurs halten, könnten wir es schaffen. Ich begrüße die Besatzung. Der Bordfunker reißt die Hacken zusammen. Ich lasse rühren.

Draußen Winken. Wir rollen zum Start. Ich sehe noch einmal in das unwillige Gesicht des Oberst. Nichts weiß der. Ahnt er was? Er kann nichts ahnen.

Die Maschine hebt ab. Ruhig fliegen wir durch die Nacht. Ich biete dem Piloten aus meiner Feldflasche echten Himbeersaft an. Wir sind eine verschworene Gemeinschaft. Auch Brotschnitten habe ich mitgebracht. Echte Rauchwurst. Die Männer blicken mich dankbar an.

Wir fliegen durch die Nacht. Fliegen und fliegen. Da, das breite Band des Dnjepr! Wir haben den richtigen Kurs. Kein Russe glaubt, daß in dieser Nacht ein deutsches Flugzeug über Kiew zu sichten ist. Kein Russe glaubt, daß eine deutsche viermotorige Maschine im Morgengrauen den Kaukasus überfliegen wird.

Wir fliegen. Die Türken haben sich auch von uns abgewandt. Aber das macht nichts. Sie alle werden sich wundern. Wir fliegen. Der indische Morgen erstrahlt. Wo aber einen Landeplatz finden? Wir sind am Ziel, aber die Flugplätze sind natürlich von den Engländern besetzt. Die schlafen in den Tag hinein. Es wäre keine Kunst, einen solchen Flugplatz zu besetzen. Fünf Mann sind wir. Maschinenpistolen haben wir. Aber: Unsere Sache muß geheim bleiben.

Hinter Bahawalpur ist mitten im Urwald ein weites Feld zu erkennen. Hier müssen wir runter. Sind da ein paar Hütten? Egal. Wir landen. Ich steige zuerst aus. Die Besatzung tarnt die Maschine mit Palmzweigen.

Ich trete in das Dunkel des Urwaldes. Dreimal küsse ich den Stein. Heller, wunderbarer Schimmer. Bernsteinlicht. Die Prinzessin steht vor mir. Sie ist wunderschön. Ich sehe sie an.

»Du hast mich erlöst«, sagt sie.

Aber ich darf mich nicht aufhalten. Sie ist schöner als alle Schönsten. Ich will sie an mich ziehen.

»Ich bin nur ein einfacher deutscher Soldat«, sage ich. Aber sie lacht. Der Dienstrang ist ihr nicht wichtig.

»Du bist ein Mann«, sagt sie leise.

Es ist kein Wunder, daß sie so schön ist. Jedes Kind weiß, daß die Inder eigentlich südliche Germanen sind. Nur verweichlicht.

Sie schmiegt sich an mich. Ich aber blicke sie ernst an. Ich zeige ihr den Brief des Führers. Natürlich ungeöffnet.

»In geheimer Mission«, sage ich.

Sie begreift. Fest faßt sie meine Hand. Zart streichele ich ihr über das Haar. Sie kuschelt sich noch einmal an mich.

Seidig ist das Haar.

»Laß uns gehen.«

Träge liegt der Maharadscha von Bahawalpur auf seinem Diwan. Neben ihm der Maharadscha von Haidarabad. Der ist der reichste Mann Indiens. Die beiden sind völlig mutlos, weil sie nicht wissen, wie sie die englische Herrschaft abschütteln sollen. Und Deutschland ist am Ende.

Wir treten näher. Der Maharadscha von Bahawalpur erstarrt.

»Tirana!« ruft er laut.

Die Prinzessin will meine Hand nicht loslassen. »Mein Retter«, sagt sie leise und zeigt auf mich. Der Maharadscha umarmt seine Tochter. Er kann es nicht fassen, daß sie lebt. Er kann seine Freudentränen nicht zurückhalten. Über die Schulter der Prinzessin und durch seine Tränen hindurch sieht mich der Maharadscha an.

Dann ist der Brief des Führers in seiner Hand. Er kann es deutlich sehen: keine Fälschung. Das Siegel der Reichskanzlei. Tiranas Vater winkt dem Maharadscha von Haidarabad. Der kommt herzu. Sie erbrechen das Siegel. Beide blicken sie auf das Schreiben des Führers. Nach einer Zeit des schweigenden Lesens sagen sie: »Darauf haben wir gewartet. Indien ist bereit.« Denn das Entscheidende haben die Maharadschas sofort erkannt: Wir rollen Rußland vom Süden her auf. Das Kaspische Meer. Die Ölfelder. Baku ist in unserer Hand. Die russischen Panzer haben kein Öl. Verzweifelt klappen die russischen Panzerkommandanten ihre Turmluken hoch.

Der Vormarsch ist gestoppt.

Das ist eine ernste Stunde. Das ist ein unvergeßlicher Morgen.

Der Maharadscha klatscht in die Hände. Apfelsinensaft wird gebracht. Auf goldenem Tablett. Imponiert mir das? Nein. Für ein solches Tablett kann man mit Sicherheit einen kleinen Panzer kaufen. Das ist mein geheimer Gedanke. Errät der Maharadscha ihn? Die Inder werden sich daran gewöhnen müssen: Alles Gold für die Rüstung. Auch deine Brillanten, Tirana.

Die Prinzessin mit dem wunderbaren Namen steht neben mir.

»Tirana heißt du?«

»Du weißt es«, sagt sie und sieht mich mit ihren blauen Augen an. Ich halte ihre Hand nun für immer fest. Ich bin nur ein Fahnenjunker, aber ich hatte den Stein, und das EK II werde ich mit Sicherheit bekommen. Es kann sein, daß ihr das zunächst einmal genügt.

Zusammen treten wir auf die Terrasse des Palastes. Die Maharadschas eilen zu ihren Adjutanten. Die englischen Offiziere verschlafen diese entscheidenden Stunden. Wie gut! An ihre Betten gefesselt, werden sie sich nie mehr erheben können.

Zusammen gehen wir in die indische Sonne. Ein Reiseelefant erwartet uns. Die Wunder Indiens soll ich nun kennenlernen. Aber nur Tiranas Augen sind mir wichtig. Weich legen sich ihre Arme um mich. Ich küsse ihren Mund fest. Der Elefant wird vergebens warten. Ich muß zurück. Ich muß Meldung machen. Das weiß die Prinzessin. Wirklich – es ist ein Bernsteinglanz um ihren Körper. Marmor, Palmen und Apfelsinen. Schwimmbecken mit Goldfischen. Fontänen. Ich denke an unsere Verwundeten. Wie könnten sie sich hier erholen!

Immer mehr Flüchtlinge kommen in die Stadt. Die meisten aus Lettland und Litauen. Aber auch schon die ersten Bauern aus dem Memelland. Wir wollten das zunächst nicht glauben, aber dann lasen wir es auf den Täfelchen an den Wagen. Willkischken, Piktupönen, Sodehnen. Kallwehlen und Weszeninken liegen direkt an der Memel. Tafeln wie bei uns an der rechten Seite des Wagens. Jeder kann das lesen.

Wir müssen helfen. Das Jungvolk ist zur Betreuung der Flüchtlinge eingesetzt.

Schule fällt flach. Studienrat Thomsen ist auch eingezogen. Er war der einzige vernünftige Lehrer, den wir hatten. Wir bekamen immer Klebstoff für den Modellbau bei ihm. Von Angebereien hält er gar nichts. Daß ein griechischer Tempel Parthenon heißt, müssen wir nicht wissen. »Wir nehmen das im nächsten Jahr durch«, sagt Herr Thomsen und gibt dem Ernst Kalweit das Buch mit den griechischen Bildern zurück. Herr Thomsen malt am besten Engländer, die bei Tobruk in Gefangenschaft gehen. Schwitzend. Die backen dann Flinsen auf ihren zerschossenen Panzern, auf die die Sonne herabglüht. Den Helm in den Nacken geschoben, stehen sie und rühren den Teig. Aber Rommel ist längst nicht mehr in Afrika. Er ist auch nicht mehr am Atlantikwall. Der Feldmarschall Rommel ist tot. Das ist ein Schlag für den Führer. Er war einer seiner Getreuen. Wie oft kam er zur Besprechung in das Hauptquartier geflogen. Und der Führer gab ihm freundlich die Hand. Wir alle konnten es sehen. Nun steht seine Frau an seinem Grab. Sie trägt einen schwarzen Schleier. Der Sohn ist Luftwaffenhelfer. Er ist schon sechzehn.

Ich stehe an der Ecke Adolf-Hitler-/Goldaper Straße. Ich habe darauf zu achten, daß die Fuhrwerke nicht in die Goldaper Straße einbiegen, weil sie schon an der nächsten Ecke, hinter der Konditorei Buczilowski, da, wo es zum Bahnhof geht, völlig verstopft ist. Die Adolf-Hitler-Straße ist ein breiter, dunkler Strom. Grauschwarz stehen darin die Wagen. Sie kommen kaum vorwärts. Manchmal sind die Wagen ineinander verkeilt, aber die Bauern schimpfen nicht. Nur wollen einige immer wieder in die Goldaper Straße einbiegen. Dann halte ich meinen Arm mit der roten Binde hoch, damit jeder das Wort »Ordner« lesen kann. Laut rufe ich: »Keine Durchfahrt!« Ich lasse meine Stimme ganz tief werden. Das wird meistens verstanden.

Manchmal sind die Bauern zu mir freundlich. Vielleicht deshalb, weil auch ich müde bin. Oder weil sie alt sind. Alte Leute sind oft freundlich. Die jungen Bauern sind eingezogen. Vielleicht haben auch manche ihre Höfe zu kleinen Festungen ausgebaut und bleiben am Feind?

Ich bin wirklich müde, aber ich werde mich nicht setzen. Der Soldat, der an der Infanteriekaserne Wache hält, setzt sich garantiert nicht hin. Der an der Artilleriekaserne auch nicht. Die SS-Männer, die vor der Reichskanzlei präsentieren, kein Gedanke, daß die sich setzen würden. Die Großmutter sagt, die SS sei ihr unheimlich. Frage ich, warum, will sie darüber mit mir nicht reden. Aber die besten Soldaten sind bei der SS. Und die besten Waffen.

Eine Bäuerin winkt. Aber ich darf ihren Wagen nicht besteigen. Sie scheint nicht richtig deutsch zu verstehen. Ich darf meinen Platz nicht verlassen. Ich kann ihr Gesicht unter dem tiefgezogenen weißen Kopftuch nicht erkennen.

Die Bäuerin will mir nur ein Stück Kuchen geben.

»Danke«, sag ich, »ich hab eigentlich keinen Hunger.«

Aber ich nehme das Stück Kuchen an, obwohl ich in Uniform bin. Ich kann es ja schnell essen. In dem Kuchen sind unter dem Streusel schwarzrote Kirschen eingebakken. Ein Hefekuchen. Ich weiß nicht, ob der Name Tirana für die Prinzessin der richtige ist. Er klingt indisch. Aber wer versteht hier einen solchen Namen?

In dem Wagen, in dem sie den Streuselkuchen haben, versucht eine alte Frau aufzustehen. Sie hat eine Bibel in der Hand. Golden leuchtet der Schnitt. »Kinderchen müssen Wache stehen«, sagt sie.

Es hat keinen Sinn, der alten Frau zu sagen, daß ich Angehöriger des Jungvolks bin. Sie kennt offenbar unsere Uniform kaum und weiß nicht, daß Kinder die niemals tragen dürften. Kein Braunhemd und schon gar kein schwarzes Halstuch. Das wäre polizeilich verboten. Und außerdem ist die Uniform deshalb heilig, weil der Führer sie trägt. Schwarz und braun. In der ganzen Welt bekannt. Wo kommen die Leute her?

Die alte Frau will mich aber freundlich ansehen. Will sie sich einschmeicheln? Sie tastet sich in dem Wagen nach vorn. Das ist wohl schwierig. Lauter Kisten und Kasten drin. Oder will sie ihrem Sohn etwas sagen? Der sieht starr geradeaus. So, als ob da vorn etwas wäre. Aber auch so, als ob da vorn nur Unordnung sei. Natürlich ist da vorn jetzt ein Durcheinander. Natürlich ist da kein Durchkommen.

Die alte Frau legt ihre Bibel neben den Sohn auf das Sitzbrett.

»Es geht aber auch rein gar nicht voran, Muttchen«, sagt er.

»Wie soll es auch, wenn die uns da Führung geben«, sagt sie.

Damit bin ich gemeint. Aber es ist nicht wie eine Beleidigung gesagt. Was wollen sie? Ich bin doch nur ein Ordner. Vorn sind die Männer von der Partei. An der Königsbrücke. Und auch an der Reformierten Kirche. Da, wo das neue Kino gebaut werden sollte, da ist der Befehlsstand.

»Neben dem Kirchturm ist der Befehlsstand«, sage ich. »Dort ist auch ein Telefon. Ich bin nur der Ordner.«

Aber die auf dem Wagen wollen es nicht hören. Die alte Frau legt die Hand über die Augen. Will sie über die riesige Kolonne hinwegsehen? Das kann sie nicht. Sie wickelt die Bibel in ein Tuch. Das sieht wie Samt aus. Samt mit kleinen Girlanden dran.

»An der Cecilien-Schule wird auch Kaffee ausgegeben«, sage ich etwas lauter. »Und Fruchtsäfte. Da kann man sich vielleicht auch waschen.«

»Das ist gut«, sagt die alte Frau zu ihrem Sohn, »dann

kriegst du etwas Warmes. Und du vor allem«, sagt sie zu der jungen Frau, »du hast Milch verdient.«

Die junge Frau ist in den Wagen hineingetaucht. Nur noch ein Käppchen des Kopftuchs kann ich erkennen. Was sucht sie? Oder haben sie ein Kindchen?

Meistens haben sie ja Kinder auf den Wagen.

Nun geht es ein Stückchen weiter. Ich winke ihnen aber nicht nach, denn das wäre eine Beleidigung. Winke keinem zum Abschied, der nicht vorwärts kommt. Da stehen sie schon wieder.

Ein Wagen will überholen.

Das ist nicht möglich.

Eine Frau auf einem Zweispänner will überholen.

Sie ist nicht zur Ruhe zu bringen.

»Laßt mich!« ruft sie. Wohin will sie? Das ist doch verboten.

In die Goldaper Straße darf sie nicht. Und vor ihr und hinter ihr ist alles voll. Brüllen hilft da auch nicht. Nun brüllen sie sich tatsächlich an, und es sind doch Deutsche. Das dürften die Kriegsgefangenen nicht hören. Heimlich würden sie sich freuen. Heimlich sind sie doch immer unsere Feinde.

Ich steige auf die Radnabe des Wagens vor mir und rufe, so laut ich kann: »Einordnen! Einordnen!« Das ist der Ruf des Ordners. Ich hebe meinen Arm. Ich bin froh, daß mir das Wort »Einordnen« eingefallen ist, es ist das beste Wort hier – sie ordnen sich ja auch ein – und vor allem für die Wagenlenkerin hinter ihren beiden Pferden.

»Einordnen!«

Ich muß die Stimme tief kommen lassen, wenn ich laut sein will. Ich muß das abends üben. Die Wagen fahren nun langsam. Ich springe vom Rad. Ich winke. So, wie der Feldpolizist, der gestern an der Drogerie Lackner stand. Der hatte aber noch eine rot-weiße Kelle zu seiner

Verfügung. Mit Batterie und kleiner elektrischer Birne. Das gab abends ein gutes Licht. Fliegender roter Weihnachtsstern.

Jetzt reißt die junge Frau aber ihren Wagen herum! Sie reißt die Deichsel nach rechts herum. Das sieht jeder, daß sie in die Goldaper Straße will.

Aber wie denn? Das glaubt keiner: Sie müßte über zwei andere Wagen hinweg. Der erste gibt seinen Pferden die Peitsche. Dem zweiten reißt sie das Hinterrad zu Bruch. Sie schlägt auf ihre Pferde ein, als ob sie Teppiche klopft. Das linke Pferd steigt mit den Vorderbeinen hoch. Alle schreien durcheinander. Das linke Pferd reißt den Wagen tatsächlich herum. Es macht einen Satz. Zerrt das andere mit. Schon wieder kracht es. Ich springe beiseite. Mit großen Augen kommt die Wagenlenkerin auf mich zu. Aber sie sieht mich nicht. Breitbeinig steht sie da. Ich bin der Ordner. Meinen Arm halte ich hoch. Sie rasselt an mir vorüber. In die Goldaper Straße hinein. Über das Kopfsteinpflaster. Blutig gerissen ist die Lippe von dem Pferd.

Das ist nun wirklich nicht erlaubt. »Polizei!« rufe ich. Noch einmal hebe ich den Ordnerarm hoch. »Polizei!«

Die Frau ist nicht zu halten. Das rechte Hinterrad ihres Wagens eiert. Das eiert nicht nur. Jetzt knickt es. Jetzt schleift es. Jetzt bleibt der Wagen stehen. Und nun ist es still.

Auf dem Wagen, der vor mir steht, wird gelacht. Sie lachen mich aus, obwohl ich in Uniform bin? Oder die Frau wird ausgelacht.

»Kräh du doch nicht.« Der Bauer, der das zu mir sagt, ist ganz alt. »Mußt nicht rumschreien.« Er steigt von seinem Wagen. »Woll'n uns den Schaden besehen.« Er will mich an die Hand nehmen. Die gebe ich ihm natürlich nicht. »Woll'n sehen, was die angerichtet hat.«

Die steht mit ihren beiden Füchsen fest.

Der Bauer will tatsächlich meine Hand nehmen. Vielleicht ist er schon so alt, daß er das nötig hat. Ich weiß nicht, was ich machen soll. Ich bin kein Baby. Ich möchte nur das eine wissen, weshalb hier alles durcheinandergeht.

Ganz richtige Deutsche sind das jedenfalls nicht. Den deutschen Gruß wende ich nicht an. Holperig ist das Pflaster. Stroh, Blätter, Papier müssen heute noch weggefegt werden.

Blutig ist das Maul. Es zuckt. Beinahe wäre ich ein Bauernjunge geworden. Und das muß ich nun mit ansehen. Auch am Auge zuckt es.

Renate ähnelt der Prinzessin ein bißchen. Wenn ich sie von der Seite ansehe, sieht sie beinahe wie die Prinzessin aus. Sie hat aber ein Pelzjäckchen an.

»Noch einmal fahren wir zum Widminner See«, sagt Renate.

»Was heißt, noch einmal?« frage ich, aber ich weiß, was sie meint. Sie will es wohl nicht sagen, und es ist auch verboten.

Verboten ist es auch, daß Schwester Anna uns mitgenommen hat. Auch wenn sie hundertmal Renates Tante ist, darf sie es nicht tun. Auch wenn sie sagt: »Das verantworte ich. Kümmert euch nicht drum.«

Sie redet sich mit ihrer Dienstfahrt heraus. Ich aber weiß, daß jede zusätzliche Person zusätzlich den Wagen belastet und dadurch den Benzinverbrauch in die Höhe treibt. Aber ich fahre zu gern nach Widminnen. Und sehr gern mit Renate. Das müssen die anderen nicht wissen – es ist klar, daß sich ein Pimpf mit Mädchen nicht abgeben darf –, aber in Wirklichkeit beneiden sie mich. Und realiter ist es so: Sogar die HJ-Führer knutschen sich mit den BDM-Mädchen nach dem Dienst heimlich in den Anlagen am Flüßchen. Da zeigen sie sich den Po.

Ich kann ruhig mit Renate fahren. Und ich bin nicht einmal in Uniform. Es ist kein Dienstvergehen. Im vergangenen Jahr hatten wir am See ein großes Brett gefunden. Weit konnten wir damit schwimmen. Vielleicht werden wir auch heute so ein Brett finden. Oder das alte ist noch da. Aber zum Baden ist es zu kalt.

Renate und ich müssen nur immer auf die Schwester warten, wenn sie auf die einzelnen Höfe geht. Schwester Anna hat eine gebogene Nase. Wie die Indianer. Sie fürchtet sich vor niemandem, selbst vor tobenden Hofhunden nicht. Sie muß die kranken Kinder besuchen, die in Wirklichkeit verrückt sind. Die müssen genau beobachtet werden, weil sie staatsgefährlich sind. Auch die Franzosen haben manchmal gebogene Nasen, besonders die, die in der Bretagne wohnen, aber sie sind verweichlicht. Und früher die Juden? An den krummen Nasen konnte man sie erkennen.

Den Unterschied zwischen der Adlernase und der jüdischen krummen Nase muß es geben.

Renate will davon nichts wissen. Sie will nur aus dem Fenster sehen, während wir auf ihre Tante warten. Renate freut sich, daß ich mitgefahren bin. Sie sagt das nicht, aber sie hat mich heimlich von der Seite angesehen. Sie kniet auf dem Sitz und sagt: »Die Hinterscheibe ist viel zu klein.«

»Rückscheibe heißt das«, sage ich.

Da wird Renate etwas rot; vielleicht weil man bei ihrem Wort auch an den Po denken kann.

Ich möchte wissen, was sie bei der HJ damit anstellen. Streicheln? Küssen? Draußen scheint jetzt noch sehr die Sonne. Es ist warm im Auto. Das ist noch beinahe wie im Sommer. Über die Brücke hinter der großen Kurve fahren Panzerspähwagen. Die kleineren mit sechs Rädern. Wenn sie acht Räder haben, heißen sie Schützenpanzerwagen.

Renate sagt: »Sind das viele!«

Sie hat keine Ahnung. Es ist einer, der hin- und herfährt. So wird unüberlegt dahergeredet. Und ihrer Tante wird dann erzählt: Wir haben lauter Panzerspähwagen gesehen.

Schwester Anna gefällt der Name dieses Dorfes nicht. Der Führer hat es umgetauft. Heute Brückental, früher Samelucken.

Aber der Name Brückental stimmt. Die Brücke führt über ein Tal. Im Tal fließt ein kleiner Fluß. Schwester Anna mag die neuen Namen nicht, die aber jeder versteht. Auf Befehl des Führers sind neue Ortsschilder gemalt worden. Walterkehmen heißt Großwaltersdorf. Kulligkehmen heißt Ohldorf. Sadweitschen heißt Altkrug und Augstopönen Hochfließ. Pillkallen heißt Schloßberg, und Narpgallen heißt Riedhof. Was geht mich das an, wie Birkenhöhe früher hieß? Da wollen wir auch noch hin. Der Fähnleinführer hat gesagt, Gumbinnen soll auch umgetauft werden, weil sich niemand unter dem Namen etwas vorstellen kann. Ich glaube aber, Renate denkt, ich sollte ihr vielleicht einen Kuß geben. Ich küsse nur die Mutter vor dem Einschlafen. Und auch das wird abgeschafft.

»Ist dir gut?« frage ich.

»Ja«, sagt Renate und schaut mich so an.

»Weil du dauernd aus dem Fenster siehst«, sage ich.

»Du siehst doch auch aus dem Fenster.«

»Ja«, sage ich, »ich sehe auch aus dem Fenster, aber das nur, weil ich dir Gesellschaft leisten will.«

»Ach so«, sagt sie nun. Dabei wird sie unter ihren Ohren und wohl auch hinter ihren Ohren etwas rot. Das sieht nicht schlecht aus. Weil ihre Backenhaut etwas bräunlich ist. So überfärben sich das Bräunliche und das Rötliche wie bei den Indianern. Die Indianerfrauen gehörten zu den schönsten der Welt. Das ist vorbei, weil die Gangster sie ausgerottet haben. Und die wenigen, die noch da sind, sind abgemagert. Die Haut wie Leder. Ledern ist das Wort, das sie für die geschundenen Indianer erfunden haben. Wären sie bei uns, könnten sie sich erholen. Ich mag Renates Backenhaut gern ansehen. Auch die auf den Armen. Es könnte sein, daß sie überall so leicht bräunlich aussieht. Das kann man nur im Sommer sehen. Oder wenn sie sich auszieht.

Jetzt kommt natürlich die Schwester Anna zurück. »Na, ihr?« Das sagt sie immer. Sie hat uns Streuselfladen mitgebracht. Sechs Stückchen. Und nach Birkenhöhe müssen wir nicht mehr. Der verrückte Junge, der dort wohnt, ist ausgerissen. Sie lacht. Das gefällt ihr.

Wir können nun fahren. Schwester Anna ist eine Fürsorgerin. Sie steht unter dem Dienstgeheimnis. Aber wir wissen es genau: Alle verrückten Kinder werden totgemacht wegen der Erb- und Rassenpflege. Das ist notwendig, weil wir im Abwehrkampf stehen. Es ist notwendig, weil die verrückten Kinder unnötige Nahrungsverbraucher sind. Ebenso wie die Gefangenen. Und die Verrückten müssen auch noch gepflegt werden.

Schwester Anna denkt, wir wissen das nicht. Und sie denkt, wir wissen nicht, daß sie sich heimlich wünscht, daß die Verrückten manchmal doch am Leben bleiben.

Das ist verboten.

Die Chausseebäume sind in den Kurven weiß angemalt. Oft ist die Farbe heruntergewaschen. Das müßte nachgestrichen werden. Die Bäume sehen sonst wie halbe Birken aus. Weit, weit möchten wir immer so fahren. Renate pickt mit ihrem Zeigefinger auf meinen Handrücken. Da soll ich ihr wohl meine Hand geben? Das aber ist verboten. Und es ist nicht anständig, wenn an der Front gekämpft wird, und die anderen sind Schanzen am Ostwall, und wir dürfen hier so fahren. Und ich muß freiwillig auch dorthin.

Am See ist niemand. Der Wirt im Krug sagt: »Ihr seid wohl die letzten Gäste.«

Der Wirt bietet Schwester Anna Wein von der Mosel an. Der ist neun Jahre alt. »Immer her damit«, sagt er. Er redet mit ihr mit den Augen. Er will nicht, daß die Feinde den Wein haben. »Es hat jetzt sowieso keinen Sinn.« Es lohnt sich nicht mehr, ihn zu schonen.

Der Wein ist in einer grünen Flasche. Der Korken ist aus richtigem Kork gemacht. Er biegt sich und bröckelt nicht. Oben darüber war eine Bleikappe. Das bedeutet: Kein Mensch konnte heimlich an den Wein heran, sich einen Schluck nehmen und ihn hinterher mit Wasser vermischen. Die Bleikappe ist das Siegel.

Renate hält unter dem Tisch meine Hand fest. Der Wirt hat das gesehen. Aber er verrät uns nicht. Er hat es gesehen, als der Bierdeckel vom Tisch kullerte – es ist ein neuer – und ich ihre Hand loslassen mußte. Schwester Anna hat nur auf ihr Weinglas gesehen. Der Wirt wollte den Wein eigentlich für die Hochzeit seiner Tochter aufbewahren. Daraus wird nun nichts.

Nun reden sie. Die Juden waren in Wirklichkeit keine bösen Menschen? Das hat meine Großmutter schon an meinem ersten Schultag gesagt. Damals, als wir mit der Schultüte an der Synagoge vorbeigingen.

Ich kann durch die Weinflasche hindurchsehen. Da, wo die zwei eingeschenkten Gläser fehlen, kann ich hindurch die Blumen auf dem Fensterbrett als dunkelgrüne Schatten erkennen. Sie sehen wie Urwaldblumen aus. Tiger könnten hinter ihnen hervorkommen. Aber Renate meint, das Blumenblatt, das rechte, sieht wie eine Muschel aus, die im See lauert. Oder wie ein Hörnchen. Die backte in meiner Kindheit der Bäckermeister Endrikat. Das sage ich ihr.

»Was erzählt der da von seiner Kindheit?« fragt der Wirt. Auch Schwester Anna findet das zum Lächeln.

Ich sage: »Als ich noch ein Kind war.«

»Wann war denn das?«

»So mit sechs Jahren.«

»Aha.«

»Da mußte ich immer vom Bäcker Endrikat Hörnchen holen.«

»So, so.« Der Wirt trinkt sein Glas aus.

»Aber nur am Sonnabend«, sage ich. »An jedem Sonnabend hat der Vater den Gesellen und dem Lehrling ein Hörnchen spendiert. Ich bekam auch eins. Das durfte ich in der Werkstatt essen.« Ich kann dieses Hörnchen tatsächlich durch die Flasche erkennen.

»Aha«, sagt der Wirt. Er steht auf. Er geht zur Theke und kommt mit vier Flaschen zurück. »Die sind für euch«, sagt er. »Ihr dürft Malzbier trinken, soviel ihr wollt.« Das Malzbier ist echt. Es schäumt noch. Renate trinkt fast auf einmal eine ganze Flasche aus. Und ich trinke auch fast eine ganze Flasche aus. Das Bier schmeckt wie Honig. Der Wirt lacht.

Der Wirt sagt, auf dem Schild kann jeder es genau lesen, daß der Wein ein Friedenswein ist. Das Schildchen heißt Etikett, und die Zahl 1935 ist das Weinjahr. »Seht ihr, was ihr alles noch lernt.«

Auf dem Etikett ist ein Bild. Deutlich können wir die Mosel erkennen. Sie sieht hellblau aus. Grün sind die Berge, auf denen der Wein wächst. In ihnen steigt das Wasser des Flusses empor. Winzig sind auf den Bergen die Weinstöcke zu erkennen. Unzählige. Strichlein an Strichlein. Da ist auch eine kleine Stadt. Oder ein Dorf? Der Name ist Briedern. Mit dem ist Auslese verbunden: Für diese Flasche sind die Beeren extra ausgelesen worden.

»Ein erlesener Wein.«

»Ja, das kann man wohl sagen«, sagt der Wirt.

Die Schrift ist in Gold. Mit Schwarz. Der Mann, dem

der Weinberg gehört, heißt Otto Görgen. Die Dächer von den Häusern und dem kleinen Kirchturm sind etwas rot.

Der Wirt sagt: »Der Wein ist leicht süß.« Er will wissen, ob Schwester Anna das störe.

»Im Gegenteil«, sagt sie. Sie weiß es noch genau, daß sie vor drei Jahren einen Zeltinger Mosel getrunken hat. In einem Lazarett in Smolensk.

»Ausgerechnet!«

»Ausgerechnet.«

Der war aber ein herber Riesling. Schon die Römer haben den Moselwein gekannt. Und sie haben immer Heimweh nach der Mosel gehabt. Jetzt sind sie unsere Feinde. Heimlich waren sie es ja immer. Damals haben sie den Wein abtransportiert. Und jetzt, als Italiener, sind sie noch feiger. Der Duce hat es nicht geschafft.

Immer, wenn der Inder den Ring küßte, erschien die Prinzessin. Auch in seinem ärmlichen Zimmer. Renates Haare sind aber total anders. Ich glaube, daß keine einzige Frau in Indien Zöpfe hat. Sie haben alle das wunderbar lange Haar. In der ersten Klasse hatten wir eine, die gnaschelte immer an ihren Zöpfen. Die waren dann ganz sabbrig. Ich habe nie ein Bild einer Prinzessin gesehen, die Zöpfe hat.

Renates Zöpfe sind wie dunkelbraune Schlangenwellen. Sie sagt, es sei schwer, das Haar zusammenzuhalten. Keine Prinzessin würde sich ihr Haar so flechten. Das dürfte ihr auch niemand befehlen.

Wir können hier so sitzen und uns an den Händen halten. Deshalb ist es nicht langweilig. Die anderen beiden reden immer noch von Smolensk. Goldene Kuppeln über der Stadt. Ich wette, daß die nur vergoldet sind. Aber das sage ich Renate nicht. Soll sie ruhig an die goldenen Kuppeln glauben. Niemandem sag ich, daß wir seit Smolensk vom Vater keine Nachricht haben. Dort muß es ein Dorf geben, das Lewenja Gora heißt. Daneben ein Birkenwäldchen. In dem Wäldchen hat der Vater seine letzte Karte geschrieben. Die Mutter wollte im letzten Urlaub immer nur neben dem Vater sitzen. Ich sagte: »Ihr könnt doch nicht immer so sitzen!« Aber das konnten sie. Ich sagte: »Dann sollt ihr lieber schuschen gehen.« Sie haben gelacht. Und die Mutter sagt nun, sein Uniformstoff sei wie Sammet gewesen, aber in Wirklichkeit war Holz darin. Renates Hand ist weich wie echte Seide.

Wir können den See von hier aus bestens sehen. Breit ist der Strand. Beinahe so breit wie an der Ostsee. Bestes Schußfeld. Kein Feind könnte uns da kommen. Es wird wohl so sein, daß sie heute den Gefallenen den Stahlhelm nicht mehr aufs Grab legen. Denn das ist eine Verschwendung. Und der Gegner erbeutet massenhaft Stahlhelme. Manchmal, wenn sie Zeit haben, bauen sie auch ein Kreuz aus Birkenästen. Das verfault bald. Wenn aber zeitig der Frost kommt, ist der Birkensaft gefroren. Dann könnte es sich über den Winter halten. Die Erwachsenen glauben fast alle, daß die Russen kommen, aber sie sagen es uns nicht. Denn sie sagen, daß wir Kinder sind.

»Laß uns ein bißchen gehen.«

»Ja, geht nur, wir müssen dann ja auch bald«, sagt Schwester Anna.

Es ist klar, daß Schwester Anna die Flasche Moselwein allein trinken will. Und sie wollen beide in Ruhe reden von dem, was kommt. Wie warm es am See noch ist. Warm der Sand an den Füßen. Auch Renate zieht ihre Schuhe aus. Sie wirft einen Stein über das Wasser. Dreimal springt der. Ich habe kein Glück.

Kein Mensch. Uns ist heute alles erlaubt. Dürfen wir sogar über die Holzbohlen ein Netz breiten? Wie den Mantel eines Hirten. Die Indianer sollen ja so ähnliche

Zelte haben. Aber ihre Zelttücher sind aus fester Wolle gewebt. Wenn wir das Netz weiter und weiter spreiten, kann jeder glauben, daß um uns ein richtiges Zelttuch liegt. Kiefernästchen zur Tarnung hineingesteckt.

»Nein, wie ein Weihnachtsbaum sieht das nicht aus. Das sieht wie eine gut getarnte Hütte aus.« Wind darf nicht kommen.

»Holst du Wasser?«

»Womit denn?« frage ich.

Renate lacht. »Sieh mich nicht so luchtern an«, sagt sie.

Das tu ich nun wirklich nicht. Aber es ist so: Sie ist ein schönes Mädchen. Wenn sie ihre Augen ein bißchen zukneift, denkt man, aus ihnen kommt Lachmunition. Ja, das ist so. Sie knallt das Lachen aus ihrem Gesicht heraus. Das ist ansteckend.

Womit aber nun Wasser holen? Wasser braucht sie.

Da liegt ein toter Fisch. Der stinkt schon. Und da liegen Nägel massenhaft. Kaum angerostet. Mit dem Teerfaß Wasser holen, das wäre idiotisch. Wir könnten vielleicht das Kubbelchen nehmen.

»Renate, was meinst du?«

»Ja, nimm doch.«

Darin haben die Fischer den Teer gekocht. Aber das Wasser wird danach nicht schmecken. Das Kubbelchen ist ziemlich ausgekratzt. Und der Rest ist hart. Ich renne zum See. Ich renne in das Wasser hinein.

»Komm doch, wie flach das ist!«

Sie kommt. Wenn sie läuft, wehen ihre Zöpfe wie zwei Wimpel, aus Kiefernrinde gemacht. Aber zart. Genau wie die Kiefern hier am See. Die Rinde blättert ab und weht in das Wasser. Die Haare sind biegsam.

Sie kommt und spritzt mich naß. Ich habe das Kubbelchen in der Hand. Ihre Augenbrauen sind zwei Büschelbögen. In ihren Augen ist etwas Braun und Grün. Aber die Schwester Anna kommt jetzt. Sie will nichts. Sie setzt sich auf einen Stein. Deutlich ist zu erkennen, daß Renates Hals ohne das Pelzjäckchen wie ein richtiger schöner Hals aussieht. Wie der von der Prinzessin. Sie steht vor mir und rührt sich nicht. Kleine Wellen nippen an ihren Beinen. Das Wasser ist klar. Der Grund ist fest.

»Du siehst mich so an?«

»Ja«, sage ich.

»Macht dir das Spaß?«

»Ja«, sage ich. Ich möchte ihre Hand nehmen. Aber es ist auch so gut. Ich sage ihr kein Wort von der Prinzessin. Aber eigentlich will ich ihr das sagen.

Schwester Anna sitzt auf dem Stein und kann wohl dauernd auf diesen See schauen. Darauf ist kein einziges Boot. Die Boote liegen alle umgekippt und nebeneinander am Strand. Wie am Sonntag. Auch am anderen Ufer ist kein Fischer zu erkennen.

»Du, wir hätten auch unter das große Boot kriechen können. Das wäre eine erstklassige Wohnung gewesen.«

Das sage ich und kann dabei meine Hand auf ihre Schulter legen, denn sie schaut zu dem großen Boot hin. Schwarz ist das Boot und gut geteert. Der Stoff von dem Kleid ist dünn. Schottisch heißt der Stoff. Die Schotten sind auch unsere Feinde. Rote, grüne und weiße Fäden sind in den Stoff gewebt. Auch ein gelber Faden ist darin. An dem Hals, unter der Haut, klopft eine Ader. Das ist wahrscheinlich die Lebensader. Wenn die reißt, müssen wir sterben. Die Lebensader heißt Aorta, das ist lateinisch, wie ich aus dem Bio-Unterricht weiß. Der Sohn vom Grafen Lehndorff ist sogar in der Unterprima sitzengeblieben. Die Haut über Renates Schulter läßt mich wissen, daß darunter ganz zarte Knochen sind. Männer haben stärkere und dickere Knochen. Das war schon immer so. Wegen Speer und Schild. Die Schultern der Frauen sind vom lieben Gott zum Streicheln gemacht. Wer kann verstehen, weshalb er unser Land in diesen Abwehrkampf geraten läßt? Aber den Führer hat er beschützt.

Sie will ihren Kopf wohl nun wieder etwas drehen. Sonst wird der Hals schief.

»Müssen wir viel Wasser haben?« frage ich.

»Zum Kochen und Abwaschen«, sagt sie.

Da frag ich nun: »Kochst du Erbsensuppe für uns?«

»Ja«, sagt sie, »Erbsen mit Rauchfleisch darin.«

Sofort ist das Wasser geschöpft. Wir müssen doch spielen.

»Huch, spritz mich nicht naß!«

Sofort sind wir wieder an unserem Zelt. Sofort wird eine Feuerstelle gebaut. Hier ein Stein. Da ein Stein.

»Du kannst das.«

»Ist keine Kunst«, sage ich. Aber das ist schon eine Kunst. Und in dieser Schnelligkeit!

Renate sagt: »Dann kann ich schon das Dessert anrichten.«

Frauen müssen immer französisch angeben. Aber die Franzosen sind für das Essen zuständig. Der Jean lacht, wenn der Onkel Wilhelm so redet. Wenn das so weitergeht, brauchen unsere Frauen nicht mehr zu kochen. Für die Küchenarbeit haben sie Polinnen massenhaft, und zum Kochen haben sie Franzosen. Jean will aber von den Polinnen nichts wissen. Er sagt, sie waschen sich nicht. Aber Vater sagt, die Mutter sieht aus wie ein Polenmädchen. Das sagte er andauernd: Mein Polenmädchen. Und die Mutter wäscht sich dauernd. Manchmal auch mittags.

Renate will Hagebutten holen. Die leuchten. Lauter rote Bällchen. Tannenzapfen und trockene Blätter könnten wie Zunder brennen. Zu den Kiefernzapfen haben wir früher Burreschäfchen gesagt. Die sind auch massenhaft zu haben.

»Gib mir auch von den Burreschäfchen!« Redet die Renate tatsächlich noch so. Das ist zum Lachen.

»Weshalb lachst du?«

»Ach nur so.«

»Lachst mich aus?«

»Ich denk nicht dran«, sage ich.

»Weil wir hier so spielen?«

»Was sollen wir denn sonst?« frage ich. Und das möchte ich wissen. »Was sollen wir denn sonst? Du«, sage ich, »ich hätte auch ein Kind für uns. So eine Kleine, die noch mit Puppen spielt. Aber sie haben sie abgeholt.«

Renate hört das nicht. Und der Führer weiß das nicht.

»Sieh mal, kein bißchen Wind!« rufe ich. »Schwester Anna!« rufe ich laut. »Dürfen wir ein Feuerchen machen? Darf ich Streichhölzchen holen?«

Aber die schläft wohl.

Wenn wir nebeneinander im Zeltchen sitzen, vor uns der See, vor uns noch ein Feuerchen, könnte der Abend kommen. Wir sind geschützt und können sogar die Sterne deutlich erkennen. Ist da nicht schon einer? Wir sollten nur noch die Decke aus dem Auto holen.

Wir laufen. Hand in Hand. »Schwester Anna, dürfen wir Streichhölzchen haben? Die Renate meint, wir könnten vielleicht ein Feuerchen machen?«

»Habt ihr ein Zelt gebaut?«

»Ja«, sage ich.

»Aus Fischernetzen«, sagt Renate.

»Ausreichend Abstand von den Bäumen ist garantiert«, sage ich.

Schwester Anna legt die Hand über ihre Augen und sieht dorthin. »Ihr habt ja ein wunderbares Zelt gebaut«, sagt sie, »aber wir müssen fahren.«

»Jetzt doch noch nicht!«

»Es ist doch noch nicht dunkel«, sagt Renate. Ihre Hand ist warm in meiner Hand.

»Wir sollten vor der Nacht zu Hause sein, Kinder«, sagt Schwester Anna.

»Aber wir haben doch noch gar keinen Hunger«, sagt Renate leise. Immer wenn Renate etwas nicht will, schiebt sie ihre Unterlippe ein wenig vor. Die sieht dann wie eine kleine umgekehrte Dachrinne aus. Alles zusammen ist aber der Kußmund.

»Ich verstehe ja, daß ihr gern bleiben wollt«, sagt Schwester Anna.

»Tantchen, bitte, es ist so schön, und der Kurt will nur noch ein Feuerchen machen. Ein kleines.« Renate springt um ihre Tante herum. Renate sagt nie »Kurtchen«, wenn wir mit anderen Leuten zusammen sind. Das ist anständig.

Schwester Anna sieht uns beide freundlich an. Doch diese Freundlichkeit ist so: Man soll ihr gehorchen.

Aber ich sage: »Das Feuer soll nicht groß sein. Sie können es selbst sehen: Ich habe zur Sicherheit eine kleine Kuhle gemacht. Und es würde, wenn es dann etwas dunkler wird, schön leuchten. Kein Funkenflug. Windstille.«

»Die Streichhölzchen sind im Handschuhfach«, sagt Schwester Anna.

Das wußten wir doch! Aber sie sagt es so, als ob sie gleichzeitig auf etwas hören will.

Wir hören das Grummeln auch.

Renate hält meine Hand fest. Wir hören beide auf das Gegrummel, das wie ein regelmäßiges Wummern ist.

»Ein Gewitter ist das nicht«, sage ich. »Ein Gewitter kann das nicht sein.«

Die beiden horchen nur.

Für ein Gewitter wäre es heute auch zu kühl.

Renate schaut mich nicht an. Sie sieht auf den See, dorthin, wo jenseits von ihm die Rominter Heide beginnt. Dort ist der Wald zu einem dunklen Schattenstreifen geworden. Eine freundliche Nacht für das Wild. Das ist ja immer so, die Rehe und Hirsche fangen jetzt mit ihrem Wildwechsel an. Schwester Anna sieht auch dorthin. Deutlich sind die Abschüsse zu hören. Es ist gut, Renates Hand zu haben.

Die Sonne ist kaum noch zu sehen. Sie blendet nicht mehr. Eine Wolke hat sich über sie geschoben, die ist zerfasert wie ein Grasbüschel. Renates Zöpfe liegen auf ihrer Schulter still. Wie vom Wind geweht und liegengeblieben.

»Das ist noch jenseits der Grenze«, sage ich.

»Ja, es ist noch weit.«

»Das ist noch kilometerweit«, sage ich. Ich fasse den Stein an.

Der Gert Wittmoser geht mit mir zu Stadtlichs Buchhandlung. Die Ladenklingel ist kaputt, aber die alte Frau Stadtlich kommt sofort.

»Was wollt ihr denn?«

»Können Sie uns vielleicht ein paar Bücher schenken?«

»Ob ich was kann?« fragt die alte Frau Stadtlich. Aber Gert sieht sie ruhig an. Wir wissen es genau, daß sie ihre Bücher verschenkt. Und das ist eigentlich verboten.

»Es ist verboten, Frau Stadtlich«, sage ich, »wir wissen es, aber wir verraten Sie nicht.« Denn ich sehe es ja, daß die Frau Angst hat.

Sie lacht.

»Sie brauchen nicht zu lachen«, sage ich.

»Mir ist nicht zum Lachen zumute«, sagt Frau Stadtlich und sieht schnellstens wütend aus. »Kommt«, sagt sie.

Sie geht mit uns in das hintere Zimmer. Massenhaft Bücher liegen da herum.

»Nun mal langsam«, sagt Frau Stadtlich, »ich such euch selbst was aus.«

»Aber ich möchte den Herzog Bojo haben«, sagt Gert Wittmoser.

»Den albernen Krieger kriegst du nicht«, sagt die Frau Stadtlich. »Es hat sich ausgebojot. Du kriegst etwas Besseres.«

»So?« Das möchten wir mal sehen. Das möchten wir wirklich mal sehen.

»Wenn ich es noch habe«, sagt Frau Stadtlich.

»Der Herzog Bojo liegt doch massenhaft herum«, sage ich.

»Gott sei Dank«, sagt Frau Stadtlich.

Das verstehe, wer will. Wir verstehen nur das eine, daß die Frau Stadtlich den Herzog Bojo nicht leiden kann. Den auf seinem Pferd. Die Lanze eingelegt. Der steht gegen den Feind.

Märchenbücher hat sie. Auch solche Bilderbücher für kleine Kinder mit Katzenköpfen und Schleifchen um den Hals.

»Hier ist es«, sagt Frau Stadtlich. Sie wischt mit der Hand über das Buch und sieht es erfreut an. »Und hier hast du deins«, sagt sie und gibt mir das gleiche. Sie schiebt uns aus der Tür.

»Sigismund Rüstig« steht auf dem Umschlag in einer altmodischen Schrift. Lauter Schnörkelspitzen.

»Das Buch ist von so einem fiesen Engländer geschrieben«, sagt der Gert Wittmoser.

Und das stimmt. Der Name Captain Marryat ist garantiert englisch. Aber das Buch ist alt. »Damals waren die Engländer noch nicht unsere Feinde.«

»Die Frau will uns hochnehmen«, sagt Gert Wittmoser. Immer wenn er so etwas sagt, faßt er sein Koppel an. Aber ich weiß es, damals waren die Engländer noch mit uns gegen den Kaiser Napoleon. Und da ist ein Indianerbild! Ich habe das Buch aufgeschlagen und ein Bild von einem Indianer gefunden.

»Der sieht nicht eindeutig wie ein Indianer aus«, sagt Gert Wittmoser.

»Das stimmt. Er sieht eigentlich wie ein Mittelding zwischen Indianer und Neger aus. Es könnte ein Balinese sein.«

»Muskeln hat der.«

Das stimmt. Er zielt auf einen Matrosen, der sich hinter einer Palisade versteckt.

»Das Buch muß nicht gerade schlecht sein«, sagt Gert Wittmoser.

Auf einem anderen Bild ist ein Mädchen zu sehen, das am Meer entlangläuft. Das Mädchen hat ein unmögliches englisches Kleid an. Es hat einen Hut in der Hand mit langen Bändern dran. Aber auch da sieht so ein Wilder zwischen dem Strandhafer aus einer Düne heraus.

»Ein Feind?«

»Einen Bogen hat er nicht. Keinerlei Bewaffnung.«

»Vielleicht in den Dünen versteckt?«

Das Mädchen flüchtet jedenfalls. Das kann man eindeutig erkennen.

»Die sieht nicht schlecht aus«, sagt Gert Wittmoser. »Im Gesicht.« Er lacht: »Vom Po kann man ja nichts sehen.«

»Nein«, sage ich. »Ein Kleid wie ein Talar, wie die Pastoren ihn haben.«

Wir klappen die Bücher zu und gehen die Treppe von Stadtlichs Buchhandlung hinunter.

»Die Pos sind das Schönste«, sagt Gert Wittmoser.

»Ja, ja«, sage ich. »Den Po sieht man erst, wenn sie sich mit uns verheiratet haben.«

»Die Pos von den Frauen sind total anders als die von uns.«

Das weiß er vielleicht. Was soll da anders sein? Aber sein Vater ist Arzt, der weiß das alles genau.

»Und vorne muß irgendwo die Öffnung sein.«

Ja, das ist klar. Vorn müssen sie irgendwo die Öffnung haben. »Es könnte ja sein, daß sie einfach einen tieferen Bauchnabel haben«, sage ich.

»Solchen Blödsinn hab ich noch nie gehört«, sagt Gert Wittmoser. Er will mich auslachen, aber das kann er nicht, denn er ist nicht stärker, und er weiß es auch nicht genau. »Hast du denn schon eine Frau gesehen?« kann er mich nur fragen.

»Da geht eine«, sage ich und zeige auf die alte Kludschoweitsche, die zu Frau Stadtlich zum Reinemachen geht.

»Quatsch. Ich meine nackend.«

Jetzt brülle ich: »So etwas Schweinisches habe ich nicht!«

»Und die Frauen auf Sizilien haben Backen weiß wie Lilien« – der Gert Wittmoser hat noch immer nicht genug –, »in der Mitte ragt zum Trotze eine rabenschwarze Rimmtata!«

»So etwas Schweinisches habe ich nicht!« Das brülle ich nun noch einmal. Ich schlage mit dem englischen Buch auf Gerts Kopf. Ich schlage und schlage. Die Frauen auf Sizilien sind mit uns verbündet. Sie waren es jedenfalls. Sie sind bestimmt noch immer für den Duce. Ja, das sind die Haare zwischen den Beinen. Die haben sie. Aber wer weiß, ob die schwarz sind. Das will ich gar nicht wissen. Kreuz und quer schlage ich auf Gert Wittmosers Kopf herum. Er tritt gegen mein Bein. Hat er Eisen an seinen Schuhen? Ich schreie. Ich falle.

Ob die große Linde vor unserm Fenster gefällt werden wird? Sicher erst, nachdem der Räumungsbefehl gegeben worden ist. Wenn sie sich mit ihren Ästen in das Vorgärtchen bohrt, kommt hier kein Panzer durch. Die Erde im Vorgärtchen ist weich. Tief sinken die Äste ein. Die Linde krallt sich in den Boden. Sie schützt die Stadt.

Nachts kann die Linde einem was erzählen. Es sind auch noch Blätter dran. Die einzelnen Blätter sind in der Krone deutlich zu erkennen. Leg ich den Kopf schräg auf das Kissen, habe ich die Krone über mir. In Berlin sollen die Fensterscheiben zu Tausenden nach den Luftangriffen zerplatzen. Aber das Brandenburger Tor ist noch heil. Sonst hätten sie das in einer Sondermeldung zugegeben: Der Angriff auf das Brandenburger Tor war für den Feind leider erfolgreich.

Der Großvater hat ein Lied von der Linde gekannt. Und von einem Brunnen. Das hat er oft gespielt. Ich sollte mitsingen. Aber auf dem Klavier allein klang es schöner. »Das Klavier klingt schöner, wenn es allein ist.« Darüber hat er gelacht.

Immer sind die Blätter der Linde zu erkennen. Ich möchte wissen, wann es solche stockdunklen Nächte gibt, in denen man von der Linde nichts mehr erkennen kann. Ich möchte wissen, was das Wort »stockdunkel« heißt. Jeder redet so. Ich möchte wissen, was das Wort »Verdunklungsära« heißt, das hat der Direktor dem Moppel verboten. Frau Toussaints Ältester wird es wissen. Der lernt und lernt. Das sind diese Leute: Ein Stück Torte gegessen und dreimal danke gesagt. Und der will ein medizinischer Professor werden. Ich glaube, daß ihn der alte Sanitätsrat nicht leiden kann. Der zeigt jedem seine rote Nase, und jeder weiß, die hat mit dem Frost nichts zu tun. Seine rote Nase ist deshalb rot, weil er kein Kostverächter ist. Torte und Bärenfang und Schmalzbrot mit Gänsebrust und Rheinwein. Der Rheinwein soll süßer sein als der von der Mosel. Der Großvater soll irgendwo noch eine Flasche gehabt haben. Im Keller? Wo denn da? Unter den Kohlen?

Die Linde rührt sich ein bißchen. Das macht der Wind. Die Stare sind im Süden. Der Pirol auch. Eine Panzersperre muß gebaut werden. Die Störche sind auch schon fort. Die klapperten auf Onkel Wilhelms Dach. Sie tun so, als ob sie wer weiß was wüßten. Zum Beispiel, wie es in Ägypten aussieht. Oder wie es hinter der Front wirklich aussieht. In Rumänien. Ob die Russen dort auch so viele Panzer haben. Und ob Prag wirklich eine Goldene Stadt ist.

Die Züge sind heute deutlich zu hören. Das macht der Wind, der vom Flüßchen kommt. Kommt übers Flüßchen, weht übers Dach vom Postsportverein, schlägt einen Haken zum Gefängnis hin, und hui ist er in den Linden.

Die Züge fahren unaufhörlich. Unaufhörlich werden sie ja nun nach Westen fahren. Die rasen nach Westen.

Großvater – sage ich –, wenn die mir eine Maschinenpistole geben, leg ich mir das Ding um die Schulter, Handgranaten ins Koppel und in die Klasse marschiert. Gehe langsam, aber sicher zwischen den Bänken hindurch. Schreite auf Moppel zu. Sachte. Schreite und schreite. Bis er die Ehrenbezeigung macht. Bis er zittert.

Und du, Großvater, lachst wie der König Drosselbart. Der rasselte durch Teller und Tassen, über Städte und Berge. Und seine Prinzessin hat sich gewundert, sie hatte keine Ahnung.

Gehe ich mit der richtigen den Bernsteinweg hinunter. Nein, sie muß nicht Zöpfe haben. Ich kenne keine Prinzessin, die Zöpfe hat. Gehen wir nun endlich. Den Schatz – müssen wir ihn finden? Dein Haar ist reines Bernsteingold, wenn die Sonne scheint. Ja, der Bernstein ist auf die Sonne angewiesen. Das hat der Großvater immer gesagt. Aber ich weiß, wie dein Haar aussieht, auch wenn die Sonne nicht scheint.

»Ach«, sagt der Hans Buttgereit, »sie hat aber recht schönes dunkelblondes Haar.« Sagt das so und ist grün vor Neid. Er hat keine Ahnung. Ich aber weiß, wie dein Haar ist, wenn die Sonne es durchscheint. Es ist reines

Bernsteinhaar. Wie dieser dunkle Bernstein. Und ich kann darin Sprenkelchen von einem Regenbogen erkennen. Heimlich habe ich den Stein geküßt. Da bist du erschienen. Hier müssen wir nun unsere Heimat verteidigen. Blau sind deine Augen. Silbern scheint der Mond. Wir gehen Hand in Hand. Niemand kann uns hier sehen. Die Lichtwellen auf dem Flüßchen haben mit sich selbst zu tun. Du willst wissen, wie das Flüßchen heißt? Es heißt Rominte. Aber wir sagen immer: das Flüßchen. Es kommt aus den unendlichen Wäldern. Dort stehen die Tannen und Eichen dicht an dicht. Kein Panzer kann durch jene Wälder kommen. Jeder bleibt stecken. Oder in den Sümpfen. Und dann die Kreuzottern. Sie ringeln sich um das Turmluk. Sie kriechen in den Sehschlitz.

Du willst mich nach Indien mitnehmen? Das muß sich ein deutscher Junge heute überlegen. Der Führer würde vielleicht auf mich verzichten. In seiner Güte. Aber weshalb, ich bitte dich, Tirana, sollten wir nicht in Deutschland bleiben? An der See gibt es den Bernstein und in Königsberg die besten Pelzmäntel, wenn wieder Frieden ist. Und überall diese Liebesknochen mit Vanillecreme. Und ich muß einen Beruf ausüben. Jeder muß das.

Zart ist deine Hand. Vorsichtig streichele ich über deinen Arm. Der ist ein wenig braunrot. Beinahe so wie bei einer Indianerin. Kein Wort sage ich dir davon, daß ich die Maharadschas verachte. Goldene Betten. Goldenes Zaumzeug für die Elefanten. Vergoldete Autoscheinwerfer. Kein Geld für den Kampf.

Und sie haben mehrere Frauen. Ich aber bin nur dir treu. Das verstehst du? In deinen Augen könnte ich jetzt vielleicht eine Träne entdecken. Aber in deine Augen will ich jetzt noch nicht sehen. Das werde ich nachher tun. Dunkel sind die Bäume. Das ist aber eine freundliche Dunkelheit. Wie die, wenn man abends nach Hause kommt und der Großvater die Dämmerstunde hält. Die ist nur dann zu Ende, wenn ein Brief vom Vater vorgelesen wird. »Na?« fragt der Großvater und sieht die Mutter an. »Du kannst es wohl kaum erwarten.« Und die Großmutter holt die Schale mit den Raderkuchen.

Aber ich muß einen Beruf ausüben. Es ist klar, daß ich bei den Panzerjägern bin. Die haben die schwarzgrünen Uniformen und diese leichten achträdrigen Wagen. Breite Reifen. Sie sind leichter als die Schützenpanzerwagen. Und wendig. Überall komme ich hin. Vom Turmluk aus kann ich alles erkennen. Muß manchmal volle Deckung nehmen. Vier Maschinengewehre habe ich für mich und meine Männer einbauen lassen. In unserem Wagen ist es gemütlich. Wir sind drei Mann. Ein MG ist vorn beim Fahrer. Eins hinten beim Funker, und im Turm haben wir zwei MGs. In den U-Booten haben sie eine Kombüse. Eine winzige Kombüse könnten wir auch haben.

Du könntest hier am Flüßchen wohnen, bis der Krieg zu Ende ist.

Wie, du willst mich auf einem fliegenden Teppich mit dir nehmen?

Du lachst.

Da habt ihr euch in euren Märchen etwas Unmögliches ausgedacht. Der Jean kommt mir mit genau den gleichen Geschichten. Mit einem Luftballon will der um den Eiffelturm fliegen.

Aber du könntest in Wirklichkeit bequem in unserem Haus wohnen. Ich würde dir meine Lebensmittelkarte geben, und Obst gibt es am Flüßchen. Laß uns in die Gärten steigen! Kirschen und Himbeeren massenhaft. Johannisbeeren wirst du nicht wollen. Stachelbeeren kannst du von Mornigkeits bekommen. Oder du mußt durch das Torchen gehen, links, das kleine, wenn die Frau Albat beim Bleichen ist, die hat weiße Johannisbeeren.

Nebeneinander gehen wir den Bernsteinweg entlang. Die Prinzessin hält meine Hand fest, und ich umschließe mit der meinen ihre zarte Hand. Das Schönste ist der Mund. Die Zöpfe hat sie gelöst. Offen umspielt das Haar ihren Nacken, und das sieht gar nicht unanständig aus. Das muß auch die Großmutter zugeben. Die Engel haben alle solches Haar auf den Bildern. Nur die germanischen Frauen mußten Flechten haben.

Nun scheint immer noch der Mond. Sanddornbeeren können wir im Mondlicht glänzen sehen.

»Was sind das für Früchte?«

»Das sind keine Früchte, Tirana, das sind ganz einfache Beeren.«

Nun bleiben wir stehen. Ich bin dir zugewandt. Du bist mir zugewandt. Dein Haar weht wie ein Seidentuch. Wie es die Mädchen an der Saale haben, die kennt der Großvater genau.

Immer näher komme ich mit meinem Kopf. Ich sehe in deine Augen. Und nun küsse ich deinen Mund.

Ich habe noch nie einen Menschen geküßt. Ich habe auch Renate keinen Kuß gegeben. Ich bin nun bei den Panzerjägern und kann dich als ein freier Mann küssen. Mein Haarwirbel stört dich nicht. Im Gegenteil: Mein Wirbel streichelt deine Stirn. Wir küssen uns lange. Immer wieder willst du dein Gesicht an mein Gesicht legen. Wir schmiegen uns aneinander. Unsere Hände lassen wir nicht los. Die Sanddornbüsche liegen wie eine gewölbte Mauer. Die Wiesen sind wie ein grüner, weiter Ring. Die Rominte ist ein Burggraben um uns. Über den müßten die Russen erst einmal kommen. Ich weiß es genau, was die Russen mit den Frauen machen. Jeder weiß das, der an der Grenze wohnt. Sie reißen ihnen die Beine auseinander! So ein Blödsinn.

Es könnte natürlich sein, daß der Hort unter diesen Büschen verborgen liegt. Die sind in Jahrhunderten darüber gewachsen. Wir graben und graben, und er liegt hier unter einer Wurzel versteckt.

Du willst mit mir auf dem fliegenden Teppich über die Fronten fliegen? Ich bin aber kein Märchenmann. Ich habe meine Panzergrenadieruniform an, die mit der schwarzen Mütze. Die Schützenschnur blinkt. Du legst deine Hände auf meine Schultern. Du fragst mich, ob du mich an die Front begleiten darfst.

Das ist eine wunderbare Frage. Denn nun verstehe ich endlich, wie lieb du mich hast. Ich habe dich schon dauernd genauso lieb. Ich muß dir aber klar sagen, wie gefährlich es an der Front ist. Mündungsfeuer. MG-Garben. Tiefflieger.

»Begreifst du das?«

»Ja.« Du nickst.

Nein, es ist nicht möglich, denke ich. Aber ich sehe auch, daß der Wunsch in dir übermächtig ist. Immer wieder sagst du: »Bitte!« – Wer wäre da nicht stolz vor Glück? Miteinander im Kampf!

Ich weiß, daß diese Sache nur der Führer entscheiden kann. Erstens, weil wir blutjung sind. Zweitens, weil du eine Ausländerin bist. Er allein hätte die Macht, die Bestimmungen zu ändern. Er steht in der Reichskanzlei über die Karte gebeugt. In seinem Bart sind schon ein paar graue Haare drin. Die Sorgen hat er sich um unser Volk gemacht. Da kommt unsere Anfrage. Die Ordonnanz überreicht ihm unseren Brief.

Der Führer macht eine Handbewegung: »Bitte, lesen Sie.«

Der Ordonnanzoffizier hüstelt und liest: »Erbitten Erlaubnis zur Kriegstrauung.«

Der Führer horcht auf. Während der Ordonnanzoffizier liest, muß der Führer zweimal lächeln. Er sagt: »Ich habe in den letzten Monaten soviel Verrat erlebt – und nun diese beiden rührenden jungen Menschen.«

Der Ordonnanzoffizier wendet ein: »Aber sie ist eine Inderin.«

»Was macht das heute?« Der Führer tritt an das Fenster.

»Auch ein Volk, das in der Ferne im Freiheitskampf steht.«

Der Ordonnanzoffizier tritt an den Führer heran: »Aber sie ist eine verweichlichte Prinzessin, mein Führer.«

»Was tut's – wenn sie ihn liebt.«

Ja, darauf kommt es an.

Der Führer blickt einmal noch aus dem Fenster. Im Garten der Reichskanzlei weht die Führerstandarte. Sie ist von den Bordwaffen der Fliegenden Festungen zerfetzt. Der Führer wendet sich entschlossen um. Ja, in seinen Augen ist immer noch dieses Lächeln, das ich auf der Briefmarke gesehen habe. Da gab er einer jungen Mutter die Hand.

»Telegrafieren Sie«, sagt der Führer.

Keine Widerrede.

»Ich hatte es nur gut gemeint«, sagt der Ordonnanzoffizier mit unsicherer Stimme.

»Ich weiß«, sagt der Führer. Er blickt den Offizier nicht unfreundlich an. Aber seine Lippen sind fest. Eigenhändig muß der Ordonnanzoffizier die Eheunbedenklichkeitsbescheinigung unterschreiben.

Wir kleben uns das Telegramm des Führers in unseren Panzerwagen. Die Eheunbedenklichkeitsbescheinigung wird der Schulbehörde übermittelt. Auch dem Bürgermeister wird eine zugestellt. Dort wird sie zu den Akten gelegt. Der Großmutter und der Mutter schreiben wir einen Brief. Sie werden alles verstehen.

Komm, laß uns einmal noch nach Widminnen fahren. Laß uns einmal noch diesen Weg machen. Über die weiten Straßen. Im Turm ist Platz für uns beide. Ich habe den Arm um dich gelegt. Der Mond ist jetzt so hell, daß wir auf die Hilfe der Scheinwerfer verzichten können. Die Reifen ribbeln auf dem Granitpflaster. Millionen Steine sind das. Die Arbeitslosen haben diese Straße gebaut, bevor der Führer kam, aber dann hatten alle Arbeit.

Ich weiß, daß auch die Juden Menschen sind. Das hat die Großmutter gesagt. Sie ist klüger als Moppel und hundertmal klüger als der Jungzugführer. Die Juden sind nur unser Unglück. Niemals durften sie auf dem Rathaushof verprügelt werden, mit dem Bauch an die Wand gestellt. Nun sind sie in die Welt hinausgefahren und haben die Völker gegen uns aufgehetzt.

Wir müssen in diesen letzten Abwehrkampf fahren. Alte Männer, Frauen und Kinder werden sich in den Ostwall werfen. Eisgrau die Gesichter. Eine Mauer aus Leibern.

»Funker, alles klar?«

»Alles klar.«

»Fahrer, der Motor in Ordnung?«

»In Ordnung.«

Die Straße ist leer. In den Dörfern sind keine Menschen zu sehen. Hier ist wohl schon das Niemandsland. Die Fischer werden wohl auch nicht mehr zurückgekommen sein. Ob das Zelt noch steht?

Du hast dein Diamant-Diadem abgelegt. Der Wagen läuft ruhig. Mit so einem verläßlichen Brummen.

»Du hast dein Diamant-Diadem abgelegt?« frage ich.

»Eine Frau, die in den Kampf fährt, legt ihren Schmuck ab«, antwortest du leise.

»Das stimmt. Und ich finde dich noch viel schöner so. Du hast eine schöne Stirn. Hoch ist sie. Klug bist du.«

Nun wirst du etwas verlegen. Das kann ich an deinen Ohren sehen. Der Fahrtwind zeigt mir die Ohren genau.

»Wo wirst du die Diamanten verwahren, Tirana? Wir

könnten sie in die Pistolentasche tun.« Ja, das meine ich. »Die Pistole habe ich immer schußbereit neben mir, falls ein MG versagt.« Du antwortest nicht? Ich sehe dich genau an.

Wir fahren und fahren, und ich sehe in dein Gesicht. Das ist etwas rund. Und weich.

Du antwortest nicht. Da frage ich dich nun mit meinen Augen.

»Ich habe den Schmuck der Kriegskasse übergeben«, sagst du leise.

»Der Kriegskasse übergeben – ist das wirklich wahr?«

»Ja.« Du schaust mich mit deinen blauen Augen an.

Es ist wahr. So bringen wir unser Opfer. So fahren wir miteinander zum Widminner See.

In einer Stunde müssen wir fort. In einer Stunde und fünfundvierzig Minuten geht der Zug.

»Ausgerechnet du mußtest nun Herrn Buttgereit auch noch mit deinen Fragen kommen«, sagt die Mutter. Es ist ihr peinlich.

»Lassen Sie ihn, lassen Sie!« Er rief das, als er schon am Tor war und versuchte, irgendwie freundlich auszusehen. Aber ohne Uniform sah er ulkig aus.

»Der Mann sah total unsoldatisch aus«, sage ich.

»Du hast Sorgen«, sagt die Mutter.

»Der Herr Buttgereit im Lodenmantel! Ohne Rangabzeichen. Nicht einmal wie ein Jäger sieht der Mann aus.«

»Der Herr Buttgereit muß sich jetzt tarnen«, sagt die Mutter.

Und das stimmt: Tiefflieger! Alles Gold, alles Silber runter von den Uniformen! Volle Deckung.

Wir stehen am Fenster. Wir sehen Herrn Buttgereit hinterher.

»Von deinen schönen Beinen hat er heute nichts erzählt«, sage ich.

»Dann hättest du ihm eine Ohrfeige gegeben.«

»Diesmal garantiert«, sage ich.

Wir sehen den Herrn Buttgereit fahren. Er fährt die Straße hinab wie immer, und doch ist er ein anderer.

In einer Stunde müssen wir fort. In einer Stunde und fünfundvierzig Minuten geht der Zug.

»Hast du deine Koffer gepackt?«

»Meine Koffer sind klar, und auch der Rucksack ist fertig.«

»Hörst du?«

»Ja«, sage ich, »das ist die Großmutter. Sie räumt oben noch aus.«

»Ich meine das andere.«

»Ja«, sage ich. »Das sind die Schweren. Die hört man fünfzig Kilometer weit.«

»Sind das noch nicht die Panzer?«

»Aber Mutti! Niemals sind das die Panzer. Die Panzer klingen ganz anders.«

»Woher weißt du das?«

»Das hat uns unser Fähnleinführer gesagt«, sage ich. »Die Panzer klingen knapp und hart. Und die Panzerabwehrkanonen klingen scharf und hart.« Und das ist hier nun wirklich anders. Wie ein freundlicher Donner ist die Artillerie zu hören.

»Ob wir nicht doch noch einen Koffer packen?«

»Das wäre egoistisch. Jeder darf nur zwei Koffer haben. Nur die Volksschädlinge werden da was versuchen. Ich muß nur noch das Bild einpacken.«

»Bitte laß das.«

»Das werde ich nie lassen«, sage ich.

»Ich bitte dich. Wir könnten es ja verstecken.«

»Wo verstecken, wenn das Haus in die Luft fliegt?« Sie versteht nicht. »Jeder rettet heute die entscheidenden Werte«, sage ich.

»Das Bild ist doch viel zu groß«, sagt die Mutter, und ich merke, sie wird gleich wieder weinen.

Ich sage: »Du hast doch auch Vaters Bild eingepackt.«

»Tu's nur.« Sie ist müde. Aber sie ist nicht beleidigt. Ich stelle ihr den Stuhl hin.

»Du solltest wenigstens den Rahmen abnehmen«, sagt sie.

»Wie bitte?« frage ich. »Das sollte die Großmutter nicht hören. Die Königin ist ohne den goldenen Rahmen nur halb soviel wert.«

»Der Rahmen ist sperrig. Hör, wie es donnert.«

»Du hast dich immer schon vor jedem Gewitter gefürchtet«, sage ich.

»Wir haben als Kinder auf dem Lande gewohnt.«

»Das sind vergangene Zeiten«, sage ich. »Du bist so schön und fürchtest dich vor dem Gewitter.«

Nun lacht sie.

»Ich bin bei dir«, sage ich. Und das ist albern. Ich habe nicht einmal eine Waffe. Es ist eine Sauerei, daß ich keine Waffe habe. Und das ist die Sabotage.

»Den Werwölfen werden sie Waffen geben«, sage ich.

Die Mutter antwortet nicht. Sie sieht nur aus diesem Fenster. Davor sind die Linden, und hinter der Wiese ist das Flüßchen.

»Kein Feind betritt ostpreußischen Boden«, sage ich. »Sie lassen sie vielleicht ein paar Kilometer herein, aber dann: endgültige Vernichtung.«

»Du solltest den Rahmen wirklich nicht mitnehmen. Du solltest das Bild aus dem Rahmen lösen.« Sie nimmt meine Hand, und ich gebe ihr die auch.

Ich sage nun ganz lieb zu ihr: »Der Vater dürfte das nicht hören, und der Großmutter dürften wir damit nicht kommen.«

Nun lacht sie beinahe wieder so ein bißchen. Und jetzt weiß ich es: Mein Wort von der Blauen Königin stimmt nicht. Ich sage: »Ohne das Gold wäre die Königin Luise nicht die Blaue Königin.«

Sie hört aber nicht. Ich nehme meine Hand fort.

»Das Blau ist der Himmel. Und sogar die Bäume und Sträucher sind ein wenig blau auf dem Bild. Aber erst durch das Gold leuchtet das Blau, und jeder muß denken: Die Königin erstrahlt.«

»Sie war auch ein Flüchtling«, sagt die Mutter.

»Sie floh nur in die andere Richtung.«

»Sie kam vielleicht durch unsere Stadt.«

»Niemals«, sage ich. »Sie zog von Königsberg gleich nach Tilsit hoch, und in Memel war sie in Sicherheit.«

»Natürlich.« Die Mutter sieht noch immer aus dem Fenster. Hat sie die Erklärung mit dem Rahmen verstanden?

»Die Königin schwebt«, hatte der Großvater gesagt. Und auch das machte der Rahmen. Er war nicht direkt an den Füßen dran.

»Ich werde das weiße Hemd rausnehmen«, sage ich.

»Das weiße Hemd bleibt drin.«

»Ich werde die langen Unterhosen rausnehmen«, sage ich, »es ist schließlich noch nicht Winter.«

Draußen kracht es. Das sind die Sprengungen bei der Ulanenkaserne. Da wird jetzt aufgeräumt. Und wenn alle Kasernenblocks auf der Straße liegen, kommt da niemals ein Panzer durch. Das ist klar. Gestern haben sie damit angefangen, heute wollen sie die letzten Blocks schaffen. Alle Autos, die von Nordosten kommen, werden sich wundern.

Ich laufe in mein Zimmer und reiße die Unterhose aus dem Koffer. Das ist überhaupt keine Schwierigkeit. Das Bild hat bequem Platz. Die Königin ist die Märchenkönigin, und es ist total klar, daß der Napoleon sie hat haben wollen.

Ich wickele sie in mein weißes Hemd, und vorsichtig

versuche ich, meine schwarze Hose darüberzuziehen. Das geht nicht. Ich muß den Bademantel nehmen.

Ich weiß nur, daß ich noch weg muß. Es ist noch fast eine ganze Stunde Zeit, und in einer halben Stunde ist das spielend geschafft. Außerdem kann ich mir die Sprengungen an der Ulanenkaserne ansehen.

Der Buttgereit fährt als Ortsgruppenleiter ohne Uniform herum! Der Buttgereit ist ein Feigling.

»Wir sollten noch etwas essen«, ruft die Mutter aus der Küche.

Ich gehe in die Küche. Die Mutter steht in der Speisekammertür.

»Ich habe total keinen Hunger«, sage ich.

»Besser ist, du ißt jetzt. Unterwegs gibt es nichts.«

»Ich muß noch zur Schule, die Bücher abgeben. Ich bin in zwanzig Minuten wieder da.«

»Was mußt du?«

»Du weißt doch, was der Direx gesagt hat. Du weißt selbst, was in den Büchern steht: Schuleigentum.«

»Das ist doch Unsinn!«

»Es ist Bestimmung, daß bei längerer Abwesenheit von der Schule alle entliehenen Bücher der Schule zurückzugeben sind.«

»Du fährst auf keinen Fall!«

»Es ist in zwanzig Minuten gemacht«, sage ich. »Garantiert.« Ich schleife das Rad durch den Flur, die Stufen hinunter. Ich mache Krach. Keiner meckert. Alle sind fort.

»Heute fällt dir das ein! Jetzt mußt du noch damit kommen!«

Ich sage nichts dazu. Ich will versetzt werden. Ich will keinen Ärger. Sind wir in ein paar Wochen wieder hier, geht der Krach los.

»Du siehst schön aus, wenn du wütend bist!« rufe ich

laut. Es ist dasselbe, was ihr der Vater immer gesagt hat. Sie steht in der Tür. Ich habe massenhaft Zeit.

Draußen riecht es überhaupt nicht nach Pulver. Eine schwarzgraue Wolke liegt über den Tannen beim Amtsgericht. Das war schon gestern so, als sie mit den Sprengungen anfingen. Die gesprengten Kasernen werden ein Wall um die Stadt. Da kommt keiner durch. Ein, zwei Maschinengewehre aufgestellt, die beherrschen das Vorfeld. Das Vorfeld sind die Storchauen, und die sind leicht unter Wasser gesetzt.

Die Bücher habe ich. Die Tasche über die Querstange geschnallt, sie ist total voll. »Hirt's Deutsches Lesebuch«, die Bio-Bücher, Physik. »Volk und Reich der Deutschen.« Die alten Mathebücher habe ich auch mit. Niemals hätte ich die so lange behalten dürfen. In allen ist der Stempel drin, und die Registriernummer ist mit Tinte reingeschrieben. Ich bin froh, daß ich die Bücher loswerde. Ich fahre.

In der Wilhelmstraße ist niemand. Mitten auf dem Asphalt kann ich fahren. Ich rase über den Asphalt. Die schwarze Wolke ist mein Segelwind. Aber ich bin schneller als sie. Die Fenster der Bäckerei stehen offen. Brote liegen auf der Straße. Und wieder kracht es. Feuerschein? Das könnte die Brauerei sein. Die sind doch nicht verrückt und sprengen die Brauerei?

Die Wolken von den Kasernen sind ein dunkles Meer in der Luft. Mein Rad ist bestens geölt. Dies ist eine freie Fahrt, wie ich sie in dieser Stadt noch nie hatte. Nun muß ich links herum. Aber ich muß sofort bremsen! Vor der Neuen Brücke lagern sie. Ein grauweißes Feld von Kopftüchern und Planen. Wagen ineinander verkeilt. Geschrei. Sie wollen alle hinüber. Ein grauweißes Feld gibt es nicht. Das sieht nur so aus. Felder sind grün, gelb oder wie Wiesen.

Drei Jungens haben einen Ball. »Wohin willst du?«

»Ich will zur Schule.«

»Wohin?«

»Zur Schule. Ich muß dahin. Es ist dienstlich«, sage ich.

»Hier kommt keiner durch.«

Das sehe ich. Das sieht jedes Kind. Sie lagern wie die Zigeuner. Auf dem Brückengeländer steht einer, der hat eine braune Uniform an. Er rudert mit den Armen. Sicher sagt er etwas. Sicher will er helfen. Aber das Kindergeschrei macht ihn stumm. Soldaten schlafen auf einem Panjewagen und hören gar nichts.

Ich muß wieder zurück. Ich muß die Wilhelmstraße runter und die Fußgängerbrücke nehmen. Da liegen auch Boote. Zehn, zwölf Schläge, und drüben ist man.

Rein in die Wilhelmstraße und los. Weiter diese öde Straße entlang. Fenster stehen offen. Das ist wie im Frühling, wenn die Menschen die Wärme erwarten. Ein Leiterwagen wird bepackt, die Leute sehen mich nicht. Flaschen fliegen aus einem Fenster. Volle Weinflaschen sind das! Ich fahre an Moppels Haus vorüber, und das ist nun ein Witz: Der Fiffi steht auf dem Balkon und kreischt! Kein Hund in der ganzen Welt kreischt. Kreischen können vielleicht Ziegen. Der Fiffi ist ein Mistvieh. Er hat uns gebissen, wenn wir kamen, und nun kreischt er.

Ich biege in den Gartenweg. Quer über den Rasen. Über das Blumenbeet. Ohne Leiter komme ich nicht auf den Balkon. Ich muß durch die Wohnung.

Ich stelle das Rad an den Laternenpfahl. Der Moppel ist auf seine Laterne stolz. Aber seinen Hund läßt er im Stich. Und vom Tierschutz erzählt er. Ich klingele. Die Extra-Laterne gönnten wir ihm. Sie war das Beste, was er während der Verdunkelung haben konnte. Er konnte sie grün streichen, konnte sie mit Leuchtfarbe anstreichen. Er rannte dagegen, als sie grün war, er rannte dagegen, als sie mit Leuchtfarbe angestrichen war. Und die Leuchtfarbe war geklaut. Denn niemals gab es so viel Leuchtfarbe ohne Bezugschein.

Ich klingele. Laut tönt die Klingel durch das Haus. Ich muß Hausfriedensbruch begehen. Ich werfe mich gegen die Tür. Die geht ganz leicht auf. Es kracht nun wieder, sie geben den letzten Kasernen den Rest. Ich laufe durch den Korridor, die Treppe hoch und zur Balkontür. Ich muß durch das Arbeitszimmer hindurch. Ich klopfe. Der Hund heult. Es kracht, und ich nehme sofort Deckung. Irgendwo klirren Fensterscheiben. Die Sprengung war für 16.00 Uhr angesetzt, und es ist jetzt 15.30 Uhr.

Meine Uhr tickt verläßlich. Ich kann nur froh sein, daß ich zu Hause alle Fenster aufgemacht habe. Der Fiffi blafft. Ich begehe nun endgültig Hausfriedensbruch und gehe in das Arbeitszimmer hinein. Das kenne ich ja. Alles unverändert. Die blöden Bilder an den Wänden mit den Wanderburschen und italienischen Seen. Ich reiße die Balkontür auf. Der Hund rast die Treppe rauf ins Obergeschoß und kratzt an einer Tür. Ich laufe dem Hund nach. Ich mache die Tür auf.

In dem Zimmer sitzen zwei. Es ist das Schlafzimmer. Ein Soldat sitzt neben einer Frau auf dem Bett. Er hat den Arm um ihre Schulter gelegt. Der Hund springt an den beiden hoch. Der Soldat hat keinen Helm auf.

»Wohnst du hier?« fragt er.

»Nein«, sage ich.

»Was willst du?«

»Ich bin nur in das Haus meines Lehrers gekommen, um den Hund zu befreien.«

»Ach so«, sagt der Soldat. Die Frau sieht mich nicht an. Sie sehen beide auf das Kind, und der Soldat wehrt den Fiffi ab. Die Frau hat ein Kind im Arm. Es ist ein total winziges Kind, und es ist sofort zu erkennen, daß es trinkt.

Ich habe noch nie ein trinkendes Kind gesehen, und es ist ein totaler Unsinn, daß das etwas Schweinisches ist. Die Brust der Frau ist wie aus weichem Marzipan gemacht. Das Kind hat seine Augen geschlossen. Mit seinen Lippen, hinter denen ja noch keine Zähne sein können, holt es die Milch aus der Mutter heraus.

Die beiden sehen mich überhaupt nicht an. Ich sage: »Ich wollte doch nur den Fiffi vom Balkon holen.«

Der Soldat antwortet nicht. Er hat auch keine Waffe am Koppel. Er hat überhaupt kein Koppel um.

»Wohnen Sie jetzt hier?« frage ich.

»Nein, wir wohnen hier nicht«, sagt die junge Frau.

»Ach so«, sage ich.

»Es ist schon alles in Ordnung«, sagt der Soldat.

Ich muß nun schnellstens los. Der Fiffi rennt hinter mir her. Was soll ich mit dem Soldaten reden? Kein Wort. Der Krieg ist zu uns gekommen, und der Mann hat eine Frau im Arm. Ich reiße die Küchentür auf. Da hat der Fiffi seinen Freßnapf. Draußen steht mein Fahrrad.

Nun trete ich in die Pedale. Jetzt sind auch Leute unterwegs. Alle zu Fuß. Manche mit Wägelchen. Sie gehen mitten auf der Straße. Sie wollen nur zum Bahnhof.

Eine alte Frau liegt auf zwei kleinen Wagen, die aneinandergebunden sind. Mädchen haben mitten im September Wollstrümpfe an. Die alten Männer Wintermäntel.

Ich fahre um all diese Menschen herum. Ich fahre durch sie hindurch, aber sie schimpfen nicht.

Auf dem Schulhof ist niemand. Zerfahren ist der Kies. Die große Tür unter der Schulglocke ist abgeschlossen. Die Glocke sieht so aus, als ob sie nie geläutet hätte. Meine Füße knirschen auf dem Kies. Dieses Geknirsche, das ich nie leiden konnte. So laut habe ich es nie gehört.

Ich sehe mir die Fenster der Untersekunda, ich sehe mir die Fenster der Obersekunda an. Dahinter ist niemand. Ich habe die Bücher nun hergebracht. Es ist befohlen, daß jedes Schulbuch abgeliefert werden soll. Der Stempel der Schule ist darin. Das eine Bio-Buch ist sogar viermal gestempelt.

Ich gehe über den Schulhof, aber auch am Lehrereingang ist niemand. Der Lehrereingang ist verschlossen.

Es ist Pflicht, die Schulbücher vor dem Verlassen der Schule abzugeben. Das steht auf dem roten Zettel. Der Adler auf dem Stempel ist etwas schief. Vielleicht ist der Stempel zu oft benutzt worden. Jeder hat so einen Zettel gekriegt.

Die Artillerie kann man heute dauernd hören. Und dieses Gefahre der Autos auf der Chaussee. Die Soldaten haben Vorfahrt. Sogar auf Panjewagen fahren sie. Oft ohne Stahlhelme.

Ich muß meine Bücher abgeben. Das Fenster der Hausmeisterei steht offen. Die Gardine zeigt es mir an. Es ist das Wohnzimmerfenster. Schnell laufe ich dorthin. Ich klingele. Die Tasche habe ich in der linken Hand. Die Hausmeisterin ist immer freundlich. Sie wird nicht böse sein, daß ich ihr damit komme. In einer halben Stunde muß ich zu Hause sein. Aber die Bücher müssen abgegeben werden. Und eine Quittung muß ich haben, eine Abgabebescheinigung.

Ich klingele noch einmal. Eine Quittung wird die Hausmeisterin mir wahrscheinlich nicht geben, aber den roten Zettel könnte sie unterschreiben. Laut schrillt die Schulglocke über den leeren Hof.

II

»Kurt Lemhöfer!« werde ich laut gerufen.

»Ja«, sage ich, »das ist mein Name«, und schiebe mich in der Bank hoch.

»Seht euch diesen Helden an!« laut sagt sie das. Die anderen lachen schon. »Setzt sich einfach in unsere Klasse und sagt keinen Ton.«

Nun fangen sie alle an zu lachen. Nur meine Nachbarin lacht nicht mit. Aber sie zeigt es mit den Augen, daß sie das auch zum Lachen findet.

Das Fräulein Fauk kommt mit solchen künstlichen Ringellocken ein paar Schritt auf mich zu. »Da hättest du also –, sag uns, wie hast du dir das gedacht?«

Ich sage aber nichts. Ich verstehe dieses Fräulein Fauk nicht. Sie hat ein Dirndlkleid an, wie es die Mädchen früher in den Bergen trugen. In Bayern oder Tirol. Die Mutter und ich sind vorgestern bei der Direktorin gewesen. Sie war sehr freundlich. Ich wurde aufgenommen und eingetragen. Was soll ich noch sagen?

»Du hast wohl das Sprechen verlernt?«

Die anderen kichern immer noch. Das macht das Fräulein Fauk froh. Nur die Großen lachen nicht mehr. Auch die Schönste lacht nicht. Die kümmert sich wohl überhaupt um niemand. Auch der lacht nicht, den sie den Langen nennen. Er ist wirklich sehr groß. Er muß schon etwas krumm gehen, so groß ist er. Er ist größer als das Fräulein Fauk.

»Fräulein Fauk, stimmt es, daß die Japaner den Krieg verloren haben?« will die Schönste plötzlich wissen. Aber das Fräulein Fauk dreht sich nicht einmal um. »Das gehört jetzt nicht hierher«, ist die Antwort. »Ihr wißt doch, daß wir uns zu aktuellen politischen Fragen nicht zu äußern haben.« Bevor das Dirndlkleid um den Hals aufhört, ist ein weißer Stoffstreifen wie ein Kräuselring an den Ausschnitt genäht. Der soll wohl zeigen: Seht alle her! Aber da sehen ja nicht einmal die Russen hin.

»Ich habe mich vorgestern ordnungsgemäß angemeldet«, sage ich in diese fremde Klasse hinein.

»Sprechen kannst du also. Das ist ja sehr schön, daß du dich angemeldet hast, nur ich weiß nichts davon.«

»Ja«, sage ich. Ich setze mich wieder hin. Es ist gut, daß ich nun sitze. Auf keinen Fall werde ich weinen. Ich habe noch nie in einer Schule geweint.

Sie redet noch immer.

»Ich weiß, daß Sie die Klassenlehrerin sind«, sage ich dazwischen. Ich schaue meine Nachbarin an. Der ist es peinlich, daß ich neben ihr sitze. Dabei ist mein Wirbel kurz geschoren. Sie ist fett und dämlich. Und hat Zöpfe. Vielleicht ärgert sie sich, daß sie Zöpfe hat. Der Frisör sagt: »Je länger das Haar ist, desto mehr Nahrung wird verbraucht, desto mehr Hunger hat man.« Das versteht jedes Kind.

Endlich dreht das Fräulein Fauk sich um. »Die Direktorin hat mir nicht einmal einen Zettel gegeben!«

»Dafür kann er ja nichts«, gibt der Lange ihr zur Antwort. Er sieht nicht zu mir hin. Er sieht in sein Buch hinein, das bestimmt kein Schulbuch ist.

»Er hätte sich jedenfalls zu Beginn der Stunde bei mir melden müssen«, sagt das Fräulein Fauk und geht endlich zu ihrem Katheder zurück.

Das ist hier alles Unsinn. Wie sollte ich mich bei dem Krach zu Beginn der Stunde melden? Eins habe ich erkannt: Diese Frau hat einen zum Spotten verzogenen Mund. Das habe ich sofort erkannt. Hätte sie nicht im Lauf ihres Lebens so viele Schüler ausgelacht, hätte sie einen Kirschenmund. Alt wäre der auch, aber er wäre ein Kirschenmund. Ich weiß nicht, was ich hier soll. Wohin sollte ich mich anders setzen? Es ist kein Platz frei. Ich will Tischler werden.

»Ja«, sage ich nun ein letztes Mal, »ich hätte mich bei Ihnen anmelden müssen.« Sofort setze ich mich wieder hin. Ich sehe aus dem Fenster. Ich möchte am liebsten nicht hier sein.

»Das Händchen gehoben und den Namen genannt«, sagt das Fräulein Fauk. Fein ist das gesagt. Da lachen sie alle nun wieder. Auch der Lange lacht so ein bißchen aus seinem Buch heraus. »Das Händchen gehoben und den Namen genannt. Mehr verlangen wir bei uns nicht. Nicht wahr?« fragt das Fräulein Fauk und sieht ihre Klasse an.

Eine feine Klasse ist das. Bunt durcheinandergewürfelt alles. Ich wette, daß sie hier sogar schon Sechzehnjährige haben. Und die Mädchen haben einen richtigen Busen. Der wackelt beim Lachen so komisch. Reingefaßt in das Wabbelfleisch und in den Graben geschmissen!

Ich sage kein Wort. Ich wußte es schon nach den ersten fünf Minuten, ich hätte gleich meinen Namen nennen müssen, aber wie sollte ich das tun bei dem Krach, und dann fing sie mit dem Pole Poppenspäler an. Wenn sie das wüßte, ich will auch Tischler werden. Aber nur für Intarsien. Wir haben fast alle Muster vom Vater mitgenommen. Und die Lisei wollte am liebsten sterben?

»Wo bist du mit deinen Gedanken?« werde ich gefragt.

»Ich habe an die Lisei gedacht«, sage ich und weiß schon, daß ich das auf keinen Fall hätte sagen dürfen, denn nun jodelt der ganze Verein. Und die Lisei wird in Wirklichkeit von dem Theodor Storm das Lisei genannt, weil sie noch so klein ist. »Damit wird das Kindliche betont, versteht ihr?« Ja, die anderen verstehen das, und ich verstehe das auch. Ich möchte nur wissen, wievielmal dieses Fräulein Fauk vergewaltigt worden ist. Wievielmal sie sie vorgenommen haben. Das hat sie wohl vergessen.

Draußen muß es jetzt ziemlich heiß sein. Das wird ein Rückweg werden. Weit aus dem Süden ist das Lisei mit dem Vater gekommen. Dort sprechen sie anders. Sie sagen net anstatt nicht. Sie hängen überall ein le an, sagen Vaterle, Mutterle, Tochterle, Pferdle, Wagerle, Kurtle. Liseis Mutter ist gestorben. Nun müssen sie ihr Geld mit dem Puppenspiel verdienen. Die Puppen bewegen sich an Drähten. Der Vater ist unschuldigerweise ins Gefängnis gekommen. Da aber ist das Lisei schon ein junges Fräulein. »Eine Dame«, sagt Fräulein Fauk.

»Die Damen werden abgeschafft!« brüllt der Lange in die Klasse. Das ist nun ein Ding. Die Blonde neben mir läßt das Gemurke an ihren Zöpfen. Sie ist gespannt, was das geben wird. Die Sache ist klar: Der Lange macht Witze, oder er ist kommunistisch. Seine Stimme war nicht so, als ob er Witze macht. Vielleicht ist er kein richtiger Kommunist, aber etwas kommunistisch ist er. Die Kommunisten sprengen die Schlösser, auch das Gutshaus von Schönfließ haben sie gesprengt, und sie wollen, daß alle Damen Frauen sind.

»Meine Großmutter hat aber immer gesagt: Selbst eine Reinemachefrau ist eine Dame.« Das kann ich dieser Klasse genauso sagen, vor der das Fräulein Fauk mit ihrem Lächelmund steht.

»Reinemachefrauen gibt es überhaupt nicht mehr und wird es nie mehr geben!« ruft der Lange.

»Willst du im Dreck ersticken?« schreit eine aus der

zweiten Bank. Die sieht mager aus und sehr zierlich, durchscheinend, würde meine Mutter sagen.

Sollen sie sich streiten. Aber die meisten lachen. Oder sie sind müde.

»Jeder hat den Dreck aus seinem Haus und Garten selbst fortzuschaffen!« ruft der Lange. Hat der hier etwas zu befehlen? Er ist garantiert kommunistisch.

Die Mädchen wissen nicht, ob sie lachen oder sich aufregen sollen. Sie tun beides. Aber sie finden es gut, daß sie nicht mehr Damen werden müssen.

Das mag auch gut sein. Fräulein Fauk wird dazu nicht viel sagen. Sie muß abwarten, was von der Kommandantur befohlen wird. Ich bin müde. Über eine Stunde dauerte allein der Hinweg zu dieser Schule. Eine Stunde hin, eine Stunde zurück. Wir können nur hoffen, daß der Sonntag nicht abgeschafft wird. In Oranienburg sollen sie schon den Sonntag abgeschafft haben. Die zetern hier wie die Gänse und wissen nicht, daß der Lange ein gefährliches Wort gesagt hat. Massenhaft Leute sind abgeknallt und ohne Sarg in die Erde gelegt worden, und nun wollen sie auch noch die Damen abschaffen. Was können die Damen dafür, daß sie Damen geworden sind? Ihre Eltern haben schuld. Aber das Fräulein Fauk macht einen Lächelmund, weil sie feige ist und vor der Kommandantur Angst hat. In Rußland gibt es keine Damen, das weiß jedes Kind.

»Ich glaube, daß unser Neuer recht hat«, sagt das Fräulein Fauk.

Mich meint sie? Ich habe das nicht nötig, daß sie sich auf meine Seite stellt.

»Ich glaube, daß jede Arbeiterin eine Dame ist und als eine solche geehrt werden sollte. So wie auch Rosa Luxemburg eine Dame war«, sagt Fräulein Fauk mit einer sehr klaren Stimme.

Das sind feine Sprüche. Sie soll sich nicht wundern,

wenn sie in dieser Nacht noch abgeholt wird. Klopf, klopf. Der Lange sagt nun gar nichts mehr. Die Rosa Luxemburg eine Dame. Er wird sich das merken. Er sieht vergnügt die Schönste aus der Klasse an: Siehst du, wie die Fauk uns auf den Leim geht? Die Schönste hat etwas geringelte Locken und einen richtigen Herzmund. Ich möchte wissen, wo die sich versteckt hat. Einen total vollen Busen hat sie. Halbkugelig. Sie sieht gar nicht mehr wie ein richtiges Mädchen aus.

Der Theodor Storm hat in der Stadt Husum gewohnt. Er nannte sie die Graue Stadt am Meer. Dauernd Nebel dort. Die Nordsee tobt und reißt an den Deichen. Dort sind jetzt die Engländer. Die Engländer sollen besser sein. Bei ihnen ist sogar Weißkohl nicht bewirtschaftet. Das steht in einer amerikanischen Zeitung. Aber in jedem Herbst sind die Halligen in Gefahr, und die Menschen müssen, wenn die Sturmflut kommt, die Nacht auf dem Dach verbringen. Die Schönste sagt, das wäre nichts für sie, aber dann sagt sie: »Lieber unter dem Engländer als unter dem Russen.« Sagt das einfach so. Das ist lebensgefährlich. Das ist hier eine total irre Klasse.

Wenn sich das Boot losreißt, hat der Blanke Hans gewonnenes Spiel. Der Blanke Hans ist der Name für den Tod, den Tod in den Wogen der Nordsee.

»Das kann doch so schlimm nicht sein, in den Meereswogen einzuschlafen«, sagt meine Nachbarin.

Fräulein Fauk antwortet darauf nicht. Sie erzählt von der graugrünen Nordsee, deren Wasser so verlockend, aber auch so gefährlich sind. Und eine große Liebe muß das werden, wenn eine junge Frau aus dem Süden sich dort oben wohl fühlen soll. Aber einer, der eine grüne Joppe anhat, sagt, was wir alle denken: Das Lisei wird sehr gern im Norden gewesen sein. Genauso, wie es der Theodor Storm erzählt hat. Ihr Mann war Handwerker.

Sie hatten zu essen. Sie konnten tauschen. Der Krieg kam nicht dorthin. Vielleicht ein paar Franzosen von dem Napoleon. Mehr war nicht.

Fräulein Fauk ist in Husum gewesen. Sie hat auch das Wohnhaus von Theodor Storm besucht. Heimlich hat sie auf seinem Schreibstuhl gesessen und seinen Federhalter angefaßt. Die Tapeten waren grün. Auch das Haus vom Lisei soll es geben. Jedenfalls damals war es noch da. Es klingelt.

Nun ist es schade, daß diese Stunde zu Ende ist. Für heute ist es überhaupt zu Ende. Der Erdkundelehrer fehlt unentschuldigt. Der Storm war ein Dichter, der wie ein Seemann aussah. Sein Bild hätte ich gern behalten, denn es ist so, daß der Storm ein wenig an den Onkel Wilhelm erinnert.

Allein gehe ich die Treppe hinunter. Ich hab keine Lust, irgendeinem von den anderen nachzuschaukeln. Allein gehe ich die Stalin-Allee entlang. Auf der Behelfsbrücke klappern die Bohlen. Ich wechsele die Straßenseite vor den Häusern, in denen die Russen wohnen. Die versauen alles. Sie machen Haufen in die Zimmer. Der Großvater hatte gesagt, die Russen sind Menschen wie wir. Er hat sich gründlich geirrt. Oder er hat sich Märchen ausgedacht. In den Klo-Becken haben sie die Kartoffeln gewaschen! Hupp, zieht einer die Leitung: »Sabbotasch, Sabbotasch!« Wenn die Häuser versaut sind, müssen die Kommunisten ihnen neue geben.

Gehe ich nun durch den Wald, kann ich mich immer nur wundern. Diese Kiefernwälder sind doch keine richtigen Wälder. Kein Unterholz, kein Strauch. Man kann sich in ihnen nicht verstecken. Kein Holunder, keine Linden, keine Eichen, keine Tannen. Kiefer an Kiefer, sonst gar nichts.

In den Bombentrichtern wühlen Kinder. Da wühlen ja immer welche. Nein, das sind keine Kinder, die da wühlen, das sind welche von uns. Es ist der Lange und die Schönste und noch so eine Blonde.

Ich kann an ihnen nicht vorbeigehen. Ich möchte nur das eine: Ich möchte eine Kartoffel finden. Das möchten die wohl auch.

Der Lange hat ein Buch in der Hand, dessen Blätter vergoldet sind.

»Echter Goldschnitt«, sagt er.

»Da liegt ja eine ganze Bibliothek«, sagt die Schönste. Ja, da liegen lauter Bücher. Und sonst das Übliche: zerrissene Matratzen, Kinderwagen, Teller und Tassen. Alles kaputt. Möbel? Kein Stück. Alles verheizt. Nur ein eiserner Blumenständer.

Der Lange sagt, er wisse es, daß wir den gleichen Weg haben.

»Ja?« frage ich.

So müssen wir zusammen gehen.

Die Mädchen sind auch müde. Die Blonde hat keinen schlechten Mund, aber sie hat schiefe Zähne. Der Lange denkt, er müsse erzählen. Das wundert mich gar nicht, daß sein Vater beim Gemeinderat arbeitet. Dann ist es ja klar, daß er Kommunist ist. Die bekommen ihre Sonderzuteilungen. Er ist aber auch Flüchtling. Sie wohnen bei seinem Onkel. Sie mußten damals alle bei seiner Tante zusehen. Auch der Onkel mußte zusehen. Der gerade. Den Russen war gemeldet worden, daß der Nazi war.

Die Mädchen sagen nichts. Sie kennen die Geschichte. Die Schiefzahnige sieht in den Wald hinein, als ob da etwas wäre. Blaubeeren sind da nicht, und Pilze erst recht nicht.

Der Lange sagt: »Die Rote Armee kennt nur den Kampf, keinen Urlaub, und deshalb ist das mit den Russen so.«

Ja, das wird erzählt.

»Wollen wir Hasenklee suchen?« frage ich. »Den kann

man wirklich essen.« Das wissen die anderen auch. Wenn ein Russenauto kommt, drängen sich die Mädchen an uns. Wir tun so, als ob wir das nicht merken. Der Lange redet dauernd davon, daß er total dagegen ist. Aber wir wissen, wie er in Wirklichkeit denkt. Er hat sich gefreut, als sie seine Tante vorgenommen haben. Heimlich freut er sich noch jetzt.

Dann bietet er mir von seinem Frühstücksbrot an.

»Bist du krank?« frage ich.

»Nein«, sagt er. »Nimm schon«, sagt er. »Die anderen hatten auch.«

Die Mädchen schauen nur auf den Hasenklee. Allein nehme ich das Frühstücksbrot für mich. Es sind zwei Scheiben. Sirup ist drauf.

Oft erzählen die Leute hier Sachen, die nicht stimmen. Diese Frau hier raucht aber wirklich Zigarren. Sie ist eine richtige Frau, hat einen Busen. Der glibbert und wabbelt hinter der Bluse. Sie hat Reithosen und Stiefel an.

Ich sage meinen Namen. Sie läßt eine andere junge Frau warten, die sieht mich sehr genau an, aber die stellvertretende Bürgermeisterin kümmert sich nicht um sie. Wir gehen zusammen zu einem Schuppen. Davor muß ich stehenbleiben. Die stellvertretende Bürgermeisterin geht allein hinein. Drin ist es still. Wer weiß, wo sie die Flaschen hat. Sie wird sie doch wohl in dem Schuppen haben. Ihr kann keiner etwas tun, sie ist die stellvertretende Bürgermeisterin. Und dieser Bauernhof gehörte niemand. Nun hat sie den. Sie hat Roggen, sie hat Weizen, sie hat Raps. Das Rapsöl verkauft sie. Sie hat keine bösen Augen hinter ihrer Brille, aber der Hof ist ein Saustall. Es ist gut, daß der Onkel Wilhelm so etwas nicht erblicken muß. Der Dunghaufen ist ein Klamottenhaufen. Unmögliche Hunde laufen auf diesem Hof herum – die hätte sie gleich schlachten sollen. Völlig zerzauste Felle. Als ob sie sich dauernd gegenseitig an die Gurgel gehen.

Die Leute sagen, die stellvertretende Bürgermeisterin ist ein Mannweib. Ihre Kleider sehen danach aus. Sie soll sich vor keinem Mann fürchten, auch nicht vor dem Kommandanten. Aber ihre Augen sind etwas gerötet. Ihre Brille sieht wie eine Gasmasken-Brille aus.

In ihrem Garten hilft ihr garantiert niemand. Nur der Mohn steht gut. Den müßte sie abliefern. Vielleicht hat sie auch nur deshalb Männerkleider an, damit ihr die Russen nichts tun. Dann hätte sie sich auch die Haare abschneiden müssen. Kein Gedanke, sie hat ihr Haar in einem großen Knoten zusammengebunden. Die Russen werden ihr deshalb nichts tun, weil sie den Kommandanten kennt. Sie soll auch Speck haben. Nun wird sie sich freuen, weil sie unser Geld bekommt.

Sie muß eindeutig in dem Schuppen sein. Muß sie lange suchen? Der verrostete Riegel ist ausgeleiert. Den darf ich ja wohl hochheben? Ich mache ihr die Tür auf. Das gefällt ihr. Sie kommt mit zwei Flaschen heraus. Braun sieht das Öl aus und etwas schaumig. Beide Flaschen sind bis oben voll.

»Sei vorsichtig damit«, sagt sie.

»Ja«, sage ich.

»Hast du eine Tasche?«

»Ja«, sage ich. »Vielleicht haben Sie auch noch ein paar Kartoffelschalen, Frau Bürgermeisterin?« frage ich und sehe sie dabei nicht an. Ich sehe nur die Flaschen an. Die sind fettig, glitschig. Vorsichtig stelle ich auch die zweite in die Tasche hinein. Die muß ich mit dem Lappen umwickeln. Auf dem Lappen ist noch eine Hälfte von einer holländischen Mühle zu sehen. Blau gestickt.

»Ich habe keine Kartoffelschalen«, sagt die stellvertretende Bürgermeisterin.

Das ist klar.

Ein holländischer Müllerjunge steht vor der halben Mühle in solchen Pluderhosen, wie sie die Türkinnen haben. Ich bin müde. Ich hätte der Mutter gern noch ein paar Schalen mitgebracht. Die hätten wir gleich braten können. Soll die stellvertretende Bürgermeisterin sie ihren Schweinen geben. Es ist klar, daß sie die Schalen den Schweinen gibt. Es wird so sein: In Holland tragen die Männer deshalb zugebundene Hosen, weil der Nordseewind ihnen sonst die Beine hochgeht. In der Türkei müssen die Frauen Pluderhosen tragen, weil ihnen kein Mann unter den Rock sehen darf.

Vorsichtig gehe ich. Wehe, die Flaschen zerbrechen. Ich hab es nicht zu wissen, wie teuer sie sind. Jede Flasche hat eintausend Mark gekostet. Die Großmutter und die Mutter haben wochenlang davon geredet. Und es ist total verboten. In Oranienburg sollen sie sogar einen Schwarzhändler erschossen haben. Ich weiß, daß es unser letztes Geld ist. Und ich sollte es überhaupt nicht wissen, daß wir noch so viel Geld hatten.

Vorsichtig gehe ich. Ich verstehe nicht, weshalb wir für das Geld kein Brot gekauft haben. Wir hätten vielleicht zehn Brote dafür bekommen. Das wäre besser gewesen. Und sicher ist auch in einem Brot etwas Fett. Ich verstehe das nicht. Ich weiß auch, ich müßte traurig darüber sein, daß die Mutter die Herzwassersucht hat. Ich bin nur müde. Auf den Stein hinter der Bahnunterführung werde ich mich setzen. Dort sind Holunderbüsche. Aber die sind abgeerntet. Früher sollen die Leute in dieser Gegend die Holunderblüten mit Kuchenteig in heißem Öl gebacken haben. Das werde ich der Mutter nicht erzählen. Die Platten des Bürgersteiges sind von Panzerketten zerfahren. An den Stellen, an denen der Panzer gewendet hat, sind sie zu Staub zermahlen. Ich muß auf meinen Weg achten. Es kommt niemand. Vorsichtig stelle ich die Tasche neben den Stein. Ich muß an die Augen der jungen Frau denken. Ich kann ja nichts dafür. Manche Vögel sehen einen so an.

Bei uns wird heute ein Freudenfest gefeiert: Der Vater hat geschrieben.

Es ist eine Karte vom Roten Kreuz. Auf der Karte steht: »Ich lebe. Ich bin ziemlich gesund. Es geht mir den Umständen entsprechend. Ich umarme Euch. Dein Mann, Dein Sohn, Dein Vater.«

Die Karte ist aus einem Gefangenenlager bei Tscheljabinsk. In meinem Erdkundebuch haben wir den Ort nicht gefunden. Aber die Nachbarin hat auch einen Atlas. Darin sehen wir, daß Tscheljabinsk im Ural liegt. »Das ist noch nicht einmal in Sibirien, wenn man es genau nimmt«, sagt die Großmutter. Sie hatte immer gedacht: Er ist in Sibirien erfroren. Nie haben wir gesagt: Er ist tot. Aber in Wirklichkeit haben wir alle gedacht: Der Vater ist längst irgendwo erschossen oder von einem Panzer zermalmt oder sterbenskrank geworden oder eben erfroren. Nun wirft die Mutter ihren kleinen roten Kalender für immer fort, in dem steht: Letzte Nachricht: 26. Mai 1944.

Die Mutter hat geweint und hat getanzt, und dann hat sie vor Freude geweint. Ihre Schultern zuckten, und ich durfte sie streicheln.

Nun renne ich aber los und muß eine Kerze finden. In der Garage bei den alten Illustrierten waren mal welche. Die sind längst fort. Im Keller sind auch keine. Nicht ein Stummelchen. Auf dem Boden brauche ich nicht zu suchen, da kenn ich jeden Quadratmeter auswendig.

Wir haben bei jedem Fest zu Hause Kerzen gehabt. Wir haben Großvaters Leuchter in Mutters Koffer mitgebracht. Der ist für drei Kerzen bestimmt. Fände ich eine große, könnte ich sie vorsichtig mit einem heißen Messer in drei Teile teilen. Aber in welchem Bombentrichter ist noch eine Kerze? Die Trichter sind doch hundertmal durchsucht.

Es könnte vielleicht sein, daß in denen auf dem Schönfließer Feld, vielleicht ganz unten, noch welche liegen. Die Bauern von Schönfließ werden kaum in ihren Bombentrichtern wühlen. Die Bauern von Schönfließ haben Teppiche im Stall. Ja, mein lieber Vater, so ist das: Unsere Bauern haben Teppiche im Stall. Das liegt daran, daß sie zu viele Teppiche haben. Weshalb haben sie zu viele Teppiche, willst du wissen? Sie haben deshalb so viele Teppiche, weil sie für fünfzehn Eier einen Teppich bekommen. Und deshalb kümmern sie sich überhaupt nicht um ihre Bombentrichter.

Dorthin wird es sich lohnen. Das Schönfließer Feld hätte ich beinahe vergessen.

Ich laufe zweihundert Schritt, dann gehe ich vierhundert. Ich laufe zweihundert Schritt, dann gehe ich wieder vierhundert. Das ist die beste Art vorwärts zu kommen. Diese Art haben sie im Wilden Westen erfunden. Man kann in dieser Art über Felder und Zäune gehen. Man darf nicht daran glauben, daß man in Glas tritt. Wenn man nicht daran glaubt, kann einem das Glas nichts tun. Außerdem sind meine Fußsohlen aus Horn gemacht. Wie die Hornhaut des Jung-Siegfried. Ich laufe mit diesen Hornsohlen über die Chaussee, der Asphalt ist weich wie Samt. Ich laufe mit ihnen über das frischgemähte Feld, der Onkel Wilhelm hätte seine Freude daran. Und der Kies auf dem Weg – der kitzelt ein bißchen. Das ist alles. Am Wald könnte ich mich ausruhen. Wer weiß aber, wie lange ich suchen muß? Ich muß eine Kerze finden. Es könnte ja vielleicht der Rest einer alten Weihnachtskerze sein. Die halten sich jahrelang. Die Russen kommen rein, reißen die Schubladen raus: »Was dies? Was das? Und Jupfujamat!« Weggeworfen die Kerzenreste.

Auf dem Schönfließer Feld ist niemand. Das werden sie wohl niemals mehr unter den Pflug nehmen. So sieht das hier aus. Wollten sie hier anfangen, reißen sie sich jeden Pflug kaputt. Und die Trichter sind voll. Da sind sogar noch halbe Möbel drin. Ein fast neuer Küchenschrank. Ohne Oberteil. Stühle. Das kann nicht wahr sein: eine Wiege mit kleinen grünen Herzen.

Raus mit der Wiege. Raus mit dem Plunder von solchen Polsterfedern. Da hängt noch ein halber Sessel dran! Und was sind das? Fotoalben. Babyfotos, wie mit Kaffee begossen. Oder ist das Blut? Weg damit. Und solche schweren Büchsen? Vertrocknete Farbe darin. Alte Telefonbücher. Die wären gut zum Feuermachen. Da muß ich mit einem Wagen kommen. Alte Zeitungen, Bücher massenhaft. Mädchenbücher: »Mütterchen Sylvia«.

Von Kerzen keine Spur. Kinderwagenräder. Drei Stück. Die sind in Ordnung.

Da kommt einer. Will der was? Die Kinderwagenräder muß der nicht kriegen. Die Telefonbücher auch nicht. Soll er sich umsehen. Soll er.

»Was willst du?«

»Gar nichts. Was hast du denn da?«

»Kinderwagenräder. Siehst du doch.«

»Wieviel?« will er wissen. Natürlich will er die Kinderwagenräder.

»Was geht dich das an?«

»Ich frag doch nur.«

»Was heißt: Ich frag doch nur?«

»Nein, im Ernst.«

»Drei Stück.«

»Wie groß?«

»Sonst bist du gesund?«

»Nein, im Ernst. Ich wollte doch nur mal sehen, wie groß die sind«, ruft er nach unten.

»Das geht dich gar nichts an. Die brauch ich selbst.«

Ja, ich brauche sie. Und wenn er was will, kann er was bekommen! Schlüsselbund, Schlüsselbund, komm her, mein liebes Schlüsselbund. Hat er mein Schlüsselbund gesehen? Soll er ruhig, soll er. Kommt er? Soll er kommen!

Er springt in den Trichter und tut so, als ob er das jeden Tag macht. Kein Wunder: Der Mann hat Schuhe an! Der Hund hat am hellichten Tag Schuhe an. Einwandfreie Schuhe. Nun möchte er auch noch im Kinderwagen gefahren werden.

»Die Räder kriegst du nicht.«

»Ich wollte sie auch nur mal sehen.«

»Sind normale Kinderwagenräder. Was sonst?« frage ich.

»Es ist die Mittelgröße. Genau die brauche ich.«

»Nimm deine Pfoten weg!«

»Was hast du denn gesucht?« will er wissen und setzt sich harmlos hin.

»Genau diese Räder habe ich gesucht«, sage ich. Ich muß mich vorsehen. Der Mann gefällt mir nicht. Er ist garantiert älter als ich und hat Schuhe an.

»Ich brauchte nur eins von denen«, sagt er und zerknüllt eine Zeitung.

»Ich auch eins, dann hätte ich vier.«

Jetzt lacht er.

Der Mann lacht. »Ich werde dir was sagen«, sage ich zu ihm, »wenn du mir eine Kerze besorgst – ein Licht –, dann gebe ich dir alle drei.«

»Du spinnst.«

»Ich sage, was ich sage: alle drei.«

»Die drei Räder für eine Kerze?«

»Genau«, sage ich.

»Wofür brauchst du denn eine Kerze? Mitten im Sommer?«

»Das geht dich nichts an.«

Er überlegt.

»Ich habe mit Sicherheit keine Kerze«, gibt er mir zur Antwort.

»Sie muß nicht unbedingt neu sein«, sage ich. »Sie könnte ruhig etwas angebrochen sein. Oder ein wenig abgebrannt.«

»Ich weiß nicht, wo ich eine Kerze hernehmen soll. Kein Schwein hat Kerzen. Höchstens die Bauern.«

»Na siehst du«, sage ich.

Am Trichterrand steht plötzlich ein Hund. Dem werfe ich eine halbe Ofenkachel genau in den Pelz. Jaul! ist der weg.

»Na siehst du«, sage ich noch einmal. Ich nehme meine Räder und Telefonbücher unter den Arm. Läßt er mich gehen? Ja, er läßt mich. Ein feiner Pinkel, der am Nachmittag Schuhe trägt.

»Wozu willst du denn das Licht haben?« fragt er noch einmal.

Ich bin aber schon oben. »Wir wollen eine Feier machen«, sage ich. »Eine Feier ohne Kerze ist nichts.«

Nun steht er auf. Nun kommt er.

»Ich habe etwas viel Besseres als eine Kerze«, sagt er, »wenn ihr eine Feier machen wollt.«

»Unsinn«, sag ich. Ich muß jetzt hier fort. Der will die Räder haben, das ist alles.

»Du, ich habe Fackeln«, sagt er.

»Was hast du?«

»Fackeln.«

»Richtige Fackeln?«

»Echte Fackeln.«

»Wo denn?« frage ich. Denn das wäre – das wäre hundertmal besser als irgendwelche Kerzen. Eine Fackel vor Vaters Bild.

»Zu Hause«, sagt er.

»Wo wohnst du?«

»In der Lindenallee.«

»Die wird auch bald umgetauft«, sage ich. »In der Lindenallee wohnst du?«

»Ja«, sagt er.

»Gut«, sage ich. »Das ist nahe bei uns. Wir wohnen in der Karl-Liebknecht-Allee. Wieviel hast du?«

»Mindestens achtzehn.«

Achtzehn Fackeln! »Das könnte was werden«, sag ich ganz ruhig.

Die Großmutter hört mich nicht. »Weißt du«, habe ich ihr gesagt, »wir können froh sein, daß der Onkel Wilhelm nicht mehr erleben muß, wie heutzutage die Höfe aussehen.«

Sie sagt nichts. Sie sieht von einem Bild zum anderen. Sie sieht das von Onkel Wilhelm am meisten an. Es ist das kleinste Bild. Onkel Siegfried daneben schaut auf den Wilhelm herunter. Der Wilhelm war immer der Stärkste, aber als der Siegfried gefallen war, hat er geweint wie ein Kind. Nun ist er auch tot, und wir haben nicht einmal einen Rahmen für sein Bild.

»Es ist gut, daß er nicht mehr geheiratet hat«, sagt die Großmutter.

»Das brauchte er ja auch nicht, weil wir den Jean hatten.«

»Daß seine Eltern uns auch nicht ein Wort schreiben«, sagt sie. »Sie könnten uns doch wenigstens antworten.«

»Sie werden wütend auf uns sein, weil der Jean in Deutschland umgekommen ist«, sage ich. »Heute sind alle in der Welt auf die Deutschen wütend.«

»Aber dafür können wir doch nichts.«

»Wir können dafür wahrhaftig nichts. Wir haben dem Jean sogar Flinsen gegeben und rote Grütze massenhaft, obwohl das polizeilich verboten war.«

Sie lacht.

»Aber das stimmt doch«, sage ich. »Der Jean hat bei uns bestes Essen bekommen. Der Ortsbauernführer mußte das eigentlich melden.«

Wenn sie lacht, hat sie einen Sonnenring um die Augen. Einen Sonnenring. So hat der Großvater ihr Lachen genannt.

»Das war doch selbstverständlich«, sagt sie.

»Ja, ja, selbstverständlich. Ich hätte den Onkel Wilhelm selbstverständlich bei der Polizei anzeigen können.«

»Du dummer Bengel!«

»Nie hätte ich das getan«, sage ich. »Aber ich hätte es eigentlich tun müssen.«

Die Großmutter will von diesen Geschichten nicht mehr reden. Sie sieht aus dem Fenster. Der Jean war jedenfalls einer der besten Franzosen. Er hätte unser Feind sein müssen, aber er war es nicht. Er hätte fliehen können, als die Russen kamen, aber er floh nicht.

»Du«, sage ich zu der Großmutter, »ich verstehe es bis heute nicht, daß der Jean nicht geflohen ist.«

»Er war treu.«

»Ja, das sagst du. Aber das brauchte er nicht. Er war nicht verwandt mit Onkel Wilhelm. Oder verheiratet.«

Da lacht sie nun wieder. So muß ich mit ihr reden, dann lacht sie. »Das ist heiter«, sagt sie. »Man kann doch wohl auch treu sein, wenn man nicht verheiratet ist und nicht verwandt. Kurtchen, Kurtchen, denk nur an die Mutter.«

Ja, das weiß ich. Die Mutter war dem Vater über vier Jahre lang treu, bevor sie geheiratet haben. »Weshalb mußten die beiden sich so lange treu sein?«

»Mußten?« Die Großmutter sieht aus dem Fenster. Aber da ist nichts.

»Weshalb mußten sie so lange warten? Haben sie

keine Eheunbedenklichkeitsbescheinigung bekommen?«

»Unsinn.«

»Aber weshalb haben sie dann nicht geheiratet, wenn sie es doch so gern wollten?«

»Sie wollten es wahrhaftig gern.«

»Das versteh ich nicht.«

»Das Geld hat nicht gereicht, Kurtchen, das ist alles.«

»Das war's?«

»Das war es.«

»Und ich hatte immer gedacht, die Mutter hätte sich nur nicht getraut.«

»Mußt nicht so viel denken.«

»Die Eheunbedenklichkeitsbescheinigung ist nun für immer abgeschafft«, sage ich.

»Ja. Damit haben sie die Leute gequält«, sagt die Großmutter.

Ich weiß, woran sie denkt. Das Fräulein Grohl durfte nicht heiraten, weil ihr Freund dem Obermedizinalrat nicht gefiel. Der sah verweichlicht aus und wollte sich nicht rasieren. Er mußte in die Strafkompanie.

Sie sieht aus dem Fenster.

»Siehst du auf die Tannen?«

»Ja.«

»Die sind wie Vater und Mutter«, sage ich.

»Ja, das denk ich seit vorgestern. Das kann man seit vorgestern wohl denken. Und die Birke davor, das bist du.«

»Die Birke könntest auch du sein«, sage ich.

»Nein, nein. Die Birke bist du«, sagt die Großmutter. Sie will kein Baum mehr sein in diesem Garten, in den wir nicht gehören. Die Wirtsleute wollen uns nicht haben, wenn sie uns auch freundlich grüßen. Aber die Wirtsleute sind froh, daß sie uns haben, weil sie eigentlich ein Ehepaar mit zwei Kindern aufnehmen sollten.

Wenn der Vater kommt, will ich ein Tischler werden. Ich werde dem Jean ein Kreuz hobeln – Eiche abgelagert –, und ich werde auch Bootslack besorgen. Die Schrift muß der Vater schneiden. Er könnte auch eine Einlegearbeit machen, wenn seine Hände nicht erfroren sind, wenn sie nicht zittern. Dann müßte das Kreuz aber ein Kupferdächlein haben. Und das würde geklaut. Aber wo sollten wir das Kreuz aufstellen? In diesem Garten doch nicht. Was für eine Schrift sollen wir in das Kreuz legen? »Dem treuen Jean Barré«? Das ist nicht genug. »Dem treuen Jean Barré aus Orléans an der Loire.« Der Fluß muß mit drauf. Wir wissen, daß die Loire ein Fluß wie die Weichsel ist, das hat der Jean uns erzählt, ein Fluß mit lauter Seen darin. Strudel massenhaft. Sandbänke zum Sonnen.

»Wer rumort da?« will die Großmutter wissen.

»Das sind Männer.«

»Was wollen die?«

»Das weiß ich auch nicht«, sage ich. Ich hab es gleich gesehen, daß das zwei Polizisten sind.

Es klopft.

»Herein«, ruft die Großmutter, aber die Tür ist schon auf. Da stehen die beiden. Sie stehen da in ihren Behelfsuniformen. Sie sehen uns mit steinigen Augen an. Die Großmutter ist aufgestanden.

»Guten Tag«, sagt der größere Polizist. Den kenne ich genau.

»Guten Tag«, sagen wir, aber es ist schon Abend. Sie stehen vor uns im Zimmer. Die Lampe schaukelt. Sie wird die Birne zerschaukeln, und wir haben kein Licht mehr.

»Hier sind am Montag Fackeln angezündet worden«, sagt der dünnere Polizist. »Und zwar auf der Terrasse.«

»Gewiß«, sagt die Großmutter.

»Haben Sie das getan?« will er wissen.

»Gewiß«, sagt die Großmutter. Sie zittert etwas, aber sie tut so, als ob sie überhaupt nicht zittert.

»So, so«, sagt der größere Polizist. Seine Augen glitzern nun. Sie glitzern wie die Schlangenaugen, wenn die Sonne drauf scheint. Er schaut sich im Zimmer um. Ich aber weiß, was der Mann früher gewesen ist. Er ist Forstgehilfe gewesen. Hat mit Holz gehandelt. Wurde gefeuert, und nun ist er Polizist, und das wissen alle. Weil er kommunistisch ist.

»Herr Mantei«, sage ich, »ich habe drei Fackeln vorgestern angezündet und eine neue gestern dazu zur Nachfeier.«

»Zu was für einer Feier?« will der Dünne wissen. Der möchte sich am liebsten setzen. Aber die Großmutter bietet ihm den Stuhl nicht an, und der Hocker ist mein Hocker.

»Wir haben eine Karte bekommen vom Roten Kreuz aus Tscheljabinsk: Unser Vater lebt und ist gesund. Wir aber dachten, er sei längst gestorben. Und deshalb haben wir ein Fest gefeiert.«

»Das stimmt«, sagt die Großmutter.

»So?« fragt der dünnere Polizist und will sich noch immer setzen.

»Das kann jeder sagen«, sagt der Mantei.

Die Großmutter setzt sich auf ihren Stuhl. Die Polizisten sehen sich die Fackeln an. Es sind keine Fackeln mehr, es sind Fackelreste. Sie stecken im Leuchter, und wir wollten es heute noch einmal mit ihnen versuchen. Auf der Terrasse geht das am besten. »Sie räuchern wie ein Dampfschiff, das über die Rominte fährt«, das hat die Mutter gesagt. Es war zum Lachen, denn niemals fährt über die Rominte ein Dampfschiff.

Und nun ist es so gekommen. Die Großmutter sieht aus dem Fenster, und der Mantei puhlt an den Fackeln herum.

»Sie können das ja mitnehmen, Herr Mantei«, sagt die Großmutter, ohne ihn anzusehen.

»Das werden wir auch, das werden wir«, sagt der und sieht sich die Bilder genau an. Er nimmt Onkel Siegfrieds Bild sogar in die Hand. Und das darf er nicht.

»Sie dürfen das Bild meines Onkels nicht anfassen«, das müßte ich jetzt sagen, aber die Großmutter hat es schon gesagt: »Nehmen Sie die Finger von dem Bild«, sagt sie leise.

»Soldatenbilder haben in einer Wohnung nichts zu suchen«, raunzt der Mantei.

»Wir haben kein anderes«, sagt die Großmutter.

»Wir haben wirklich kein anderes Bild von meinem Onkel, und wir haben kein anderes Bild von meinem Vater«, sage ich. Und das stimmt. Nur ein Babybildchen über Mutters Bett, auf dem der Vater unmöglich aussieht.

»Das ist Ihre Sache«, sagt der Mantei, aber die Großmutter steht auf und nimmt ihm das Bild aus der Hand.

»Sie können ja die Fackeln beschlagnahmen«, sagt sie noch einmal.

»Das werden wir, das werden wir. Und was ist das?« fragt der Mantei. Er faßt den Stein an.

»Das ist mein Stein«, sage ich.

Der Mantei wiegt den Stein in seiner Hand. Er hebt ihn gegen das Licht. »Er scheint echt zu sein.«

»Er ist echt«, sagt die Großmutter. Sie nimmt dem Mantei den Stein aus der Hand und legt ihn wieder vor Vaters Bild. Da leuchtet er. Er ist eine Flamme vor Vaters Bild. Und er ist auf die Fackeln nicht angewiesen. Er ist die Wiedersehensflamme, die ich dem Vater geliehen habe.

»Ein unheimlich schönes Stück«, sagt der zweite Polizist. »Woher haben Sie's?«

»Das ist aus unserer Heimat.« Die Großmutter bleibt

vor dem Mantei stehen. »Nun nehmen Sie schon die Fackeln, und es ist gut.«

»Gut ist gar nichts«, sagt der Mantei. »Die Fackeln nehmen wir. Und wir werden noch anderes müssen.«

»Den Leuchter werden Sie uns ja wohl lassen?«

»Der Leuchter bleibt hier«, sagt der zweite Polizist.

»Wo sind die anderen Fackeln versteckt?« brüllt der Mantei plötzlich durch das Zimmer.

»Hier sind sie«, sage ich und ziehe den Karton unter dem Bett hervor. »Achtzehn waren es. Vierzehn sind noch drin. Auf dem Schildchen kann es jeder lesen, daß darin achtzehn Fackeln waren.«

»Eine fehlt. Wo ist die?«

»Die hat nichts getaugt.«

»Das kann jeder sagen.«

»Sie liegt neben dem Dunghaufen. Wir werden den Stiel im Winter verbrennen.«

»Gar nichts werdet ihr«, sagt der Mantei.

Die Großmutter setzt sich auf ihren Stuhl. Ich muß mit dem Mantei zum Dunghaufen gehen. Da liegt der Fakkelstiel.

»Das ist ja ein ordentlicher Dunghaufen«, sagt der Mantei.

»Es ist auch mein Dunghaufen«, sage ich.

Aber der Mantei will sich darüber nicht unterhalten. Er geht zur Großmutter zurück und sagt ihr, daß er mich mitnehmen muß. »Zur Untersuchung des Falles«, sagt er. Das will sie ihm nicht erlauben. »Und wo meine Tochter nicht hier ist. Sie werden uns das doch nicht antun, Herr Mantei.«

Er will aber nicht warten, bis die Mutter kommt. »Sehen Sie sich den Karton an«, sagt er. Und ich weiß, was er meint: Zwei kleine Hakenkreuze sind auf das Schildchen gedruckt. »Das sind Nazifackeln«, sagt der Mantei.

Ich sage der Großmutter, daß ich immer an sie denken werde, und auch die Mutter soll sich keine Sorgen machen, aber morgen kann ich dann nicht zur Schule gehen.

»Du halt deinen Mund!« sagt der Mantei.

Neben ihm muß ich zum Wagen gehen. BMW. Baujahr 37.

Wir fahren durch den Wald. Ich will nicht wissen, wo sie den BMW geklaut haben. Aber das ist natürlich so. Zuerst hat die Wehrmacht den beschlagnahmt, dann haben die Russen ihn der Wehrmacht weggenommen, dann haben ihn die Russen kaputtgefahren – Maschin kapuht –, und dann haben diese Polizisten Benzin in den Tank gefüllt und sind damit weitergefahren. Sie haben auch Benzin, um mich durch diesen Wald zu kutschieren. Sie wollen wissen, wo ich das Nazigut herhabe. Ich sage ihnen das. »Aus den Bombentrichtern vom Schönfließer Feld.« Das glauben sie mir nicht. Nein, auch der Dünne will mir das nicht glauben.

Auf dem Rathaus sind mindestens sieben Polizisten. Ich wußte nicht, daß wir so viele haben. Sie haben auch meistens ziemlich ordentliche Uniformen an. Ich muß zu einem ins Zimmer, der hinter einem Schreibtisch aus Stahlblech sitzt. Das ist kaum zu glauben, weil doch alle eisernen Gegenstände der Rüstungsindustrie zugeführt worden sind, auch die Friedhofszäune. Vorsichtig fasse ich den Schreibtisch an.

Ich werde den Jungen mit den Schuhen nicht verraten. Ich denke nicht dran. Die Fackeln sind vom Schönfließer Feld. Erledigt. Ich sehe mich hier um. Das Stalin-Bild hängt etwas schief. Niemals habe ich ein schief hängendes Führerbild gesehen. Der Stalin hat einen grauen Bart. Seine Uniform ist nachgemacht. Die Russen haben die alten preußischen Uniformen nachgemacht. Wer das sagt, wird erschossen. Aber es ist so. Sie sollen sogar die alten zaristischen Uniformen nachgemacht haben. »Die Fackeln habe ich aus dem einen Bombentrichter. Ganz unten gefunden. Wir können ja zusammen hinfahren.« In dem schönen Wagen. Machen wir eine Landpartie. »Weshalb die so trocken sind? Ich hab sie in die Sonne gelegt. Sie hatten in einem Kinderwagen gelegen. Ganz unten haben sie da in einem Kinderwagen gelegen.«

Der Junge mit den Schuhen kann ruhig sein. Er ist etwas mein Freund geworden.

Der Führer ist wohl wirklich tot. Sie schreiben nicht viel davon in den Zeitungen, aber sie schreiben es so, als ob es stimmt. Kein gutes Wort darf über ihn geschrieben werden. In einer Zeitung steht sogar, daß seine Mutter nichts getaugt hat, denn er ist wahrscheinlich unehelich geboren. Oder sein Vater war nicht der richtige Vater. Das steht in einer Westzeitung, die die Mutter mitgebracht hat.

Die Reichskanzlei ist zerstört. Kein Stückchen Ruine darf zur Erinnerung übrigbleiben. Kein Stein. Hinter den Ruinen war ein großer Garten. Darin ist er auf und ab gegangen. Der Garten ist jetzt wie ein Feld im Herbst. Und die Strünke, die erfrorenen, die keiner mehr will, sind die zerschossenen Bäume.

Die Zeitungen im Ostsektor schreiben seltener von ihm. Die Zeitungen in den Westsektoren schreiben nur Gemeines. Eine geheime Liebste hat er auch gehabt. Sie hatte ein Kleid mit Puffärmelchen an. Und als sie auf einem Tisch bei einem Fotografen stand, hat er sie zum erstenmal gesehen. Er hat auch ihre Beine gesehen. Und er hat sofort schweinisch über ihre Beine geredet. So schreiben sie.

Wer wünschte es ihm nicht, daß er in den Stunden nach der Arbeit eine Liebste gehabt hätte?

In der Zeitung, die »Der Telegraf« heißt, steht auch,

daß der Alte Fritz niemals Friedrich der Große hätte heißen dürfen. Er wird auch niemals mehr so heißen. Denn er hat Hunde in sein Bett geholt. Deshalb hat er sie auch wie menschliche Wesen neben seinem Schloß begraben lassen. Und deshalb wollte er von seiner Frau nichts wissen. Die war eine Braunschweigerin und hatte schwarze Zähne. Aber in den Westsektoren gibt es die bessere Verpflegung. Alle möchten in den Westsektoren wohnen. Nur die Kommunisten nicht, weil sie genug zu essen haben. Der Mantei hat sogar Sülze, aus Schweinsköpfen gemacht. Woher hat er die Sülze? Er hat sie von der stellvertretenden Bürgermeisterin.

Die Zeitungen im Osten sind groß. Die Zeitungen im Westen sind kleiner. Nur eine ist dort groß. Sie heißt »Die Neue Zeitung« und wird von den Amerikanern verkauft. Aber Deutsche schreiben sie. Die Deutschen müssen das schreiben, was die Amerikaner ihnen sagen, aber heimlich dürfen sie an manchem Tag schreiben, was sie wirklich denken. Deshalb wollen alle Leute die amerikanischen Zeitungen haben.

Von den Russen sagt der alte Kommunist Krentki aus der Hertastraße, sie sind Vergewaltigungs- und Diktiermaschinen. Damit ist gemeint, daß sie dauernd vergewaltigen, ohne nachzudenken, und ohne nachzudenken diktieren, was ihre Zeitungen schreiben sollen. Die Großmutter sagt, das ist übertrieben, aber der alte Krentki redet so, seitdem sie seine Tochter vorgenommen haben.

»Wir haben Glück gehabt«, sagt die Großmutter. Und das stimmt. Die Mutter hatte sich ihr Gesicht schwarz gefärbt, und ich habe geschrien. Kein Russe hat uns was getan. Sie machten sich ihre Hosenschlitze wieder zu und haben uns einen Topf mit Kascha gegeben.

Der alte Krentki will aus der Partei austreten. Aber er soll sich vorsehen. Die Männer werden jetzt nachts abgeholt. Am Anfang war das anders. Jetzt nur noch, wenn es dunkel ist. Das erzählen sie beim Anstehen. Die Vagina ist das zwischen den Beinen, wo es vor lauter Haaren ganz schwarz ist. Da hinein die Deichsel, und es blutet alles. Und dann wird die Frau auf den Mist geworfen. Eine muß immer auf einem Stuhl sitzen, wenn wir nach Brot anstehen. Sie weiß gar nicht mehr, wie oft sie vergewaltigt worden ist.

»Glauben Sie, ich hätte das gezählt?«

Auch ihr Mann weiß das nicht mehr. Er will das nicht wissen. Manche Russen haben es am liebsten, wenn die Männer zusehen. Auch die Kinder mußten manchmal zusehen. Das steht nie in der Zeitung. Aber jeder weiß es. Die Großmutter sagt, wir wollen das auch gar nicht lesen. So redet sie.

Ich habe mir ein müdes Gesicht ausgedacht. Ganz leicht kann ich ein müdes Gesicht machen, wie es die Kinder haben. Plinker ein bißchen mit den Augen und halte den Kopf schief, schon denken sie: Ach, das ist ein verschlafener Junge, der kümmert sich um gar nichts, der schielt nur auf die Beutel von denen, die noch etwas bekommen haben. Wie ein Baby hat er seine Brotmarken umkrallt. Wenn ein Baby tot ist, wirken seine Hände wie Vogelkrallen. Ist eine bunte Klapper darin, staunst du, wie fest sie die halten können. Ja, ich habe meine Augen halb zu und lasse sie erzählen. Einmal ist ein Russe auf der Frau eingeschlafen. Das war ein Dicker. Sie mußte ganz still liegenbleiben. Ihr Mann bekam eine Büchse mit Tee geschenkt. Es war indischer Tee. Dann aber haben sie ihn doch noch erschossen. Die Frau sagt, er hat nur zweimal aufgezuckt und wollte noch etwas sagen. Beim Aufzucken muß ich an Pferde denken: Wenn der Kutscher die Zügel reißt. Die Trense schneidet. Dann zucken sie. Ich sehe die Frau heimlich genau an. Sie ist nicht mehr jung. Sie wird gerufen haben:

Matka, Matka, nix Katinka! Aber dann werden sie noch wilder und wollen es dann gerade machen. Der Stalin hat einen neuen Befehl gegeben, der das verbietet, aber sie richten sich nicht danach.

Ich kenne aber einen Russen, der hat mir ein Stück Brot gegeben. Das war fast ein halbes Brot. Und er hat meine Mutter nicht einmal angesehen. Das war drüben an der Kirche, wo die Tankwagen stehen. Benzingestank weht zur Bäckerei herüber. Kein Land der Welt hat so stinkendes Benzin wie die Sowjetunion. Wer das sagt, wird eingesperrt. Aber es stimmt.

Keiner weiß, ob wir hier noch Brot bekommen werden. Gestern war es genau am Torchen vom Vorgarten für mich zu Ende. Heute müßten sie mindestens noch vierzig, noch fünfzig Brote haben, wenn ich eins bekommen soll. Ich werde das Brot nicht anbeißen, ich darf das nicht, denn die Wassersucht der Mutter darf nicht zum Herzen kommen. Der Doktor kann die Mutter nicht besuchen, und das lohnt sich auch nicht, weil er keine Medizin hat. »Eßt Löwenzahn«, sagt er, »dann geht das Wasser raus.« Aber er kann allen Frauen die Kinder aus dem Bauch schneiden, die sie nicht wollen. Früher pinselte er die Frauen unten blau an, dann dachten die Russen, daß die Frauen eine ansteckende Krankheit haben. Dann schimpften sie. Der Lange sagt, die Russen sind doch nicht dumm. Der Doktor könnte die Frauen sogar lila anstreichen, die Russen durchschauen die List.

Laut ruft die Bäckerin: »Alle!«

Wen wundert das? Es ist klar, daß die Erwachsenen nun schimpfen. Das Brot, das der Russe mir geschenkt hat, war kein Klietschbrot. Ich konnte es richtig brechen. Pfeift der Wind durch die Kirchenfenster, sagt die Mutter: »Das ist ein modernes Kirchenlied.« Aber der Russe kommt. Er hat das Brot in der Hand. Er kommt zu mir und will mir das Brot geben. Das werden wir nun teilen.

Der Russe hat eine Pelzmütze auf, mitten im Sommer. Immer wenn die Bäckerin den Schlüssel umdreht, kreischt der. Dann sind alle wütend. Ein Alter sagt, sie solle die Tür ölen. Ein andrer sagt, das Öl solle sie lieber zum Backen nehmen. Jeder weiß aber, daß solches Öl nicht zum Backen taugt. Auch Motorenöl kann man nicht zum Backen nehmen. Das wäre auch – die Panzer könnten nicht mehr fahren.

Ich aber habe ein Buch von dem Jack London gelesen und sage zu dem in den grünen Hosen: »Ich hab ein Buch von dem Jack London gelesen, der ist in Amerika immer auf dem Wagendach gefahren.«

»Du spinnst«, sagt der Grüne.

»Nein«, sage ich, »die Tramper fahren immer auf dem Dach. Auf dem Trittbrett kann jeder fahren.«

»Du spinnst«, sagt der Grüne noch einmal. Aber er legt sich nun auch hin und kann es selbst probieren, wie leicht man sich an den Ventilatoren festhalten kann.

»Es geht«, sagt er.

»Es muß gehen«, rufe ich ihm zu, »sonst wirst du an der nächsten Brücke abrasiert!«

»Rutschst du auch nicht an der Seite hinunter?« will er wissen.

Ich weiß, was der Mann wissen will. Er will wissen, ob er nicht an der Seite hinunterrutscht. »Du kannst gar nicht an der Seite runtersegeln«, kann ich ihm sagen, »wenn du deinen Fuß um einen Ventilator schlängelst. Den linken Fuß mußt du nehmen.«

Er macht das. Nun geht es ihm gut. Nun will er wissen, wer der Jack London wirklich war.

»Er war ein freier Mann«, rufe ich, »der kein Geld hatte. Aber eine blonde Frau liebte ihn sehr. Er war ein Amerikaner. Er wollte immer arbeiten, fand aber keine Arbeit, und so mußte er durch den gesamten amerikanischen Kontinent fahren. Der Kontinent wird begrenzt vom Atlantik und Pazifik«, rufe ich.

Der Grüne weiß, daß die Insel Okinawa mitten im Pazifik liegt. Er weiß, daß die Amerikaner und Japaner dort ihren Endkampf hatten. »Die Japaner haben immer ihre Messer zwischen den Zähnen beim Schleichen.«

»Ja, sie können schleichen wie die Tiere«, rufe ich. Wer weiß es nicht, die Japaner waren die besten Verbündeten. »Die Kamikaze-Flieger waren die besten Flieger der Welt«, rufe ich.

»Die Todesstürzer?«

»Genau die. Das feindliche Schiff entdeckt und hinunter mit der Todesladung. Da war jeder Widerstand zwecklos.«

Der Grüne hat jetzt keine Angst mehr. Das ist ein freundliches Geschaukel – das soll er mal sehen –, wie in einer Wiege. Nur bei den Weichen muß man sich vorsichtig auf die Dachmitte rüberschieben. Der Grüne will nun alles von dem Jack London wissen.

Ich sage ihm: »Der Jack London hat den Alkohol als einen König angesehen, weil er ihn immer trinken mußte. Meistens den weißen Schnaps, den sie den Whisky nennen. Aber auch solchen gelblichen. Sobald er irgendwo Schnaps sah, mußte er ihn trinken.«

»Und wenn er kein Geld hatte, hat er den Schnaps gestohlen.« Der Grüne sieht mich vergnügt an. Außerdem hat er etwas Schnodder an der Nase.

»Das glaube ich nicht«, sage ich laut.

»Garantiert hat er. Was sonst?«

Ich weiß nicht, was er davon hat, von dem Jack London so zu reden. Ich kann es ihm laut sagen: »Du solltest dir wenigstens deine Nase wischen.«

»Was soll ich?«

»Du hast Schnodder dran!«

»Das geht dich gar nichts an«, ruft er, aber er wischt

sich mit dem Ärmel die Nase ab. Das sieht so aus: Er wischt mit seinem Kopf über den Ärmel seiner Jacke, weil er die Hand nicht loslassen will. Er getraut sich nicht, freihändig zu fahren. Dabei fahren wir nicht. Wir schleichen. Aber weil er mir gehorcht hat, kann ich ihm ja noch etwas von dem Jack London erzählen. Lieber würde ich hier nur so liegen und nach der Lokomotive sehen. Die Augen muß man kneifen, besonders wenn es in die Kurve geht. Dann zieht der Rauch herüber. Plötzlich ist alles schwarz, und der Grüne schreit wie ein Baby. Der Grüne weiß aber genau, daß die Amerikaner mit Steinkohle fahren. Oder mit Dieselöl. Dem Jack London konnte das Gesicht nicht schwarz werden.

»Aber wenn er betrunken war, fiel er vom Dach«, ruft der Grüne und lacht dreckig.

Da kann ich ihm ganz klar sagen: »Nie ist der Mann vom Dach gefallen. Der war doch keine so komische Figur wie du. Der Jack London war ein echter Tramper. Bevor sie in den Bahnhof einliefen, machte er, daß er hinunterkam, weil sie ihn sonst mit der Stange heruntergestoßen hätten. Beim Abspringen ist er auch manchmal gestrauchelt. Wüst sah er dann aus. Und die Bahner haben gedacht: Der Mann ist ein Verbrecher! Wie wild waren sie hinter ihm her.«

Ich liege auf diesem Wagendach und denke: Wie ein Tramper muß ein deutscher Junge durch sein Land fahren. Und dann noch über die Grenze. Es ist gut, daß der Führer das nicht weiß.

Aber der Goebbels hat dem Führer Lügen erzählt. Weshalb tat er das? Schlafen möchte ich.

»Ja«, sage ich ziemlich laut, »der Alkohol hat den Jack London wie ein König beherrscht. Er mußte ihn immer trinken. Auch wenn er die schönste Frau hatte, mußte er ihn trinken.«

»Da wüßte ich was Besseres«, sagt der Grüne und

grinst. Dieses Grinsen! Dieses Affengegrinse kann ich nicht sehen. Das will ich nicht sehen! In die Schnauze trete ich ihm mit dem Fuß. In die Schnodderschnauze. Soll er vom Dach fallen. Soll er vom Bahndamm trudeln. Soll er bluten! Soll er sich die Hosen zerreißen und sein Dings abreißen! Ja, das wäre ein schöner Schrei! Schrei doch, schrei! Ich hör das gern, wenn du schreist. Laut sollst du schreien.

Schlage ich in das Gesicht von diesem grünen Hund. Der hat einmal gegrinst und grinst nicht wieder. Nur seine Hand – die halt ich fest. So.

»Hast du nun genug? Du heulst? Hat dir das Spaß gemacht, als sie deine Mutter vorgenommen haben? Ja, das hat dir Spaß gemacht.«

»Nein«, heult er. »Nein, nein. Das meinte ich doch nicht.«

»Was meintest du denn? Da, nimm mein Taschentuch.«

»Danke«, sagt er sogar und wischt sich sein Blut ab. Es ist nicht viel. Nur das rechte Ohr bleibt rot. Soll er das Taschentuch behalten. Der Jack London hatte garantiert kein Taschentuch.

»Weißt du«, sage ich, »Amerika ist viel schöner als Deutschland. Dort sind die Felder größer. Die Felder sind mindestens zehnmal so groß. Und Mähdrescher haben sie. Die dreschen gleich auf dem Feld. Und das Stroh wird von den Mähdreschern in Pakete gepreßt.«

»Strohpakete?« fragt er und weint nicht mehr. Aber er glaubt mir die Mähdrescher nicht. Er ist nur zu feige, das zu sagen. Feige ist er auch noch. In Amerika sein und der Onkel Wilhelm sein, da wäre ich ein glücklicher Onkel Wilhelm. Da wären wir die richtigen Tramper. »Stroh zu Paketen gepreßt«, sage ich noch einmal. »Und jeder Bauer hat sein Auto. Wenn sich ein Zug in den Rocky Mountains hochschiebt, reiten die Indianer neben dem

Zug einher. Manchmal sind ihre schwarzen Pferde schneller als der Zug. Und in Kalifornien gibt es Bäume – ein Auto kann durch einen Baumstamm hindurchfahren.« Das wird der Bursche mir nun wieder nicht glauben. »Ich habe ein Bild gesehen, einen Tunnel haben sie durch den Baum geschlagen.«

Unser Wagen ist gut gefedert. Das ist kein Rackern und Stoßen. Das ist ein angenehmes Schaukeln. Es ist ein alter D-Zug-Wagen. »Du brauchst dich wirklich nicht zu graulen«, rufe ich dem Grünen zu, »unsere Tunnel in Deutschland sind so gebaut, daß jeder bequem liegend durch sie hindurchfahren kann. Die Nase aufs Dach und fertig.«

Wir fahren mit einer ganz guten Geschwindigkeit. Wer auf dem Trittbrett fährt, muß sich ankrampfen. Wir aber können hier ruhig liegen. Die Frau, die der Jack London am meisten geliebt hat, war blond und blauäugig. Sie muß eine der Schönsten gewesen sein. Aber sie konnte mit dem Trinken nicht aufhören. Damit hat sie ihn rasend gemacht. Denn so brachte sie ihn immer wieder unter das Gesetz des Königs Alkohol zurück. »Laß doch das Weinen!« Und wenn sie hundertmal die Schönste ist und läßt sich nicht erlösen – dann können sie nicht heiraten, dann muß auch er immer weitertrinken.

»Laß doch das Heulen!« Ich habe noch keinen deutschen Jungen so weinen sehen. Es ist doch so, mit den Frauen ist das so: Lieb muß man den Arm um sie legen. Nein, du kannst nicht fallen. Wenn wir hinter der Grenze im Westen sind, wird es reichlich Kartoffeln geben. Sie haben drüben auch Weißkohl – unbewirtschaftet –, sogar in Hamburg. Kopf an Kopf liegt der auf einem Bahnhof auf der Erde, ich habe ein Bild gesehen.

Hier ist es nun so: Die Polizei wird im Dorfkrug verhauen.

Das ist aber nicht staatsgefährlich. Das glaubt niemand, aber es stimmt. Die jungen Männer trinken sich am Sonnabend voll Bier, und dann verprügeln sie die Polizisten. Die haben hier eine leicht bläulichgrüne Uniform an. Hildchen hat einen Freund, der ist Polizist. Er heißt Bruno und erzählt uns solche Geschichten.

»Bei uns«, sage ich, »bei uns würde auch der stärkste Mann keinen Polizisten anrühren.«

Das glauben sie mir ziemlich. Das Hildchen hat einen Kußmund.

»Bei uns«, sage ich, »bei uns drüben ist es so: Sie rühren die Volkspolizisten auch dann nicht an, wenn sie von ihnen abgeholt werden.«

Das können sie sich nicht vorstellen. Von dem Mantei werde ich ihnen nichts erzählen. Das glauben sie mir schon gar nicht. Sie denken: Jungens reden was.

»Ich würde schreien«, sagt Hildchen und sieht ihren Bruno mit gludernden Augen an.

Der sagt: »Ich bin doch immer bei dir.«

Sie haben keine Ahnung. Das gäbe einen Kampf zwischen Westpolizei und Ostpolizei. Und dann kämen die Russen dazu. Die würden dir, mein liebes Hildchen, die Beine auseinanderreißen. Zwei Mann würden das. Zwei Mann würden deine Arme festhalten. Und dann geht es los. Die Volkspolizisten würden das nicht machen, aber einsperren würden sie dich sofort. Da schrei du nur nach deinem Bruno.

Wer wird mir das glauben, daß man nach fünfzehn Tagen Hiersein Torte schon so sattbekommen kann? Aber ich esse meine Torte, sag meinen herzlichen Dank und werde ihnen nichts erzählen. Ich sitze neben dem Leutnant, der ißt die Torte mit gezierten Händen. Er ißt sie wie ein Gnadenbrot. Er versucht, mit allen sehr höflich zu sprechen, aber er ist ein Baron von Habenichts. Jeder sieht es, daß Hildchen von ihm nichts mehr wissen will. Sie hat sich den Bruno auserkoren. Und der gefällt mir, aber der Leutnant tut mir leid.

Ein Leutnant ist gar nichts, wenn er keine Uniform anhat und nun aus dem Erzgebirge gekommen ist. Dort essen sie auch Brennesseln. Das weiß ich genau.

Der Leutnant sieht besser aus als der Bruno. Er hat die kämpferische Hakennase, wie die Schwester Anna sie gehabt hat. Und er hat eine Trachtenjacke aus Bayern an. Zu Fuß ist er aus dem Erzgebirge gekommen, um Hildchen wiederzusehen, denn er war mit ihr verlobt.

»Haben die Russen auch an der Grenze auf Sie geschossen?« frage ich ihn. Ich weiß, daß sie nur in die Luft geschossen haben.

»Ja«, sagt er und kann nun davon erzählen. Er braucht nun nicht nur die Torte zu essen. Er kann erzählen von dem Grenzflüßchen Dumme. Dessen Namen findet er komisch. Das ist gar nicht klug, denn der Bruno ist hier an der Dumme geboren, und der Bruno freut sich überhaupt nicht über den Leutnant. Das Flüßchen kann man leicht durchwaten. Der Leutnant kann erzählen vom Anschleichen, Horchen, Sich-Fallenlassen. Von braunen Russenmänteln und von den Schüssen. Die werden in die Luft abgegeben, mein lieber Leutnant, aber das sagt er ihnen nicht. Sie hören ihm zu, und der Bruno ist etwas neidisch, daß er solche Sachen nicht erzählen kann. Hildchen hat dem Bruno heimlich ihre Hand gegeben, unter dem Tisch hat er sie schon. Ich wünsche, daß der Leutnant das nicht sieht. Der Leutnant ist ein armer Hund, der mit seinen Geschichten angeben muß. Er hat nichts weiter gelernt, als Leutnant zu sein. Er hat nicht das Abitur gemacht. Damals, als er nach Rußland fuhr, hat er im Garten von Hildchens Eltern getanzt. Ich stand am Zaun. Er tanzte mit Hildchen über die Gartenwege. Ohne Musik. Das hatte ich der Mutter erzählt. Die Mutter hat gemeint, das sei nur aus Freude gewesen. Wer aber tanzt in Uniform durch einen Garten? Mit solchen Offizieren soll es nach Rußland gehen?

Gut sah die Uniform aus, und Hildchen hatte ein weißes Kleid an mit aufgenähten Schmetterlingen. Hildchens Mutter hatte der junge Offizier gefallen. Hildchens Mutter gefällt er heute gar nicht mehr. Sie sagt das nicht, aber alle spüren es. Und Hildchen hat ihre eigene Meinung. Sie will nur den Bruno haben.

Zu mir sind alle gut. Hildchens Mutter schiebt mir ein dickes Stück Torte hin. Und der Leutnant ist zu mir gut, weil ich sein einziger Freund bin. Hildchen ist zu mir gut, weil ihr das alles peinlich ist.

Mir ist das auch peinlich. Ich bin für die Gerechtigkeit. Der Bruno gefällt mir. Aber die Gerechtigkeit ist bei dem Leutnant.

Ich sage »Herr Leutnant« zu ihm.

Er sagt: »Das bin ich nicht mehr.«

Ich sage: »Sie sehen aber wie ein Leutnant aus.«

Das hört er gern.

Hildchens Mutter schiebt mir ein drittes Stück hin. Und das ist diese Apfeltorte mit den Zimtschaumhäufchen. Die Zimtschaumhäufchen sehen wie kleine Vulkane aus.

Der Leutnant fragt: »Du hast mich damals also gesehen?«

»Ja«, sage ich. »Ich stand hinterm Zaun.«

Hildchen lacht. Hildchens Mutter lacht. Und Bruno versucht, auch zu lachen.

»Er stand bei Frau Toussaint hinterm Zaun«, sagt Hildchen und sieht den Leutnant zum erstenmal an. »Das war die Nachbarin.«

»Was hast du dir dabei gedacht, als du heimlich hinter dem Zaun gestanden hast?« muß nun der Leutnant fragen. Er sieht mich dabei genau an. Er versucht, amüsiert auszusehen, aber er ist es nicht.

»Heimlich stand ich nicht da«, kann ich ihm sagen. »Ich habe Sie sogar gegrüßt. Ich habe meinen Arm gehoben, auch weil sie den Deutschen Gruß damals bei der Wehrmacht eingeführt hatten.« Und das stimmt, sie hatten nach dem Attentat den Deutschen Gruß in der Wehrmacht zur Pflicht erhoben.

»Hat hinterm Zaun gestanden und Heil Hitler gesagt!« Der Leutnant versucht nun auch, irgendwie zu lachen.

»Ja«, sage ich, »und ich hab mich gewundert, daß Sie beide so lustig waren.«

Da wird er nun ein bißchen rot. Das Hildchen sieht mich mit glitzernden Augen an. Der Bruno würde am liebsten mit seiner Torte nach mir werfen. Das könnte er ja, weil sie genug davon in den westlichen Dörfern haben. Aber es ist eine Gabe Gottes.

Ich sage nun klar, denn ich habe es mir überlegt: »Wer nach Rußland fährt und so froh sein kann, der muß ein mutiger Mann sein.«

Das habe ich damals gedacht. Ja, das war so. Das mag dem Leutnant nun recht gut gefallen. Was ich außerdem gedacht habe, das sage ich hier nicht. Heimlich habe ich damals schon gedacht, daß wir den Krieg vielleicht verlieren werden, und ich wollte nicht, daß der Leutnant erschossen wird. Ich wollte damals nur, daß Hildchen und er für immer zusammen leben. Und wenn – dann auch in Gefangenschaft. In Sibirien? Weil Hildchen so schön aussah.

Sie wollen nun aber das Licht anknipsen. »Hildchen, knips doch mal an.« Sie haben hier keine Sperrstunden. Der Leutnant muß morgen fahren. Er darf in meiner Kammer schlafen. Ich gehe nach unten. Vor dem Dunkelwerden will ich noch einen Korb Holz hacken. Vielleicht auch zwei. Ich will hier wenigstens etwas tun. Ich bin müde und weiß nicht, woher das kommt. Bin ich hungrig, bin ich müde. Bin ich satt, kann ich auch müde sein. Das versteht niemand. Hildchens Mutter lacht darüber. Ich muß es mir befehlen, daß ich an jedem Tag zwei Körbe schaffe.

Der Himmel ist im Westen langweilig gelb. Die Sonne ist so, als ob sie nichts Neues zu zeigen habe. Ich muß diese Farbe wohl oft an Abenden gesehen haben, an denen ich genau wußte: Morgen wird es langweilig werden. Das wird erst während meiner Schulzeit gewesen sein, nachdem der Großvater gestorben war.

Neben dem Hauklotz liegt das Beil. Die Schneide muß immer ein bißchen unter den Hauklotz geklemmt liegen, sonst stoße ich mit den Zehen dran. Das Kiefernholz spaltet sich leicht, besonders dieses astlose Kiefernholz. Drei Körbe habe ich in siebenunddreißig Minuten. Ich weiß, daß hinter dem Abendhimmel und dem Kirchturm die zerstörte Stadt Hamburg liegt. Sie mußte deshalb zerstört werden, weil sie der größte Hafen Europas ist. Den Elbtunnel haben sie aber nicht zerstören können. Hildchens Bruno hat mir zwei Ansichtskarten gegeben. Der Eingang des Elbtunnels sieht wie ein Musikpavillon aus. Unter der Kuppel sind die Fahrstühle eingebaut. Autos können einundzwanzig Meter unter der Elbe einherfahren. Der Mann, der den Elbtunnel erbaut hat, heißt Otto von Stockhausen. Bruno hat auch ein Bild von ihm. Er ist der Ingenieur. Er hat einen Schlips um, der wie ein Strick aussieht. Er hat auch einen kleinen Bart. Er hat ein sehr mutiges Gesicht, wie es der Kaiser damals von allen seinen Leuten verlangt hat. Wer möchte nicht Ingenieur werden? Aber der Mann ist garantiert nie sitzengeblieben. Der Bismarck soll mehrmals sitzengeblieben sein, aber reiten konnte er. Doch es gibt kaum Pferde. Auch hier nicht. Die sind im Krieg gefallen, oder sie sind geschlachtet. Und wenn es in Deutschland noch Pferde gibt, dann sind es nur Gäule.

Ich trage meinen Korb weg und sehe den Leutnant

neben dem Stall stehen. Er hat den Kopf erhoben und versucht, weit über das Land zu sehen. Der Mann weint. Seine Backe ist naß. Ich gehe an ihm vorbei und trage den Korb in den Stall.

»Ach du bist es«, sagt er.

»Ja«, sage ich und staple das Holz auf.

Er bleibt draußen vor der Tür. Leise weint er. Ich gehe nach draußen und lege ihm den Stein in die Hand. Er sieht auf den Stein. Er hebt den Stein hoch.

»Der ist schön«, sagt er. Er hält den Stein gegen das Licht.

»Alles ist von Gold durchschienen. Die Fischer wußten das. Das Dunkel ist nur eine Wolke darin.«

Er weint jetzt so, wie ein Mann niemals weinen darf. Es schüttelt ihn. Ich lege meine Hand auf seinen Arm.

»Sie dürfen den Stein bis morgen mittag behalten«, sage ich.

Ich gehe zum Holzplatz zurück. Hildchen ist eine sehr schöne Frau. Aber die Liebe muß etwas zu brechen und zu beißen haben. Hildchen deckt sich immer bis zum Hals zu. Ich aber mache mich selbständig und gehe im Herbst in eine Westberliner Schule.

Und ich denk mir was aus dem Land, das sie vergessen haben.

Zuerst würde ich an Großvaters Grab gehen. Natürlich sagen sie, der Friedhof ist zerwalzt wie Hildchens Garten. Die Friedhofsmauer ist kein Hindernis für Panzer. Die Lebensbäume sind zerfetzt und vertrocknet – zwei, drei davon werden vielleicht noch etwas werden. Umgekippt ist der Stein. Vom Efeu sind ein paar Ranken übriggeblieben. Die müssen nachgepflanzt werden. Wenn es ganz schlimm ist, ist der Stein zerknackt, zerwalzt, zerbröselt. Oder sie haben ihn zu einem Fußabtreter gemacht. Aber ich würde das Grab finden. Und wenn dort nur noch das winzigste Anzeichen ist – ein Steinsplitter mit etwas Goldschrift darin oder eins von den blauen Stiefmütterchen –, ich würde die Schritte zählen und das Grab finden.

Dann über das Feld zum Flüßchen, und dann den Bernsteinweg entlang.

Die Blaue Brücke ist gesprengt. Da muß ich vorsichtig schwimmen. Vor dem zerborstenen Geländer mich hüten. Das Ufer kann ich ohne Schwierigkeit barfuß erklettern. Oder mit Westschuhen. Mit den gerippten Sohlen. Das sind die amerikanischen Kautschuksohlen. Vor den streunenden Hunden muß ich mich vorsehen. Ich sollte ein scharfes Messer haben. Eine Peitsche würde knallen, und alles wäre verraten. Springt mich ein Köter an – in die Kehle bis zum Schaft das Ding, Blut fließt über meine Hand – das ist alles. Oder die streunenden Hunde sind tollwütig. Dann Vorsicht.

Ein paar Bäume werden sich noch auf dem Friedhof finden. Vielleicht haben die Russen für ihre Toten dort auch einen Ehrenhain errichtet mit solchen Sowjetstern-Säulen. Aber ich würde immer die Stelle entdecken, auf der das Grab gewesen ist. Zurück dorthin und etwas Erde geholt. Die Erde in eine Dose. In meine Frühstücksdose. Schwarz ist die Erde in jenem Land. Denn es ist eine fruchtbare Erde.

Heimlich muß ich gehen. Nachts natürlich.

Wer fürchtet sich vor Friedhöfen? Damals haben sie sich gefürchtet, über den Judenfriedhof zu gehen. Sie fürchteten sich, weil sie die Grabsteine umgestoßen hatten. Die sahen weißlich aus, aber so schön mit Gold.

»Wie auf die Wiese gefallene Engelchen.«

»Großmutter, das kann ich nicht denken.«

»Ein Grabstein ist ein Gruß von einem Engelchen.«

»Das hast du gut gesagt«, sagt der Großvater. Er streichelt ihre Hand und ist doch ein so großer Mann.

Sie sehen beide aus dem Fenster. Das ist zerschlagen. Und die Bücher, sieh doch, liegen verstreut im Garten!

»Wie das hier aussieht!«

»Das ist immer so bei den Soldaten.«

»Das haben die Russen gemacht!«

»Wer weiß, wer weiß, das können auch die unseren gewesen sein.«

Aber wir wollen uns darum nicht kümmern. Gras ist über die zerstörten Häuser gewachsen. Nutzlose Steine wollen sich darunter verstecken.

»Die wollen Ferien machen.«

Das ist so bei den zerstörten Häusern: Massenhaft Löwenzahn ist zu finden und Goldregen.

»Großmutter, darf ich dir den Großvater ein bißchen entführen?«

Sie hält seine Hand fest. »Wohin wollt ihr denn?«

»Du weißt schon.«

»Aber jetzt doch nicht.«

»Gerade jetzt.«

»Da wird alles überwuchert sein.«

»Ich habe doch Schuhe an«, sage ich. Und das stimmt, ich habe diese amerikanischen Schuhe an. Genau die, die sie im Wilden Westen haben. Mit den Dingern kann man über Messer laufen.

Schwarz ist das Segel auf dem Motorboot am Flüßchen. Wie gut: Haben wir Wind, können wir ganz im stillen fahren. Sitzt ein Russe am Ruder auf dem Bänkchen. Hat die Uniform an. Ich sage: »Sie sehen aus wie ein Russe aus Wilna und haben die Uniform der Roten Armee an.«

Das möchte er noch einmal hören.

Ich sage ihm: »Mein Großvater kannte die Russen aus Wilna, die dort in ihren grüngoldenen Kirchen singen, wenn sie nicht verhungert sind. Mein Großvater hat ihnen reichlich Machorka angeboten.«

Er lacht. Er hält mir sein Brot hin.

Machorka, das ist wie Rauch aus Nesseln. Die Deutschen sind ein aufreizender Westwind, der aber am Feierabend kommt. Da will man lieber auf dem Bänkchen sitzen. Da will man doch nicht das Vieh auf die Weide treiben oder den Treidelpfad das Pferdchen führen. Da will man die Zügel beim Krug anbinden.

Diese Deutschen.

Und in Wilna, mein Jungchen, haben sie die Gefängnisse geöffnet. In Wilna haben sie den Dieben und Räubern Zaunlatten gegeben. Da lauft und schlagt nur zu! Klick, klack.

Laß uns gemeinsam nach Wilna ziehen. Hier in dem roten Schiffchen. Schwarz ist das Segel. Aus bestem Leinen gemacht. So, wie sie es in den Widminner Dörfern weben. Und das Russenbrot teilen wir uns.

So ist die Fahrt freundlich. Sind auch die dunklen Klumpen auf den Wiesen, sind doch die Panzer endlich zur Ruhe gekommen. Sind auch die Lagerfeuer verkohlt, an denen sie zu der Balalaika gesungen haben. Und die Schreie der Frauen sind verstummt. Die jungen Mädchen schreien in ihrer Art, das ist sogar ein bißchen spaßig, wie die schreien. Aber Gesang kommt aus Lautsprechern, der ist wie ein Sturmwind. Vieh brüllt manchmal noch auf den Wiesen. Die sind immer noch nicht gemäht. Wächst den Kühen das Gras in die Ohren? Das ist nicht zum Lachen. Brüllen die Kühe vor Schmerz, müssen die Kühe gemolken werden. Die Ochsen stehen dumm. Die Milch können wir ja wegschütten. Und wenn unsere Hände müde sind, können wir sie in die Milch tauchen. Werden die Hände wund, können wir sie in der Milch kühlen. Sind wir am Ende, schütten wir sie in das Flüßchen.

Aber von dem Weg, sagst du, ist nicht eine Spur übriggeblieben. Du irrst. Was ist zum Beispiel dies? Das ist ein roter Ziegel, ein Dachziegelstückchen. Seht ihr, das ist ein Ziegel vom Friedhofsgärtnerhäuschen, und damit fängt der Bernsteinweg an. Muß nun der Großvater lachen? Der Mann aus Wilna will sich eine Schaufel holen, will den Schutt wegräumen.

Und was ist hier? Ich reiße die Grasnarbe hoch.

Das ist ein Schotterstein.

Ein Schotterstein, gut. Sehen wir weiter.

Lauter Schottersteine sind das.

Gut. Und was ist dort hinten?

Wo?

Dort hinter den hohen Birken. Riesenhoch sind sie geworden.

Das ist ein Sanddornbusch.

Seht ihr, das ist der Bernsteinweg, denn Sanddornbüsche gibt es nur auf ihm.

Ja, sagt die Großmutter, der ließ euch keine Ruhe, immer mußtet ihr ihn versuchen.

Und da wird sich irgendwo ein Becher finden oder eine Krone. Oder ein Ring liegt da mit einem durchsichtigen Stein. So wie sie am Rhein den Nibelungenhort haben. Hier aber ist alles wohl aufbewahrt. Das Flüßchen in weitem Bogen. Das schützt ihn. Mein Stein ist in meiner Hand.

»Nie mehr möchtest du Schularbeiten machen?«

»Nie mehr«, sage ich.

»Wie stellst du dir das vor?«

»Morgens aufgestanden und irgendeine Arbeit gemacht. Wie bei Onkel Wilhelm damals. Heu wenden. Stall ausmisten.«

»Das würdest du?«

»Das würde ich liebend gerne«, sage ich. »Ich kann mit der Schule nichts anfangen.«

»Was ist daran so schlimm?«

»Alles.«

»Unsinn. Was denn?«

»Sie sagen Kurtchen, und dann lachen sie.«

»Du hast dich nie über deinen Namen beschwert. Zu Hause haben dich alle Kurtchen genannt.«

»Nicht alle. Du verstehst es nicht. Zu Hause war das eine freundliche Anrede, hier aber ist das eine Verhöhnung. Ihr hättet mich nie so nennen dürfen. Ich kann mich nicht jeden Tag prügeln«, sage ich.

»Das kannst du gewiß nicht.«

»Großmutter, ihr habt einen Fehler gemacht.«

»Nein doch.«

»Ihr hättet mir sagen müssen, wie hier die Menschen sind.«

Sie versteht nicht. Ihr Gesicht ist nun etwas traurig. Sie sieht aus dem Fenster. Auf der Terrasse liegen die Kiefernäste so hoch, daß sie die Aussicht versperren. Die Äste muß ich mir vornehmen.

»Siehst du«, sage ich, »sie können mich nicht leiden.«

»Aber Kurtchen.«

»Ja«, sage ich.

»Du solltest vielleicht auch ein bißchen besser lernen?«

»Das hat doch mit dem Lernen nichts zu tun. Was meinst du, wenn ich ein Streber wäre, dann könnten sie mich überhaupt nicht leiden.«

»Mußt abwarten. Es wird sich ändern.«

»Das ändert sich nie.«

»Die Mutter hat sich doch so gefreut, daß sie dich auf der westlichen Schule nahmen. Wie hat sie sich bemüht.«

»Ja, das stimmt. Aber der Direktor hat nicht gehalten, was er versprochen hat.«

»Der Herr Direktor kann nicht überall sein, Kurtchen.«

»Er wollte mir garantiert die Schulspeisung geben, und nun wird das nichts.«

»Er wird das schon noch schaffen.«

»Gar nichts wird er«, sage ich. »Nur die, die einen westlichen Wohnsitz haben, dürfen die Schulspeisung empfangen. Das ist Bestimmung.«

»Ja, ja, das weiß ich. Ist denn das Essen so gut?«

»Das Essen ist mehr als gut. Die haben Rosinen drin. Die haben manchmal so viele Rosinen drin, daß das reine Klumpen sind. Aber sie dürfen die Suppe nicht verdünnen. Das ist Bestimmung. Sie dürfen uns nicht eine Kelle davon abgeben. Anfangs haben sie es heimlich gemacht, aber jetzt ist das für immer vorbei.«

»Du mußt froh sein, daß sie dich auf der Schule lassen«, sagt sie. Und es ist alles verkehrt, denn nun überlegt sie bestimmt hin und her, vor und zurück, was sie uns heute zum Essen kochen wird. Es ist nichts da. Vielleicht die aufgesparten Tomaten schmoren?

»Wir sind hier vollkommen falsch«, sage ich. »Wir hätten damals sofort nach dem Westen weiterflüchten müssen«, sage ich. »Das hat Hildchens Mutter auch gesagt. Du kannst dir gar nicht vorstellen, was die da täglich zu essen haben.«

»Ja, ja«, sagt sie und lächelt so und sieht meinen Bauch an. Der ist vom Westen übriggeblieben. Aber mir ist nicht zum Lachen. »Ja, ja«, sagt sie und möchte gleich in die Küche gehen. Was will sie da? Wir müssen warten, bis die Mutter kommt.

»Und die Lehrer«, sage ich, »die Lehrer kannst du dir nicht vorstellen.«

»Kennst du die schon so genau?«

»Die Lehrer sind die reinsten Vollidioten.«

»So solltest du nun aber nicht reden, Kurtchen.«

»Ich bin nicht Kurtchen.«

»Hab ich vergessen.« Sie lacht.

»Nie, nie bin ich Kurtchen«, das schreie ich nun. Das wird nun endlich für immer verstanden. »Es hat sich ausgekurtchent!«

»Ist gut, ist ja schon gut. Du mußt nicht schreien.«

»Weißt du«, sage ich zu ihr und setze mich auf meinen Hocker ans Fenster, »wenn die Mutter vom Dienst kommt, mach ihr das bitte klar, daß sie nie mehr Kurtchen sagt.«

»Das will ich. Wenn sie sich ausgeruht hat, werden wir das besprechen.«

»Damit das endgültig klar ist. Weißt du«, sage ich, »wenn wir jetzt zu Hause wären, und es wäre kein Krieg, der Vater könnte sein Boot zu Wasser lassen.«

»Das würde er.«

»Und ich würde es rot anstreichen.«

»Hast du die Farbe so gern?«

»Das solltest du wissen. Ich hab doch, als ich klein war, immer das kurzärmelige Hemd mit den goldenen Knöpfen geschleppt.«

»Ja.«

»Das war rot.«

»Ja, das weiß ich.«

»Siehst du«, sage ich, »dann am Nachmittag mit dem roten Boot über das Flüßchen. Für uns alle wäre genug Platz. Und in Blumenau haltgemacht oder am Waldschlößchen. Dort Waffeln gegessen. Waffeln mitgenommen, und wenn der Vater eine Waldmeisterbrause spendiert – oder der Großvater müßte noch hier sein. Dann durch die Nacht zurück. Unter der Plane könnten wir gemütlich sitzen. Fahren wir ohne Licht – sind wie ein dunkler Schatten schnell –, können die Feinde uns nicht sehen.«

»Welche Feinde denn nun?«

»Da würden schon noch welche sein in den Wäldern.«

Sie sagt nichts.

Da sitzen wir beide an diesem Fenster. Die Menschen sind dumm. Sie wissen nicht, daß wir eine Tischlerwerkstatt hatten, in der die besten Tische und Bücherregale der Stadt gearbeitet wurden. Sie können es sich überhaupt nicht vorstellen, daß wir ein Boot hatten mit gepolsterten Sitzen. Fünf Stück, von der Mutter genäht. Die müßte längst hier sein.

»Du solltest noch Schularbeiten machen.«

»Wieso?« frage ich. Die Schularbeiten habe ich längst gemacht. Und die Mutter wird heute nicht mehr nach ihnen sehen. Sie kann das auch gar nicht mehr. Sie hat von Physik und Latein keine Ahnung. »Wieso?« frage ich noch einmal.

»Du weißt schon«, sagt die Großmutter. »Bevor wir mit dem Boot fahren wollen, müßtest du die Schularbeiten gemacht haben oder die Werkstatt ausgefegt. Oder du müßtest ein Rauchtischchen zum alten Sanitätsrat bringen.« Sie lacht. »Das wäre zu Hause nicht anders.«

»Ich würde gern zum alten Sanitätsrat gehen. Das kannst du mir wohl glauben«, sage ich. »Und vor seinem Hund habe ich keine Angst. Vor dem hab ich schon längst keine Angst mehr gehabt. Ich würde gern von morgens bis abends in der Werkstatt arbeiten.«

»Das will ich dir glauben«, sagt die Großmutter. »Aber nun kannst du das nicht.« Sie will in die Küche gehen.

»Bleib noch«, sage ich. »Ich möchte dir noch etwas sagen: Eins würde ich sofort, ich würde den Bernsteinweg gehen.«

»Das würdest du.«

»Ja, das würde ich gleich nach der Ankunft.«

»Weil da auch der Friedhof ist, Kurtchen?«

»Weil da auch das Grab ist. Und ich bin ja immer den Weg mit ihm gegangen. Ich möchte wissen, ob das mit dem Schatz wirklich stimmt.«

»Es wurde erzählt.«

»Wer hat das erzählt?«

»Du weißt es.«

»Der Großvater hat es erzählt«, sage ich, »das weiß ich. Und die Fischer haben es erzählt.«

»Siehst du.«

»Aber woher wußten die das?«

Sie überlegt. »Die alten Juden wußten viel. Die kamen überall herum. Die Pastoren und Lehrer haben es weitergegeben.«

»Aha«, sage ich, »so war es. Und die Ritter machten sich auf den Weg.«

»Weshalb die Ritter?«

»Schatzsuche«, sage ich, »das war ihre Aufgabe.«

»Die Fischer und Bauern haben nach dem Schatz gesucht, und was haben sie gefunden?«

»Bernstein«, sage ich.

»Ja«, sagt sie. Sie sieht aus dem Fenster. Und ich muß da endlich die Kiefernäste fertigmachen. Die sind überfällig.

»Der Ritter könnte ja auch ein Inder gewesen sein«, sage ich.

»Kurtchen, nun spinnst du.«

»Nein«, sage ich, »das ist eine Geschichte. Die Inder sind mutige, arme Leute. Und sie waren immer Feinde der Engländer.«

»Was soll das?« fragt sie.

»Wir hätten nach dem Schatz graben sollen, wie der Heinrich Schliemann in Troja gegraben hat.«

»Das kann ja alles noch werden«, sagt die Großmutter. Aber das sagt sie so. Es ist ihr nicht wichtig. Für sie ist der Weg deshalb wichtig, weil wir dort miteinander gestöbert haben. Und während wir dort waren, hat sie für uns das Abendbrot gemacht.

»Weißt du, manchmal denk ich, der Bernstein ist gar kein wertvolles Kleinod.«

»Es ist der Lebensstein.« So redet sie. So reden die Fischer. Und einmal war eine winzige Blüte lebendig darin.

»Das weiß ich. Das hat dir der Großvater geglaubt«, sage ich.

Der Studienrat Thalgrün schreit. Das weiß jeder. Aber alle laufen ihm nach. Alle wollen ihn in ihrer Klasse haben. Es ist klar, daß andere Lehrer darauf eifersüchtig sind. Aber die sind auch hier im Westen hungrig, obwohl sie hier hundertmal bessere Lebensmittelkarten haben. Das Essen ist ihnen das Wichtigste.

Der Studienrat Thalgrün ist ungeduldig mit uns. Er ist ein Mathematik-Genie. Und in unserer Klasse ist kaum einer, der die Mathematik versteht. Es ist so, wenn dieser Studienrat in die Klasse kommt, wissen die meisten sofort: Der Mann ist in Ordnung, der Mann kann uns leiden. Er hat die Schulspeisung organisiert, er wird sie auch für uns Ostler durchsetzen und: Dieser Mann hat sich bis zu diesem Tag eisern geweigert, davon auch nur einen halben Teller zu essen. Aber wir alle wissen, er ist unerreichbar klug. Nur der Günter kann sich manchmal mit ihm unterhalten. Und wenn Günter den Kosinussatz sofort versteht, dann ist wenigstens einer in der Klasse, der Studienrat Thalgrün eine Freude machen kann. Günter ist aber kein Angeber, er sagt uns ganz offen, daß er den Kosinussatz doch nicht so ganz genau verstanden habe. Nur Herr Thalgrün glaubt, daß er ihn ganz verstanden hat. Wir sind alle froh, wenn wir von den Winkelfunktionen herunter sind.

Niemand soll es wissen, daß ich einmal in der Woche am Abend zu Herrn Studienrat Thalgrün in die Wohnung gehen darf. Kostenlos. Deshalb ist das eine Ehre für mich. Die Mutter sagt es. Der Mann hat wenig Zeit. Immer muß er Klassenarbeiten korrigieren. Auch für die

Studenten muß er Klassenarbeiten korrigieren. Die heißen dort Klausuren. Er spottet manchmal über uns. Dann ärgert er sich aber über sich selbst, weil er unsere Dummheit verspottet hat. Nie wird er es verstehen, daß wir nicht so verrückt auf die Mathematik sind wie er. Nur Günter kann es ihm sagen, daß sich schon im Jahre einhundertfünfzig vor Christi Geburt ein Grieche um das Verhältnis von Sehne und Kreisbogen bemüht hat. Der Grieche heißt Hipparch. Er war Astronom. Hippokrates war der Mann, der den Medizinereid erfunden hat. Er hat mit Hipparch gar nichts gemein. Und der Kosinus wurde bereits von den Indern verwendet. Den Tangens und Kotangens führten sie als einen Schatten des Sonnenuhrzeigers ein. Das will mir der Studienrat Thalgrün erklären.

»Das interessiert Sie wohl nicht?« will er wissen.

»Doch schon«, sage ich.

Seine Frau lacht. Sie strickt für das kleine Kind ein Jäckchen, das ist winzig, und sagt: »Quäl ihn nicht so.«

»Hier wird niemand gequält«, gibt der Studienrat ihr zur Antwort, und ich merke, daß er gleich wütend werden wird. Aber mir gefällt alles an ihm. Mir gefällt nur nicht, daß er manchmal auch gegen seine Frau wütend ist. Sie sieht ihn dann aber immer fest an. Und ein winziges bißchen lächelt sie dabei, das ist auch für mich bestimmt. Alle fürchten sich vor ihm, aber seine Frau fürchtet sich nicht vor ihm.

Ich sage: »Ich weiß, daß wir Deutschen nicht so begabt für die Mathematik sind.«

»Was Sie nicht sagen!«

»Ja«, sage ich. Ich sage das ganz ruhig.

»Wo haben Sie denn das gelesen?«

»Nirgendwo gelesen«, sage ich. »Sie sagen es uns in jeder Stunde.«

»Wie bitte?« Er lacht so.

»Da gibst du ja einen reizenden Unterricht«, sagt seine Frau.

Aber er brüllt seine Frau trotzdem nicht an. Er nimmt seine Goldrandbrille ab. Er putzt sie und macht Gott sei Dank das Mathe-Buch zu.

»Wie meinen Sie denn das?« werde ich gefragt.

»Ich weiß es genau«, sage ich, »daß die Juden in fast allen Fächern klüger sind als die Deutschen. Sie sagen es uns in jeder Stunde. Sie sagen es nicht direkt, aber wir spüren es. Und der Einstein«, sage ich. »Und der Heinrich Heine.«

Nun will er sich gleich eine Pfeife anzünden. Aber ich kann ihm noch sagen: »Meine Großmutter hat das schon vor zehn Jahren gewußt. Es war der größte Fehler des Führers, daß er die Juden nicht leiden konnte.«

»Er konnte sie also nicht leiden.«

»Er hat schlechte Ratgeber gehabt«, sage ich. »Ohne sein Wissen werden sie die Konzentrationslager gebaut haben. Der Führer kann so etwas nicht gewollt haben«, sage ich.

»Hör dir diesen Blödsinn an«, sagt der Studienrat Thalgrün zu seiner Frau.

»Es ist doch kein Blödsinn«, sagt sie, »kein Blödsinn, für den er etwas kann.«

Aber sein Gesicht ist ganz starr geworden. Die Brille wirft er auf den Tisch. Die hält was aus. Im Zimmer geht er herum.

»Das Kind wacht auf«, sagt seine Frau. Das schläft in der Ecke hinter einem großen Lampenschirm. Es hat ein langweiliges Gesicht. Es kann noch nicht gehen. Es spielt höchstens mit seinen Händen und schläft, wenn es nicht ißt.

Wütend geht der Studienrat im Zimmer herum. Ich warte darauf, daß er zu brüllen anfängt. Der Führer ist tot. Ihn können wir nicht fragen. Ich möchte nicht hier sein. Ich bin eingeladen, aber was soll eine solche Freundschaft?

»Wissen Sie, daß ich Jude bin?« werde ich nun gefragt. Das ist eine Frage. »Ja«, sage ich. »Wir wissen es alle, Herr Studienrat.«

Will er mich schlagen? Seine Lippen sind ein Strichmund. Ich kann ihm nicht sagen, daß alle in unserer Klasse ihn sehr gern haben. Der Günter könnte das tun. Ich bin nicht gut in Mathematik. Ich will Tischler werden. Wenn ich Kunsttischler werden will, muß ich die Mittlere Reife haben. Wie aber Kunsttischler werden, wenn sie die nicht brauchen. Der Vater müßte wenigstens für eine kurze Zeit kommen. Wir würden alles mit ihm besprechen, und die Mutter würde gesund. Ich will hier nur das eine, ich will raus hier. Ich will am liebsten keinen Tag mehr zur Schule gehen.

Nun soll ich aber plötzlich eine Tasse Kakao trinken. Der Kakao ist aus einem Care-Paket, das für das Baby bestimmt ist. Ich darf auch eine Rolle Butterkekse für die Mutter in meine Tasche legen. Die Kekse sind mit einer original-amerikanischen Buttercreme gefüllt. »Garantiert«, sage ich, »werde ich die durch die Sektorengrenze kriegen.«

Dann wird auch noch ein großes Talglicht angezündet. Das würde ich lieber mitnehmen. »Das ist wie im Advent«, sage ich.

Und der Studienrat Thalgrün erzählt mir, daß er sich siebeneinhalb Jahre versteckt hat. Sieben Jahre und acht Monate waren es genau. Bei seiner Frau hatte er sich versteckt. Die war damals ein junges Mädchen. Und eine Augenweide. Er hatte auch andere Verstecke, eins bei einem Förster. »Ein unbestechlicher Mann«, sagt der Studienrat. »Ich habe natürlich Glück gehabt. Wissen Sie, weshalb ich wahrscheinlich Glück gehabt habe?«

»Passen Sie auf«, sagt seine Frau, »das ist die Frage.«

Wie soll ich das wissen? Ich kann mir da nichts denken.

»Schauen Sie mich an«, sagt der Studienrat Thalgrün. Ich sehe ihn an. Er wird mich heute nicht anbrüllen. Er setzt die Brille auf, er nimmt die Brille ab. Ich weiß nicht, was er will.

»Ich sehe nämlich nicht jüdisch aus«, sagt er. Er sagt das mit solch schmalen, lächelnden Augen. Er sagt das so: Seht mal, wie ihr alle auf mich reingefallen seid! Ich aber besinne mich darauf, was meine Großmutter gesagt hat: Es gibt wenig Juden, die jüdisch aussehen. Und: Wegen seiner Juden mußte der Führer den Krieg verlieren. Denn es waren seine Juden. Für sie mußte er sorgen. Sie waren ihm anvertraut. Aber er hat nicht für sie gesorgt.

»Ich habe an die Zeichnungen von den jüdischen Nasen und Lippen gar nicht lange geglaubt«, sage ich, »und an die gelbliche Gesichtsfarbe.«

»Siehst du«, sagt seine Frau, »einer, der sich nicht alles erzählen ließ.« Wenn sie lacht, sieht sie sehr schön aus.

Bevor ich gehe, zeige ich dem Baby den Stein. Den will es sofort haben. Ruckartig schlagen die kleinen Hände in die Luft. Kann es noch nicht greifen? Doch, es kann.

»Das ist ja ein wunderbares Exemplar«, sagt Studienrat Thalgrün.

Auch seine Frau ist aufgestanden. Zu dritt stehen wir um das Kinderbett herum. Ich lasse den Stein los und schaue den Studienrat dabei an. Das Baby krallt seine Hände um den Stein und wackelt damit vor seiner Nase. Der Studienrat erlaubt es.

»Das ist der Lebensstein«, sage ich. »Er bringt einem kleinen Kind Glück.«

»Woher wissen Sie denn das?« fragt der Studienrat.

»Das wissen wir«, sage ich. »Das war so in meiner Heimat.«

»Ja, Sie sind von da«, sagt er.

Das Baby steckt den Stein in den Mund. Auch das erlaubt er.

»Das Rote ist das Blut«, sage ich, »aber das kommt gegen das Gold nicht an.«

Das Baby knallt den Stein auf den Fußboden und wundert sich, daß er nicht mehr da ist.

»Aber, Tinchen«, sagt Frau Thalgrün und will sich bücken. Ich bin schneller. »Das macht nichts«, sage ich.

»Darf ich?« fragt der Studienrat, nimmt sacht den Stein aus meiner Hand und hält ihn vor das Licht.

»Sieh mal«, sagt er zu seiner Frau.

»Wirklich wunderbar«, sagt sie und beugt sich etwas, um das Leuchten deutlich zu sehen.

»Das Rote ist also das Blut?« fragt der Studienrat.

»Ja«, sage ich.

»Blut wie roter Schnee. Wie eine Schneewolke.«

»Ja, so kann man es sagen.«

»Irgendwie freundlich«, sagt er.

»Ja«, sagt sie.

»Eigentlich gar nicht schlecht«, sagt er.

»Was meinst du?« fragt sie.

»Was er gesagt hat.«

»Ja«, sage ich, »alles ist von Gold umhüllt. Die Fischer sagen das so. Auch die Tränen sind darin. Die Fischer haben es jedenfalls gesagt.«

»Wer weiß, wo Ihre Fischer jetzt sind?« fragt er durch den Stein hindurch. »Von einer deutschen Ostseeküste kann man ja kaum noch reden.«

»Vergiß Rügen nicht«, sagt seine Frau.

»Was weiß der Junge von Rügen.«

Seine Frau sieht mich an. Was denkt sie? Klug sieht sie immer aus, auch beim Stricken. So hat er sich bestimmt in sie verliebt. Und ihr Haar ist gescheitelt wie das von der Jungfrau Maria. Blau sind ihre Augen. Die können einen See ausbrennen. Wie bei dem Lisei ist das.

»Ja«, sage ich, »in der Nacht lebt es sich am einfachsten. In der Nacht kann man sich am besten verstecken.« Sie sieht mich so an. Soll ich sie Mirjam nennen?

Ja, denke ich, ihre Augen könnten einen See ausbrennen. Und ich weiß, daß sie blaue Augen hat.

»Wenn der Führer wüßte, daß wir uns hier verstecken müssen«, sage ich.

»Ach der Führer«, sagt sie mit einer verächtlichen Geste, wirft ihre kleine Faust wie einen Schneeball von ihrem Körper. Sie ist etwas kleiner als ich. Sie kann zu mir aufschauen. Ich habe einen Hut mit einer breiten Krempe auf. Unter dem kann kaum jemand mein Gesicht erkennen. Es knackt im Gebüsch. Sie zuckt zusammen und schmiegt sich an mich. Ich streichele sie nicht. Ich übernehme die Sicherung.

»Es ist kein Mensch zu sehen«, kann ich ihr sagen. »Rehe sind das.« Die letzten, die die Soldaten übriggelassen haben. Die Rehe flüchten in Sprüngen. Wir sehen sie zwischen den Kiefernstämmen hasten. Freundliche Schatten, die sich vor uns fürchten. Ich kenne Wälder, in denen sich Rehe, Hirsche und Hasen gut verstecken konnten. Sie lehnt sich noch immer an mich. Sie muß sich vor der Gestapo fürchten. Kann sie etwas dafür, daß sie ein jüdisches Mädchen ist? Gott hat sie so gemacht. Ruhig sage ich zu ihr: »Du kannst nichts dafür, daß deine Eltern total jüdisch versippt sind.«

Ja, nun kann ich es selbst sehen, wie schön diese Mädchen sind. Nie habe ich das der Großmutter glauben wollen, aber die Juden haben schönere Mädchen. Das erlebe ich nun. Ich aber bin arischer Abstammung. Dafür kann ich ebenso nichts. Etwas hebt sich und senkt sich ihre Brust. Das kommt von der Furcht. Ich weiß, was sie denkt: Hier eine Höhle gebaut, ein Laubhäuschen. Hier mitten in den Wäldern.

Das ist eine falsche Hoffnung. Diese Wälder sind

kaum zu gebrauchen. Kiefernstämme, Kiefern und sonst nichts. Kein Unterholz. Kiefern kahl bis zu den Kronen.

»Ich möchte in die Erde sinken«, sagt sie.

»So?« frage ich. Das höre ich nicht gern. Ich weiß nicht, wie ich ihr helfen soll. Ich schiebe den Hut mit der breiten Krempe aus der Stirn. Den möchte ich ihr geben, aber was nützt das.

»Möchtest du am liebsten tot sein?« frage ich.

»Aber Kurtchen«, sagt sie. Mit ihren Fingerspitzen faßt sie meinen Wirbel an.

»Doch nur mit dir«, sagt sie.

»Mit mir in eine Höhle sinken?« Das ist eine vergebliche Hoffnung. Woher die Verpflegung nehmen? Grundwasser wäre vielleicht vorhanden, aber keinerlei Verpflegung. Wir sind nicht in Finnland, wo sie Preiselbeeren haben. Beeren gibt es kaum in diesen Wäldern. Ich weiß ein Land, da könnte ich dich vor der Gestapo, da könnte ich dich vor allen Soldaten verstecken. Unten, am Flüßchen ein Schlauchboot im Schilf. Lautlos gleitet das. Vorsichtig die Paddel eintauchen! Beeren hätten wir vom Sanddorn. Wenn Rauch aufsteigt, müßten wir in den Rominter Forsten wohnen. Da erwischt uns niemand.

Du, dein Haar hat einen Schimmer – der hat für mich einen ganz bestimmten Namen.

Mirjam möchte ich dich nennen.

Du bist ein kluges jüdisches Mädchen. Aber was nützt das? Es muß Männer geben, die dich über die Grenze bringen. Es muß Männer geben, die die Tricks kennen. Ich mache keine großen Sprüche, aber ich kann dir, Mirjam, sagen: Ich bin einer, der Bescheid weiß. Ich weiß, wie man über die grüne Grenze in den Westen kommt. Natürlich schießen sie, Mirjam. Aber meistens schießen sie in die Luft. Setz dich auf diesen Baumstamm. Laß uns überlegen. Wo könnten wir bleiben?

Du willst mir nicht glauben, daß ich ein Pfadfinder bin?

Mirjam, es ist so. Täglich gehe ich in eine Schule auf der anderen Seite. Dort erzählt uns niemand, daß der Lomonossow den Blitzableiter erfunden hat, und der Stalin ist klüger als Goethe. Täglich mache ich das. An den Posten vorbei. Die kontrollieren uns. Aber man kann auch im letzten Augenblick auf das Trittbrett springen, dann, wenn sie den Zug schon abgefertigt haben. Und die Posten können nur noch winken. Es gibt Tricks, Mirjam. Aber wir müßten die Mutter und die Großmutter mitnehmen. Wie wollen wir das schaffen? Ich halte meinen Stein in der Hand.

Liege ich nachts wach, denke ich mir Sachen aus. Mit dem Großvater hätten wir den Hort vielleicht finden können. Eine ordentliche Ausgrabung gemacht. Wenn die Polizei es erlaubt hätte. Dem Großvater hätte die Polizei es wahrscheinlich erlaubt, er hat mit dem Wachtmeister Born geangelt. Der war ein Schlawiner. Heimlich hat er sich ein Gläschen Honig geben lassen für die Angelscheine. Aber das ist alles Unsinn.

Eine Mirjam würde sich niemals an einen deutschen Jungen halten. Laut würde sie rufen: Vergast, vergast ihn! Aus Rache.

Sage ich zu ihr, ich bringe dich über die grüne Grenze – und habe vor den Asseln Angst?

Kein Trapper würde sich um die kümmern. Kein Trapper wird sich vor Schlangen und Bären fürchten. Aber die Asseln kommen im Dunkeln. Ich höre sie. Erst wispern sie. Sie wispern und rascheln hinter der Tapete. Ich mache das Licht an: Nichts ist zu erkennen. Stille. Ich mache das Licht aus, schon geht das winzige Rascheln wieder los. Ich mache das Licht an, schaue unter das Bett. Die schadhaften Dielen sind mit Papier verstopft. Da ist kaum eine Lücke. Mache ich das Papier naß, drückt es sich tiefer in die Fugen. Aber ich muß vorsichtig sein, der Schwamm hat die Bretter pulverig gemacht.

Drücke ich zu sehr, zerbröckeln sie. Gut. Ich mache das Licht wieder aus.

Es ist maßlos feige, solche kleinen Tiere widerlich zu finden. Die Soldaten in den Schützengräben haben anderes erlebt. Da lösten sich nicht die Tapeten von den Wänden, die hatten gar keine Tapeten. Das wäre zum Lachen: Unterstände mit Tapeten. Aber sofort kann ich es wieder hören: wispernde, kleine Füße. Hinter den Tapeten läuft es. Mache ich das Licht an, wird es sofort still. Kein Trapper würde sich darum kümmern. Der schläft.

Ich möchte wie der Gerhard Sonneberg sein. In einem festen Haus möchte ich wohnen. Und die Mutter wäre nie krank geworden. Der Gerhard Sonneberg ist so, wie sein Name es uns sagt: ein Sonnenberg. Er kann so viel Kartoffeln essen, wie er will. Er hat mir einen Rucksack voll Kartoffeln geschenkt. Das waren über zwanzig Pfund. Der Junge ist in Ordnung, und doch kann ich ihn nicht leiden. Wir alle können ihn nicht leiden.

Die Mutter sagt, wir sollen nicht neidisch sein. Ich beneide ihn nicht. Er hat mir die Kartoffeln geschenkt. Es wäre gemein, ihn zu beneiden.

Es ist so: Kein einziger Junge in der Klasse hat einen solchen Mantel wie der Gerhard Sonneberg. Der Mantel ist blau. So kann man es sagen. Aber wer hat ein solches Blau gesehen? So, als wären vom Himmel und von der Ostsee die Farben. Die Himmelsfarbe ist luftigblau, die Meeresfarbe ist wie die Farbe der Kriegsschiffe. Aus diesen Farben ist Gerhards Mantel gemischt. Und vor allem: Der Mantel sieht einmalig flauschig aus. Arno Tessmanns Mutter sagt: Der Mantel ist ein Gedicht. Lauter winzige Härchen stecken ihre Spitzen aus dem Stoff heraus. Es sind Tausende – vielleicht hunderttausend Härchen. Wenn man sich den Mantel aus etwa acht bis zehn Metern Entfernung betrachtet, muß man denken: Der Junge hat mitten im Frühling einen Pelzmantel an. Mitten hier in Deutschland. Wenn man genau hinsieht, ist alles klar. Lauter Wollhärchen sind in den Stoff gewebt. Die Stacheln nach außen wie bei einem Igel. Wie machen die Amerikaner das? Und der Mantel sieht total neu aus. Er ist nicht einmal an den Knopflöchern abgeschabt. Nur am linken Ärmel, an der unteren Kante des linken Ärmels ist ein kleines Loch zugestopft.

Uns ist aber klar: Wenn die Amerikaner ihren Zivilisten mitten im Krieg solche Mäntel liefern konnten, mußten sie den Krieg gewinnen. Das sind ihre Materialreserven. Das ist klar, und wir glauben jetzt auch, daß die amerikanischen Soldaten Mäntel haben, die sogar regenabstoßend sind. Und sie haben Daunenschlafsäcke. Mit denen legen sie sich einfach auf die Steinstufen am Bahnhof Schmargendorf.

Einmal hat mir der Gerhard Sonneberg einen Bonbon gegeben, der auch in seinem Care-Paket war. Das Care-Paket heißt wörtlich übersetzt Sorge-Paket. Das bedeutet: Ich, der Absender, habe für dich gesorgt. Der Bonbon war durchsichtig-dunkelbraun. Die Mutter sagte, wie ein Turmalin. Er schmeckte wie gefrorener Himbeersaft.

Ich habe dem Gerhard Sonneberg heimlich den Namen Pips gegeben, weil »The Story of Pips« die beste Geschichte ist, die wir je hatten. Pips ist der Name der Maus, die die Katze besiegt. Der Gerhard Sonneberg hat nichts dagegen, daß ich ihm den Namen heimlich gebe.

Aber wer wird sein Freund? Sein Vater ist in der Partei, schickt aber den Pips auf die westliche Schule. Und die amerikanischen Verwandten wissen nicht, daß Pipsens Vater in der östlichen Partei ist. Er schreibt ihnen: Oh, habt vielen Dank! Uns geht es ja so schlecht. Wir können alles, was Ihr entbehren könnt, gut gebrauchen. Es fehlt uns hier sogar das Toilettenpapier, und am

Abend sitzen wir im Dunkeln. Aber in der Parteiversammlung sagt er, wie gut es uns geht.

Wer will gern in Pipsens Haus gehen? Ich werde nicht wieder eine Kartoffel von ihm essen.

Unter dem blauen Igel-Mantel trägt Pips manchmal auch einen Anzug. Ja, sagt er, das kann man, wenn man ein fast erwachsener Junge ist. Der Anzug ist schwarz-hellgrau kariert. Es ist ein Herrenanzug. Keiner unserer Lehrer hat einen solchen Anzug an. Pips sagt: Die amerikanischen Schüler laufen alle in solchen Anzügen herum. Ihre Hemden sind weiß und aus Nylon. Die Nylonhemden braucht man niemals zu bügeln. Diese Erfindung haben die amerikanischen Hausfrauen verlangt. Pips wird einmal Zahnarzt werden wie sein Vater. An jedem Freitagmorgen begleitet er die Ursula zur Schule. Er sagt, einmal wird er sie heiraten. Er sagt, wenn dann sein Vater tot ist, ist sie die Zahnarztgattin. Er sagt, die Männer werden alle in seine Praxis kommen, um einmal Ursula von nahem zu sehen.

Das könnte möglich sein. Ursula ist schön. Ihre Augen sind noch blauer als die von Studienrat Thalgrüns Frau. Ihre Augen glänzen. Renate hat solche Augen gehabt. Ursulas blonde Haare sind in einem geflochtenen Kranz um ihren Kopf gelegt. Wenn sie lächelt, kann man ihre Zähne sehen. Kommt sie auf den Bahnhof, lächelt sie. Öffnen wir ihr die Türen, lächelt sie. Aber wir dürfen ihr nicht mehr die Türen öffnen, das macht nur der Pips.

Ursula hält ihren Kopf meist etwas gesenkt, denn sie weiß genau: Alle sehen sie an. Deshalb lächelt sie auch immer, wenn sie mit ihrem etwas gesenkten Kopf von uns gesehen wird. Sie will ihre Höflichkeit erweisen. Auch in der S-Bahn lächelt sie. Sie lächelt sogar auf dem Weg zur Schule.

Der Arno Tessmann ist ein Lügner, wenn er sagt, daß ihr Lächeln doof ist. Er ist neidisch, weil er weiß: Nie wird er jene Ursula erringen. Sie ist nur für Pips da. Der Arno Tessmann hat außerdem gesagt, daß Ursula eine Neigung zu O-Beinen habe. Zumindest eine leichte Neigung. Solche Überlegungen hat ihm sein Bruder eingeredet. Aber wir dürfen den nicht verhauen, denn Pips sagt, das wäre wohl seine Sache, und Ursula will es aus christlichen Begründungen nicht haben, daß den Tessmanns etwas passiert. Der Tessmann sagt: Das ist ja prima.

Aber der Pfarrer sagt, man darf sich auch ab und zu mal prügeln, wenn nur dabei niemand zu Tode kommt.

Nach der Schule darf der Gerhard Sonneberg neben ihr einhergehen. Er sagt: Kurt, ihre Nasenflügel beben, wenn sie lacht, wie die Nüstern eines Pferdes. So redet er. Tessmann sagt: Der Pips hat doch noch nie ein Pferd gesehen. Die sind alle geschlachtet, und früher waren sie an der Front. Der hat das bei Karl May gelesen. Und das stimmt. Wenn der Karl May auch verboten ist, weil der Old Shatterhand ein Christ sein will, lesen wir ihn heimlich, weil er die Wahrheit über die Indianer rauszukriegen versucht.

Aber das ist es: Der Gerhard Sonneberg ist etwas kommunistisch. Er will ein Mädchen heiraten, das eine Christin ist. Die Kommunisten wollen alle Christen am liebsten von der Welt verschwinden lassen. Und die Pakete von den Christen aus Amerika läßt er sich gefallen. Er hat sogar eine Krawatte aus New York, aber die Kommunisten schreiben »Ami go home« an das Häuschen neben der Bahnunterführung.

Wir sehen, daß Ursula in Gefahr ist. Nie kann ich der Freund von Gerhard Sonneberg sein. Den nächsten Bonbon werde ich dem Tessmann geben.

Ursula wohnt in einem richtigen Haus. Es ist 1938 erbaut. Es gehört zu den neuesten deutschen Häusern. Die Amerikaner haben sogar mitten im Krieg Häuser bauen können. Für die zivile Bevölkerung. Der Studienrat Thalgrün sagt, dort laufen die Mörder von Hiroshima und Nagasaki frei herum. Er kann sich das erlauben, weil er Jude ist. An Ursulas Haus ist eine Pergola aus echtem Eichenholz, die ist mit Farbe aus dem Westen weiß gestrichen.

In meiner Heimat habe ich den Film gesehen. Der Inder liebte die Prinzessin. Sie hatte ein strahlendweißes Kleid an. Der Inder war ein Paria. Und immer, wenn er den Ring küßte, erschien die Prinzessin. Der Film war ein Märchenfilm. Unter einem Turban könnte man einen Wirbel ohne Schwierigkeit verstecken.

In den Zeitungen steht, daß die Stadt Berlin nicht geteilt werden soll, aber sie ist schon geteilt. Zwei Oberbürgermeister hat die Stadt, zwei Rathäuser, zwei Tiergärten und zweierlei Polizei. Auch zweierlei Haveldampfer.

Wir müssen in dieser geteilten Stadt hin und her; und uns aus dem Osten ist das eigentlich verboten. Die aus dem Westen fahren in den Osten zu Besuch oder zum Friedhof, und die Ostler fahren nach drüben, um etwas zu essen oder Zigaretten zu holen, oder um ins Kino zu gehen. Drüben spielen sie den Film »Münchhausen«. Der ist hier wegen der Kriegsgefahr verboten. Verboten ist, daß der Hans Albers in voller Uniform auf einer Kanonenkugel reiten darf.

»Ja«, sagt Arno Tessmann, »verboten ist es zu wissen, daß wir mutige Soldaten hatten, die in Rußland hoch geachtet waren, denn auch in Rußland hat der Münchhausen seine Abenteuer erlebt.«

Das weiß jedes Kind. Wir gehen an den Volkspolizisten vorüber, die die Grenze sichern. Wir wissen, sie würden auch gern einen solchen Film sehen oder »Das Haus in Montevideo«, denn das ist ein Bordell. Die Volkspolizisten sind wütend auf uns, weil sie die Mächtigen sind, und wir gehen an ihnen vorüber zu solchen Filmen hin. Ihre Macht nützt ihnen gar nichts.

»Sie können einem leid tun.«

»Sie tun mir aber nicht leid.«

Sind wir im Westen, will Onkel Siegfrieds Frau mir die Kartoffelschalen nicht mehr geben. Sie spricht das nicht aus, aber ich spüre es. Ich habe noch nicht die Türe zu, da sehe ich: Zwei Scheiben kanadisches Weißbrot für mich. Mit kristallklarem Sirup darf ich mir die bestreichen.

»Weißt du, Tante Marga«, sage ich, »euer Sirup, das ist ein Sirup, der wie eine klare Quelle fließt.«

Das gefällt ihr. Ich muß aber von der Schule erzählen. Ich sag ihr, daß sie sich keine Sorgen machen soll. »Wir kommen schon durch.« Ich sage ihr nicht, wie langweilig Latein jetzt ist, seitdem der Direx uns abgegeben hat. Wer erklärt uns, weshalb wir heute noch Latein lernen müssen? Der Eltern wegen, daß sie gegenseitig angeben können? Sie können sagen: In dieser fragwürdigen Zeit erhält unser Sohn wenigstens eine vernünftige Ausbildung. Aber solche Meinung will Tante Marga nicht hören. Sie weiß auch nicht, daß es in Amerika Schulen gibt, in denen Latein nicht mehr unterrichtet wird. Und es ist genau so, wie der Gerhard Sonneberg es gesagt hat: die Amerikaner und Russen haben den Krieg auch deshalb gewonnen, weil sie das Latein abgeschafft haben. Der Gerhard Sonneberg sagt, sein Vater hat gesagt, daß in Rußland kein Schüler mehr Latein oder gar Griechisch lernen muß. Solche Sachen schaden dem Kommunismus, weil in den lateinischen und griechischen Übungsstücken auch die Gedanken der griechischen und römischen Völker enthalten sind. Jene Gedanken und Lehrsätze sind aber längst überholt. Das ist klar. Denn vor vielen Jahrhunderten sind sie für ein ganz anderes Leben erdacht worden. Ein Grieche fiele vor Angst in Ohnmacht, wenn er ein Flugzeug sähe. Und Arminius hätte im Teutoburger Wald die Legionen mit einem einzigen Panzer in die Flucht schlagen können. Mit einem einzigen. Nur genügend Munition, Benzin und Verpflegung darin. Sie hätten geglaubt, ein eisernes Drachentier sei aus der Erde gekrochen oder vom Himmel gefallen.

»Träum nicht, Kurtchen.«

»Ich träume doch nicht«, sage ich. »Ich träume gewiß nicht.« Ich denke an ihre Kartoffelschalen. Ich sage ihr, was sie wissen will, daß es ihrer Schwägerin besser geht. Aber der Arzt sagt, eigentlich müßte die Mutter eine Kur machen.

Da muß auch Tante Marga lachen: »Euer Doktor ist wohl hoffnungslos von früher.«

»Das kann sein«, sage ich. »Er hat einen BMW in der Garage, Kabriolett, aufgebockt, die Reifen sind längst fort, aber er kriegt beim besten Willen keine Reifen.«

»Ein Arzt, der keine Reifen kriegt, das gibt es doch nicht«, sagt Tante Marga. Sie faßt meine Hand an. »Und vom Vater habt ihr noch immer nichts gehört?« fragt sie.

»Nein«, sage ich. Ich ziehe meine Hand fort. Jedesmal werde ich gefragt. Sie weiß, daß wir seit damals von ihm nichts gehört haben. Weshalb fragt sie? Das ist ein einziger Unsinn: Wüßten wir etwas von ihm, hätte er wieder geschrieben oder käme ein entlassener Kamerad vorbei, wir würden es schnellstens allen sagen. Frage ich nach Onkel Siegfried? Der hat noch nicht ein einziges Mal geschrieben. Frage ich nach ihm, fängt sie zu weinen an. Ich möchte von ihr wissen, ob ich die Kartoffelschalen mitnehmen darf.

»Ja«, sagt sie so, und ich ahne, daß etwas nicht stimmt.

»Ach«, sagt sie, »die Frau Mohr hat sie geholt.«

Ich bin schon bei ihr. »Aber vielleicht sind in dem Eimerchen noch welche?« Ich hebe den Deckel hoch. Es stimmt: Da liegen sie auf einer dicken Westzeitung. Die

Westzeitung dürfen die Ostpolizisten nicht finden. Aber die Westzeitung ist ebenso wichtig wie die Kartoffelschalen.

»Willst du sie wirklich mitnehmen?«

»Ja«, sage ich. »Ich hab den Rucksack in der Mappe.« Den hole ich schnellstens. Es ist der puppenleichte SS-Rucksack. Wir nennen ihn deshalb so, weil er aus einem Tarnanzug der Waffen-SS gemacht worden ist.

»Die Frau Mohr gibt sie doch nur den Schweinen«, sage ich.

»Ja, ja«, sagt Tante Marga. Aber sie ärgert sich. Es ist ihr peinlich. Und ihr Hals wird etwas rot, weil sie mich beinahe belogen hat.

»Wir waschen sie immer ordentlich«, sage ich, denn es wird so sein: Tante Marga schämt sich, daß wir die Schalen essen. Aber ganze Kartoffeln kann sie uns nicht geben. Sie haben hier im Westen die Westrationen. Sie haben das Kokosfett. Wenn Butterschmalz geliefert wird, gibt es das Anderthalbfache – und das Butterschmalz schmeckt besser als Butter! Aber Kartoffeln zum Sattessen haben sie auch nicht immer. Ich sage zu ihr: »Du mußt dir keine Sorgen machen, wegen der Schalen nehmen sie mich nicht fest.«

»Nein, nein«, sagt sie, aber sie sieht mich nicht an.

Ich weiß, es tut ihr leid, daß sie mir nicht pfundweise richtige Kartoffeln einpacken kann.

»Gib mir auch bitte die Zeitung mit«, sage ich.

»Wenn du meinst«, sagt sie und sieht mich so zittrig an. »Aber die darfst du doch nicht haben.«

»Was heißt das, ich darf sie nicht haben? Ich muß meinen Rücken schützen. Ich lege die Zeitung so in den Rucksack, siehst du, daß sie die Schalen hinter meinem Rücken abdeckt. Das ist schon notwendig deshalb, damit der Rücken nicht feucht wird. Das kann ich jedem Polizisten erklären.«

Und ich weiß auch dieses, und deshalb rede ich ja so, es ist zum Lachen: Tante Marga mag das Wort VOPO nicht, obwohl sie eine westliche Frau ist. Kein VOPO kann ihr etwas tun. Aber sie sagt, daß man nie einen Polizisten verachten sollte, auch wenn er ein Volkspolizist ist. »Auch wenn sie einem die Kartoffelschalen kontrollieren? Auch wenn sie einem Bettwäsche wegnehmen, die einem selber gehört, nur weil man sie eintauschen will, auch wenn sie einem den Zuckerrübensirup wegnehmen, den schwarzen?«

»Reg dich nicht auf, Kurtchen«, sagt Tante Marga und legt mir noch drei frischgewaschene, ganze Kartoffeln dazu. »Feuchtet es denn manchmal durch?« will sie wissen.

»Es suppt natürlich. Und es muß natürlich auch etwas durchsuppen. Nur alte, halbtrockene Kartoffelschalen suppen nicht. Ist die S-Bahn voll, ist sie so voll, daß ich den Rucksack nicht abnehmen kann, spüre ich die Soße. Das passiert aber nur im Berufsverkehr. Wann aber fahre ich im Berufsverkehr?«

Ist sie nun beruhigt?

»Du bist immer durchgekommen. Sie werden dir auch diesmal nichts fortnehmen«, sagt sie und lächelt ein bißchen.

»Was sollten sie mir wegnehmen? Diese alte Westzeitung, diese Rückenschützerin?«

Immer wenn Tante Marga etwas ängstlich ist, werden ihre Augen ein klein wenig größer, und dann ist sie beinahe richtig schön.

»Nein, nein, das werden sie nicht«, sage ich klar. Besonders schön ist sie, wenn sie so ein wenig Angst hat. Ein Hund müßte hinter ihr her sein. Nicht zu wild. Aber auf ihrer Fährte. Und ich dann neben ihr. Die Wangen werden rot. Sie muß pusten. Das macht Spaß.

Vorsichtig nehme auch ich nun den Brief in die Hand. Sein Rand ist nicht schwarz bedruckt, aber es ist der Brief: Renate ist mit einem Schiff, das »Wilhelm Gustloff« hieß, in der Ostsee untergegangen.

Auf dem Schiff sollen über zweitausend Menschen gewesen sein, die alle untergegangen sind.

Kann ich glauben, daß das stimmt? Die Ostsee ist keine Mordsee, das haben wir schon auf der Schule gelernt.

»Die Renate konnte doch schwimmen«, sage ich.

»Ja«, sagt die Mutter.

»Sie schwamm – wenn wir nicht die kleinen Windwellen gegen uns hatten – unter Garantie besser als ich.«

»Das hat Kurt immer gesagt, wenn die beiden zum Baden gingen«, sagt die Großmutter, als ob ich nicht im Zimmer wäre. Die Großmutter hat geweint, aber sie kann aus dem Fenster sehen. Gestern haben wir das Ästeholz fortgeräumt, es ist alles zerhackt.

»Wie alt wäre das Renatchen jetzt?« werde ich gefragt. Das will ich gar nicht hören. Ich weiß es, aber was soll das. Ich hab ihr damals im Auto einen Kuß geben wollen. Und am Torweg habe ich ihr auch einen Kuß geben wollen, das sollte mein erster Kuß überhaupt sein. Hat sie ihrer Tante etwas davon gesagt? Oder ihrer Mutter? Das ist jetzt nicht mehr wichtig.

»Es ist gut, daß die Schwester Anna bei ihnen gewesen ist«, sagt die Mutter.

»Das war sicher gut, das Kind hat ja die Tante über alles geliebt.«

»Und es war so kalt«, sagt die Mutter. Das muß sie natürlich sagen. Sie friert dauernd. Sie kann am geheizten Ofen sitzen und frieren.

»Ja«, sagt die Großmutter und will meine Hand nehmen.

»Laß das nun ruhen, mein Kind.« Damit ist zweierlei

gemeint. Erstens, ich soll nicht soviel davon hören. Zweitens, die Mutter soll nicht weinen. Sie weint jetzt dauernd, weil der Vater nicht mehr schreibt, weil er nur die eine Karte geschrieben hat.

»Der Name des Schiffes ist ulkig«, sage ich.

»Ich kenne auch keinen, der so heißt«, sagt die Großmutter.

»Es war ein Flüchtlingsschiff. Sicher auch mit verwundeten Soldaten. Vielleicht haben sie es deshalb torpediert.« Die Mutter tritt an das Fenster. Wir wissen Bescheid, will sie aus dem Fenster sehen, tut sie das wegen der Tränen.

Dieses Fenster! Es könnte für uns in ein weites Land schauen oder zu einem Flüßchen hin. Es zeigt uns einen Kartoffelgarten. Der gehört uns nicht. Die beiden Tannen sind ein Trost. Die rechte ist etwas niedriger. Sie wird von der großen beschützt. Die Tannen sind wie Mann und Frau. Das sage ich der Mutter nicht. Manchmal schwanken sie, aber sie schwanken in gleicher Richtung.

»Das Renatchen war ein goldiges Ding.«

»Ja«, sagt die Mutter.

»Und sie wollte so gern meine alte Kette haben. Aber die konnte ich ihr doch nicht geben. Die war doch noch vom Vater.«

»Das hat sie auch verstanden«, sagt die Mutter. Sie wird jetzt nicht weinen. Sie muß nun der Großmutter klarmachen, daß sie nicht traurig sein darf, weil sie das Geschenk des Großvaters der Renate nicht geben wollte.

»Die Kette war ja wahrhaftig nicht wertvoll. Das waren die billigen Kettchen, die es damals gab, aber sie waren schön. Es war der durchsichtige, fast dunkelrote Stein.« Die Großmutter schaut mich an. »Der Großvater hatte ja kein Geld, als er von der Präparandenanstalt kam. Aber wir mußten uns gleich verloben.«

Jetzt hätte sie beinahe gelacht. Sie muß früher wie ein junges Mädchen ausgesehen haben, wenn sie gelacht hat.

»Präparandenanstalt, was ist das für ein Laden?« frage ich.

»Ja«, sagt die Großmutter. »Damals wurden die Lehrer noch vernünftig ausgebildet.«

»Weißt du, ich habe es dem Vater immer hoch angerechnet, daß er nie ein Wort darüber verloren hat, daß ich einen Tischler nahm«, sagt die Mutter. Und nun wird sie doch gleich weinen.

»Nein, Kind, das haben wir nie. Wie sollten wir das auch bei einem so lieben« – nun findet sie das Wort nicht – Kerl will sie sagen. »Sohn«, sagt sie. Die Großmutter legt ihre Hand auf Mutters Hand, und die Mutter kann jetzt still weinen. Und das soll ich nicht sehen.

Die Tannen stehen heute starr. Manchmal kann man da einen Vogel sehen. Der hat einen gelben Schnabel. Die Mutter kennt die Vogelarten genau. Ich frag sie jetzt nicht danach. Ihre Herzwassersucht ist fast vorüber. Sie darf zwar noch nicht zum Dienst gehen, aber sie geht doch zum Dienst. Die Großmutter meint, das sei gut gegen die Einsamkeit. Ich möchte wissen, was der Vater sagt, wenn er wüßte, daß wir die Platte von seinem Intarsientischchen hier vor uns haben, und wenn er wüßte, daß wir die wichtigsten Muster und Vorlagen mitgenommen haben.

»Der Onkel Wilhelm ist tot, und die Renate ist tot. Die Schwester Anna ist tot. Der Jean ist tot. Der Onkel Siegfried kommt garantiert nicht mehr. Das reicht«, sage ich in unsere Versammlung.

»Ja, das war ein Guter«, sagt die Großmutter, und wir wissen nicht, ob sie an den Onkel Siegfried oder an den Jean denkt.

Die Mutter lacht so ein bißchen, wenn sie an den Jean denkt.

»Weißt du noch, wie er sich immer gefreut hat, wenn ein Päckchen aus Orléans kam?«

»Und ob ich das weiß.«

»Er wartete, bis am Abend das Vieh versorgt war. Dann mußte der Wilhelm die Lampe mit dem Messingfuß holen, weil sie eine ähnliche in Frankreich hatten, und dann mußte der Wilhelm das Päckchen auspakken.«

Ja, das wissen wir.

»Und war der Jean vergnügt, wenn der Wilhelm die verschimmelten Käse auspackte und rief: O nein, o nein.«

Ja, das wissen wir.

Sie kann es sich aber heute noch nicht vorstellen, daß die Franzosen den verschimmelten Käse als Delikatesse betrachten und daß der Onkel Wilhelm den tatsächlich gegessen hat. »Nein, nein«, sagt sie.

»Sie essen sogar Käse von Ziegen und Käse, der in ausgekaute Weintraubenkerne eingepackt ist. Sie essen blaugrün verschimmelten Käse. Sie essen das Gehirn von Kälbern, das bei ihnen Ris de Veau heißt. Das hat mir der Jean selbst erzählt«, kann ich den beiden sagen.

»Ja«, sagt die Großmutter, und man muß denken, sie lächelt den Jean freundlich an, »die Franzosen sind Feinschmecker.«

Wir würden jetzt zu Jeans Käse nicht »puh!« sagen. Das würden wir mit Sicherheit nicht. Wir würden sogar sein Ris de Veau-Gehirn runterschlucken. Er aß das niemals in unserer Gegenwart. »Nur ein klein Froschschenkelchen, eine kleine Bein.« Hat er gelacht.

»Manchmal denke ich, er hat uns ausgelacht«, sage ich.

»Das hat er sicher«, sagt die Großmutter. »Das hat er. Er hat uns ausgelacht, weil wir so dumm waren.«

Was meint sie? Was will sie?

Ich frage nicht danach. Ich sage nur: »Der Führer kann nichts dafür, daß wir den Krieg verloren haben. Er hätte sich das nur besser überlegen müssen. Das alles.«

Aber die Großmutter will davon nichts hören. Ihr ist es nur wichtig, was der Jean gedacht hat, und das hat er bestimmt gedacht: Jetzt laufen sie dem Hitler nach, und damals sind sie unserm Kaiser Napoleon nachgelaufen. Immer hinein nach Rußland. Die Deutschen sind die dümmsten Nachläufer. Das wird der Jean gedacht haben.

Wenn wir hier noch lange sitzen, werden wir heute nicht mehr in den Wald kommen. Bei der Försterei bieten sie seit gestern Stubben zum Roden an. Wir haben nur keinen Keil.

»Wollte die Renate wirklich deine Kette haben?« frage ich.

»Aber sicher«, sagt die Großmutter. Und zur Mutter sagt sie: »Das Kind war sonst so bescheiden, aber in die Kette war sie verliebt.«

»Nun ist sie dort, wo die Bernsteinwälder sind«, sagt die Mutter.

»Wie redest du«, sagt die Großmutter. Sie möchte wohl, daß ich diesen Satz nicht gehört hätte.

Aber das stimmt. Dort unten liegt der schönste Bernstein der Welt. Dort leuchtet er. Wie Gold. Oder ganz dunkel. In großen Klumpen liegt er. Und er wird niemals gefunden werden.

»Nun ist sie eine Bernsteinprinzessin«, sage ich, denn ich weiß, wie es die Mutter gemeint hat. Vor Tausenden von Jahren sind unsere Wälder da versunken. In die Tiefe der See. Die Bäume bluteten. Ihr Harz wurde zu Bernstein. Jahrhundertelang liefen die Wellen darüber hin. Und dann warfen sie eines Tages den Bernstein auf das Land. Die Renate wird eine Bernsteinprinzessin, und der Jean wird auch ein Prinz. Und der Onkel Wilhelm.

Sie werden alle verwandelt. Prinzen gibt es viele. Und das alles ist Unsinn.

Immer geht der Gerhard Sonneberg neben Ursula zur Schule. Manchmal sieht sie mich so an. Aber gemeinsam steigen sie in die S-Bahn ein, und sie steigen gemeinsam aus. Der Gerhard Sonneberg hat eine braunlederne Aktenmappe in der Hand, die ist aus amerikanischem Büffelleder gemacht. Und spätestens zu Weihnachten wird er Ursulas linke Brust berührt haben, das hat er zu Arno Tessmann gesagt, und die ist über dem Herzen.

Unser Glied aber müssen wir in die Scheide einführen. Wenn wir das aber nicht können, müssen wir japanische Pillen schlucken. Die gab es früher überall, jetzt gibt es die nur im Westen. Die Amerikaner haben die japanischen Pillen in Lizenz hergestellt und ganze Schiffsladungen davon den Russen nach Wladiwostok geschickt und nach Murmansk, damit sie in die Scheiden der deutschen Frauen hineinkonnten.

Immer wenn ich Holz säge, geht der mit den schwarzen Schuhen am Zaun entlang. Ich gehe nicht hin zu ihm. Soll er nur herumschleichen. Soll er mir am Wald auflauern. Er wird nie mehr in seinem Leben unser Zimmer betreten.

Meine Säge ist eine reißende Gewalt. Die ratscht das Holz auseinander. Ich habe sie selbst geschärft, ich habe sie selbst geschränkt, ich kann das. Das grüne Holz tut mir nichts. Klemmen will es? Kein Gedanke. Und das trockene? Ratsch, knack, weg ist das.

Kam er und stand freundlich am Zaun. »Hallo!« sagte ich. Und ich erzählte ihm die Sache von seinen Fackeln. Sagte ihm, er müsse die restlichen verstecken. »Ich habe keine mehr«, gab er zur Antwort.

»Ist ja gut«, sagte ich, »alles in Ordnung.«

Er hatte am hellen Nachmittag wieder seine schwarzen

Schuhe an. Die Großmutter wird sich wundern: Einer, der noch nach der Schule in Schuhen herumläuft. Er aber ist kaum im Zimmer, schon fragt er: »Wo habt ihr den her?«

»Was heißt das: den? Das ist ein hochedler Tisch«, kann ich ihm sagen.

»Das glaub ich euch gerne. Das glaub ich euch gerne.«

»Die Intarsienarbeit hat mein Vater selbst gemacht. Er war Kunsttischler.«

Da staunt er. Und wenn ihn das interessiert, dann zeige ich ihm das Buch vom großen Meister Boulle. Der hat sogar mit Perlmutt und Schildpatt gearbeitet. »Wie, das glaubst du nicht? Frage die Großmutter.«

Die Großmutter will nur aus dem Fenster sehen. Sie weiß es aber genau, daß André Charles Boulle Tischlermeister bei Ludwig dem Vierzehnten war. Das will der mit den schwarzen Schuhen nicht wissen. Er hält uns vielleicht für blöd, daß wir an einen vierzehnten Ludwig glauben. Er sieht auf die Tischplatte hinunter, streicht vorsichtig mit seiner Hand darüber hin.

Das darf er.

»Weißt du«, sage ich ihm, »der Unterbau gehört eigentlich nicht dazu. Wir haben nur die Platte gerettet.«

»Aha«, sagt er. »Ich möchte wissen, woher ihr die gerettet habt.«

»Was willst du?«

»Ich möchte wissen, woher ihr die habt.« Er sieht sich im Zimmer um. »Ihr könnt mir doch nicht erzählen, daß ihr solch einen Tisch von zu Hause mitgebracht habt.« Er lacht so. »Das braucht ihr mir doch nicht zu erzählen.«

Will die Großmutter schreien? Oder kümmert sie das nicht mehr? Sie wird gleich lachen.

Lachen wird sie.

Blut soll aus deiner Nase fließen, du Schuhidiot! Und zerrissen wird dein Haar. Ja, man kann Haare zerreißen, das wußten wir noch nicht. Man kann Ohren blauknüllen, und man kann die Haare so zerreißen, daß sie wie Wirbelchen auf der Erde liegen. Reiß nur laut, meine Säge. Ich hab dich selbst geschärft. Das grüne Holz will nicht – das klemmt und saugt sich fest –, zerrissen wird es. Zerrissen die Kiefern, zerrissen die Birkenäste. Zerrissen die Russengesichter. Zerrissen all diese Hundsgesichter. Zerrissen, zerrissen, zerrissen.

III

Blacky kann so etwas. Ich möchte nur wissen, woher er den winzigen Hammer hat. Blacky hat schon viele Ringe gemacht. Spannt den Dorn in den Schraubstock. Mit leichten Schlägen gibt er kleine Mulden in das Messing.

»Ein Ring, der nicht gehämmert ist, was ist das?« fragt Blacky. Es ist so, als ob er nicht mich, sondern den Ring das fragt.

»Der taugt nicht viel«, sage ich.

»Ein Ring, der nicht gehämmert ist, ist ein gestanzter Scheiß«, sagt Blacky.

Er weiß es. Er könnte jedem Juwelier was erzählen. Er kann das. Es ist so: Die Lehrgesellen sind froh, wenn Blacky mal für sie arbeitet.

»Noch läßt er was sehen, noch glänzt er wie Gold, aber das hat sich bald«, sagt Blacky.

»Das weiß jedes Kind«, sage ich.

»Sollte jedes Kind wissen«, sagt Blacky.

Blacky findet es gut, daß ich einen solchen Ring nicht will. Er spannt den Dorn aus, legt den Messingring beiseite und sieht sich meinen Silberstahl an. Das ist ein schmaler Streifen, acht Millimeter breit, fünfzig lang – so viel brauchen wir –, zwei stark.

»Die richtigen Maße hast du«, sagt Blacky. Ich sage nichts dazu.

»Hättest auch drei Milli Stärke nehmen können, dann wäre das ein Brummer geworden.«

»Meinst du, daß wir ihn hinkriegen?« frage ich. »Ich bitte dich«, sagt Blacky. »Zur Not müssen wir ihn etwas warm machen.«

»Dann läuft er an.«

»Wenn er anläuft, schmirgeln wir ihn leicht und polieren ihn. Fertig.«

Blacky hat recht. Schmirgeln und polieren müssen wir ihn nach dem Löten sowieso.

»Aber nur ganz fein schmirgeln«, sage ich.

»Ist klar, Kurt«, gibt Blacky zur Antwort.

Es ist so: Rede mit Blacky kein Wort zuviel. Er ist ein Mann, der seine Arbeit macht. Er hat es gar nicht gern, wenn viel über seine Arbeit geredet wird. Und außerdem ist solch ein Ring reine Privatarbeit. Blacky hält nichts davon, wenn man über seine Privatarbeiten bei jeder Gelegenheit redet.

Jedes Kind weiß: Silberstahl dürften wir diesen Stahl nicht nennen. Gewiß, er glänzt wie bestens poliertes Silber, aber kein Gramm Silber ist darin. Er ist eine Chrom-Eisen-Legierung. Dieser Stahl rostet nie. Er glänzt und glänzt.

»Werden wir ihn löten oder vielleicht doch schweißen?« frage ich.

»Wen?«

»Meinen Ring.«

»Hartlöten ist bei dem doch in Ordnung«, sagt Blacky.

Ja, er kann mit seiner Arbeit zufrieden sein. Er redet nur nicht groß über seine Arbeit. Blacky ist kein Huhn, das jedes gelegte Ei begackert. Richtige Männer reden mit Sicherheit kaum über ihre Arbeit. Sie tun ihre Arbeit. Das ist alles.

Blacky hält den Messingring gegen das Licht.

»Zapponlack drüber«, sagt Herr Huckwitz.

Herr Huckwitz hat so eine Art, still zu uns zu kommen. Wir haben ihn wieder einmal nicht gesehen. Aber er ist kein Schleicher. Kein Gedanke. Herr Huckwitz schleicht nicht. Er kommt sacht. Und außerdem: Es ist Mittagspause, und wir haben kein schlechtes Gewissen.

»Zapponlack schon, aber Zapponlack hält nicht lange«, sagt Blacky. Blacky weiß Bescheid. »Und bei den Schweißpfoten der Mädchen ist mit Zapponlack nicht viel zu machen.«

Herr Huckwitz sieht uns freundlich an. »Wir können ihn ja nicht vergolden«, sagt Herr Huckwitz.

Nein, das können wir nicht. Aber Blacky sagt Herrn Huckwitz ruhig und klar: »Können schon, aber wir haben kein Geld dafür. Einfach in die Elektrolyse gegeben und rauf mit dem Gold«, sagt Blacky.

Blacky hat eine unheimliche Art, mit den Lehrgesellen zu reden. Er ist zu Herrn Huckwitz höflich, weil Herr Huckwitz original der beste aller Lehrgesellen ist, aber trotzdem, so wie Blacky redet niemand mit Herrn Huckwitz. Der hat nun mein Stückchen Silberstahl gesehen.

»Soll das auch ein Ring werden?«

»Ja«, sage ich.

»Aber du wirst ihn wohl nicht selbst tragen?« Herr Huckwitz lächelt.

»Niemals«, sage ich. »Es ist nur so«, sage ich. Herr Huckwitz sieht mich wie ein lächelnder Vater an, obwohl er bestimmt auch in dieser Minute Magenschmerzen hat. Er hat immer Magenschmerzen. Weil er aber trotzdem immer gleichzeitig freundlich sein will, ist sein Gesicht von Schmerzensfalten und von Lächelfalten zerknittert. Es ist zerkariert. Dieses Wort werden wir niemals laut sagen, aber es stimmt. Günter hat es erfunden. Nun ist es Herrn Huckwitz peinlich, daß er mich gefragt hat, und mir ist es peinlich, daß ich rot geworden bin. Denn ich bin garantiert rot geworden.

»Wollt ihr den kalt biegen?« fragt Herr Huckwitz.

»Wollen wir«, gibt Blacky zur Antwort.

»Und dann löten?«

»Ja«, sagt Blacky.

»Das könnte was werden. Ihr müßt ihm nur möglichst vorher die endgültige Rundung geben.«

Blacky sieht Herrn Huckwitz genau an. »Das haben wir natürlich vor.« Blacky hat garantiert schon über zwei Dutzend Ringe gebaut, und diesen macht er mit meiner Hilfe umsonst. Niemand braucht ihm etwas dazu zu sagen.

»Nach dem Löten auf dem Dorn nur vorsichtig hämmern«, sage ich, »das ist klar, Herr Huckwitz, das machen wir schon. Auf dem leicht konischen Dorn.«

Blacky sieht mich an.

»Was denn sonst?« fragt er. »Sonst frißt sich der Ring doch fest.«

Nein, wir sollen ihm nicht mit unnötigen Reden kommen. Aber Herr Huckwitz ist so schnell nicht fort. Er wiegt das kleine Stückchen Silberstahl in seiner Hand.

»Ihr müßt beim Löten vorsichtig sein«, sagt er.

»Ja«, sagt Blacky.

Jeder von uns weiß, es ist nicht gut, mit Blacky unnötig über seine Privatarbeit zu reden. Er wird dann plötzlich unberechenbar – spannt den Dorn aus, geht aufs Klo und raucht eine. Aber gegen Herrn Huckwitz wird Blacky nichts sagen. Er wird es ihm zeigen, daß wir diesen Stahl ganz bequem löten können.

Die Sirene höre ich jetzt gern. Ich will keinen Ärger mit Blacky haben. Herr Huckwitz legt den Streifen Silberstahl in meine Hand zurück. Ich verwahre ihn erst einmal in meiner Brusttasche. Und es ist so: Von Blacky bin ich nicht abhängig. Ich kann auch in die Schmiede gehen und den Ring schweißen. Muß mir nur eine dünne Elektrode nehmen. Wenn mir der Stahl schmilzt, habe ich Pech gehabt. Dann schneide ich mir ein neues Stückchen zu. Aber ich sollte es vielleicht einmal mit dem Schweißen versuchen. Und danach zu Blacky gehen. Ein neues Stückchen Silberstahl ist kein Problem.

Der Saft heißt Juice. Er sieht wie flüssiger, heller Honig aus. Winzige, fischige Schelberchen schwimmen darin. Die sind von den echten Apfelsinen.

»Du, Günter, dieser Juice – wieviel Apfelsinen werden sie in einem solchen Glas haben?«

»Eine halbe bestimmt.«

»Nur eine halbe? Eine wird das mindestens sein. Das ist doch kein dünner Saft. Das ist ein Juice«, sage ich.

»Ja, den macht ihnen keiner nach«, sagt Günter.

»Du«, sage ich, »wenn die drüben wüßten, was wir hier für dreißig Pfennige zu trinken kriegen, sie würden vor Wut in den Teppich beißen, wenn sie einen haben.«

»Die haben Teppiche«, sagt Günter.

»Und wo wir doch einfache Arbeiter sind.«

»Genau das«, sagt Günter.

Wir trinken hier diesen Juice, und wir werden noch ein zweites Glas trinken.

»Weißt du«, sagt der Günter, »ich hab es nie glauben wollen, daß der Hitler in den Teppich gebissen hat, aber es stimmt.«

»Richtig zugebissen wird er nicht haben.« Dieser Juice – wenn man den Mund spitzt, schlürft er sich unter dem rechten Augenzahn am besten weg. Langsam, langsam muß man ihn mit der Zunge holen. Und wer wollte was sagen – wir könnten mit Sicherheit noch ein drittes Glas trinken. Wir haben unsere Arbeit gemacht. Wir haben unseren Lohn empfangen. Und wenn wir so weitermachen, dann liefern wir in diesem Jahr noch nach Übersee. Die neuen Generatoren. Ich kann mir den Hitler in seiner Uniform auf dem Teppich nicht vorstellen. »Mein lieber Günter«, sage ich, »ich kann mir den Hitler in seinen schwarzen Hosen und seiner braunen Jacke auf einem Teppich nicht vorstellen.«

»Er hat sich richtig hineingekrallt«, sagt Günter, »wenn man den Historikern glauben darf.« Er will seinen Juice trinken.

»Die Historiker sind Wissenschaftler«, sage ich. »Aber ich kann es mir nicht vorstellen.«

»Irgendeiner muß es doch gesehen haben.« Günter hat von seinem Juice noch über die Hälfte. Er ist größer als ich, aber er kann sparsam trinken.

»Müßte wohl«, gebe ich zu. Die Amerikaner haben eine unheimliche Art, einen solchen Juice zu machen, und das kommt daher, daß sie diese riesengroßen Farmen haben.

»Du«, sage ich, »in Kalifornien soll es zwei Farmen geben, die größer als Berlin sind.«

»Garantiert«, sagt Günter. »Garantiert.« Er weiß das. Sein ältester Bruder war in amerikanischer Gefangenschaft.

»Und der dickste Hund«, sagt Günter, »die Amis haben eine Zahnpasta erfunden, die die Zähne total schützt. Kein grauer Zahnbelag. Keine Löcher mehr. Kein Zahnarzt.«

»Weißt du«, sage ich, »ich verstehe es garantiert, wenn einer sagt: Ich will aus der amerikanischen Gefangenschaft nicht entlassen werden.«

»Die Heimat zieht«, sagt Günter. Er zählt sein Geld. Er kann zufrieden sein, denn zu dem ersten Glas hatte ich ihn eingeladen, weil ich ihm das vom ersten Mai noch schuldig war.

»Wenn aber alle tot sind?«

»Wo denn?«

»Wenn aber alle in der Heimat tot sind?« frage ich den Günter noch einmal.

»Das weiß ein Kriegsgefangener doch nicht. Tote schreiben bekanntlich keine Postkarten.«

»Das hast du gut gesagt, Günter. Das hast du gut gesagt. Der Mann wüßte von nichts und würde nicht wiederkommen.« Das ist hier eine Sonne. Das ist ein Tag. Ein Oktoberwetter genau zum Baden. Aber wir sind müde.

»Der Hermann Göring muß ja wohl eine Ahnung gehabt haben«, sage ich und sehe mir mein Glas an.

»Wovon denn?«

»Er war der Reichsmarschall. Er hatte jederzeit Zutritt. Er hätte es wissen müssen, daß sich der Hitler auf den Teppich wirft.«

»Das war doch alles geheim, Kurt. Und wenn es auch ein paar gewußt haben – das war supergeheim.«

»Meinst du, daß sich so etwas geheimhalten läßt?« frage ich. Ich kann mir das nicht vorstellen. Beiß, beiß, und der Adjutant macht die Tür auf.

»Rübe ab«, sagt Günter. Er trinkt sein zweites Glas aus. Er legt den Kopf nach hinten und stößt es gegen die Zähne. »Die haben doch noch ganz andere Sachen geheimgehalten«, sagt er. »Mein lieber Kurt. Sie haben es jahrelang geheimgehalten, daß der Führer eine Eva Braun gehabt hat.«

»Das allerdings. Das muß ich zugeben.«

»Kein Schwein in Deutschland hat gewußt, daß der Führer eine Geliebte hat.«

»Ja, ja«, sage ich. »Aber wenn er den Krieg gewonnen hätte, hätte er das bestimmt allen bekanntgemacht. Er hätte sie sofort geheiratet.«

»Kann sein. Aber du mußt es zugeben: Kein Schwein hat davon gewußt.«

»Ja, ja«, sage ich.

»Es war eben so, es war ganz einfach: Wenn sich die deutschen Truppen wieder einmal abgesetzt hatten oder die Russen waren durchgebrochen oder die Amerikaner hatten Dresden zerbombt, dann bekam er einen Wutanfall.«

»Dagegen läßt sich nichts sagen«, sage ich.

»Dagegen läßt sich nichts sagen?« Günter will wohl noch ein Glas trinken. Das könnten wir. Wir haben unsere Arbeit gemacht. Wir können einmal im Monat drei Juice trinken. »Ich möchte wissen, ob der Nelson sich so verhalten hätte«, wird mir gesagt.

»Wer war denn das?« Das kann ich ruhig fragen. Günter war immer gut in Geschichte. Er hätte beinahe das Abitur gemacht.

»Der Nelson war ein englischer Seeheld.«

»Aha.«

»Ja. Der Nelson hat die französische Seemacht vernichtet. Der Napoleon saß mit seiner Grande Armée auf dem Festland angebunden. Die Engländer konnten ruhig schlafen.« Ich kann mich auf einen solchen Nelson nicht besinnen. Ich sehe mir den Juice-Verkäufer an. Der hat eine Boxer-Figur.

»Du«, sage ich, »dieser Juice-Mann denkt auch nur an seinen Juice und sonst gar nichts.«

»Der denkt an sein Geld, Kurt.«

»Aber vorher hat er für den Führer gekämpft.«

»Das haben sie alle.«

»Und jetzt wollen sie davon nichts wissen.«

»Genau.«

»Die Deutschen sind dumm«, sage ich.

»Sie wollen ihre Ruhe haben.«

»So kann man es auch sagen.« Ich aber sehe eine Baracke vor mir. In der steht ein großer Kartentisch. Davor ein Teppich. »Ich könnte es mir nur schwer vorstellen«, sage ich.

Wir gehen zu dem Juice-Verkäufer hin.

»Na, Jungs?« fragt der. »Wollt ihr noch einen?«

»Wir sind keine Jungs, wir sind Lehrlinge«, sage ich dem Mann. Das kann jeder sehen, unsere Hände sind beim besten Willen nicht ganz sauber zu kriegen. Auch mit Öl nicht. Und wenn, dann sieht man auf der Haut den leicht fettigen Schimmer. Den sieht man immer. Den sieht man an den Hosen, an der Tasche, in den Haaren. Der Juice-Mann hat keine Ahnung.

»Wo wird denn gelernt?« fragt er.

»Wir sind Siemens-Lehrlinge«, sagt ihm der Günter ruhig und legt seine Brieftasche auf den Tisch.

»Siemens-Halske oder Siemens-Schuckert?«

»Siemens-Schuckert«, laß ich den Günter sagen.

»Schwermaschinenbau«, sage ich. »Wir liefern in diesem Jahr noch nach Südamerika.«

»Das las ich in der Zeitung«, sagt der Juice-Mann. »Die ganz schweren Sachen, was?«

»Klein sind die Dinger gerade nicht«, sage ich.

»Klein sind sie nicht«, sagt Günter und sieht den Juice-Mann an.

Wir werden jetzt unseren dritten Juice nehmen. Denn es ist so: Wir können das. Und wir werden eines Tages in die Gewerkschaft gehen. Das werden wir. Und dieser Juice ist das Beste, was man sich denken kann.

»Du, Kurt«, fragt Günter und sieht sich sein drittes Glas genau an, »du läßt dir von Blacky einen Ring arbeiten?«

»Vielleicht«, sage ich. »Oder ich mache das selbst«, sage ich.

»Du hast doch deinen Stein.«

»Ja. Aber ein Ring ist auch gut.«

Günter habe ich alles zu verdanken. Er hat mich in den Jugendkreis geholt, und da ist Ursula. Das ist ein Wunder. Ich habe sie gefragt: »Und meinetwegen bist du wieder in den Jugendkreis gekommen?«

»Ja.«

»Wirklich meinetwegen?«

»Ja, Kurt.«

Sie sieht mich mit ihren wunderbar dunklen Augen an und sagt mir, daß der Pips es schlagartig gespürt hat: Jetzt ist sie für ihn verloren. So mußte es kommen.

Maschinenschlosser gegen Zahnarzt. Wer hat gesiegt? Zu Weihnachten hatte er einmal ihre Brust angefaßt – total überraschend, sie wehrte sich – und hat ihr gesagt: »Im nächsten Jahr hole ich dich.«

Er hatte leicht reden. Er ging auf das Abi zu. Aber nun ist alles gut. Das Abi hat er, aber es ist aus mit Pips. Ich bin nur ein Schlosserlehrling, aber mich liebt Ursula. Und im nächsten Jahr bin ich in der Gewerkschaft.

Komme ich am Freitag von der Arbeit, wartet sie am Bahnhof, gehen wir Hand in Hand. Alle können es sehen. Wenn ich meine Gesellenprüfung habe, werde ich in die Gewerkschaft aufgenommen. Und dann verloben wir uns. Ursula kann aus westlichem Grieß und solchem roten Pulver echte Marzipanrosen machen.

Gehen wir Hand in Hand. Immer sollte Ursula den wunderbaren Dirndlrock tragen. Der ist ein Geschenk von der Großmutter. »Großmutter«, hatte ich gesagt, »es gibt im Westen die besten Dirndlstoffe.« Und die Großmutter hat Geld umgetauscht.

Auf grünem Untergrund – leicht türkis – sind Feldblumen gedruckt. Kornblumen, Mohnblumen, Maßliebchen und Ähren. Ein Erntekranz. Dazu hat Ursula ein schwarzes Leibchen von ihrer Mutter bekommen. Auf das Leibchen ist etwa sechs Millimeter vom Rand entfernt eine Goldborte genäht. So ein Leibchen gehört zu den echten Dirndlkleidern. Im Westen haben sie die nun wieder, und Ursulas Vater sagt: »Das ist eine echte Wiedervereinigung, das Leibchen aus dem Osten, der Rock aus dem Westen.«

Kein schlechter Witz.

Wenn sich Ursula in diesem Rock dreht, ist er ein buntes Rad um sie herum.

Ursula wohnt in einem erstklassigen Haus. In dem darf ich nun auch sein. In dem bin ich, als ob ich schon immer da gewesen wäre. Vor dem Haus ist die weiße Pergola. Sie wird in jedem Jahr gestrichen. Aber Ursulas Mutter muß genau rechnen.

Das ist klar.

Ich bin aber nicht mehr arm. Nach jeder Löhnung bringe ich für jeden ein Stück Kuchen aus dem Westen mit. Auch für Ursulas Schwester. Oder Bücklinge. Keine Bücklinge sind so fett wie die westlichen. Ich habe auch das Buch von dem Ernst Wiechert geschmuggelt. Darüber sprechen wir abends im Jugendkreis. Der Ernst Wiechert kennt die Wälder, die ich kenne, genau. Er kennt den Widminner See. Aber er kennt auch die Menschen. Ich habe sie nicht gekannt. Ich habe alles geglaubt, was sie mir erzählt haben. Nun lesen wir: »Das Recht ist geschlagen worden, Christoph.«

Das war es.

So wird es gewesen sein.

»Er war gegen die Nazis?«

»Eindeutig war er gegen sie«, sagt der Pfarrer. »Er war sogar im KZ.«

»Damals waren wir Kinder.«

»Das ist nicht zum Lachen! Gott sei Dank, wir waren Kinder.«

»Gut, er war gegen die Nazis, war er aber auch entschieden für Christus?« fragt Ursulas Schwester.

Alle sehen den Pfarrer an. »Er war ein Nachfolger Christi mit Stärken und mit Schwächen, wie sie jeder Mensch hat.«

»Manchmal war er sicher auch feige.«

»Sicher war er manchmal feige«, sagt der Pfarrer.

Ursulas Schwester hat in ihrer Bibel ein erstklassig besticktes Lesezeichen. Schiff mit Kreuz. Das Kreuz schwimmt in dem Schiff. Sie mag es aber nicht sagen, von wem sie das hat. Vielleicht von der alten Lehrerin, die über ein Jahr in Ravensbrück war und die jetzt nur noch im Krankenhaus liegt. Der spielt sie auf der Flöte vor. Dann machen die Krankenschwestern die Türen auf. Aber das ist eigentlich verboten. Ursulas Schwester kann auch das Lied von der Blauen Blume spielen. Wir singen dieses Lied. Wir singen »Von den Bergen rauscht ein Wasser« und »In einem kühlen Grunde«. Wir singen »Schwarzbraun ist die Haselnuß« und »Abend ward, bald kommt die Nacht«.

Edeltraut hat ein Liederbuch. Wir schreiben uns die Texte ab. Wir singen diese Lieder und denken an das KZ Buchenwald. Dort hat der Ernst Wiechert unter einer Linde gesessen und an Goethe gedacht. Denn nur ein paar Autominuten entfernt, nur über einen Berg hinweg, hatte Goethe gewohnt. Oft, wenn er sich von seiner Arbeit erholen wollte, war er über diesen Ettersberg in den Buchenwald gefahren. Das wußte Ernst Wiechert, und daran mußte er jetzt denken. Jetzt war hier ein KZ. So muß sich jeder Deutsche schämen. Und es ist so geworden, daß wir nicht einmal Goethe begegnen könnten.

Gehe ich neben Ursula, verstehen wir das alles. Nur Christus wußte es schon immer, daß auch der beste Mensch zu allem fähig ist. Deshalb haben sie ihn auch ans Kreuz geschlagen, denn er hat es ihnen deutlich gesagt.

Ursula ist das schönste Mädchen aus unserem Jugendkreis. Und das Gerede von ihren nicht ganz geraden Beinen ist Unsinn. Das ist nur Neid. Wenn sie auch nicht die Mittlere Reife hat, sie ist klug genug. Sie hätte nie abzugehen brauchen. Sie hatte einfach keine Lust mehr, zur Schule zu gehen.

Ihr Haar ist blond. Und ihre Augen – ich möchte wissen, wann die nicht strahlen. Sie hat ein blaues Leinenkleid, das ist mit weißen Blüten bestickt. Ihre Mutter ist wohl nicht vergewaltigt worden. Unvorstellbar. Ihre Mutter ist eine befehlende Dame. Wenn ich meine Gesellenprüfung habe, ist alles anders. Ursula hat ihre Gesellenprüfung im Frühjahr, ich habe meine im Herbst. Die Schneiderinnen lernen früher aus. Eigentlich weiß Ursula schon alles, was eine Schneiderin wissen muß. Auch die plissierten Blusen machen ihr keine Schwierigkeiten mehr. Aber wer in einem Modeatelier lernt, erlebt jeden Tag etwas Neues. Immer muß etwas Neues für die Mode entworfen werden. Aus dem kleinsten Stückchen Stoff kann Ursula die besten Blusen machen. Aber es gibt nicht einmal vernünftige Knöpfe im Osten.

»Du, Ursula«, sage ich, »ich möchte es wirklich wissen, weshalb sie bei uns nicht einmal richtige Knöpfe haben.«

»Ja, das möchte ich auch wissen. Sie haben nur diese unmöglichen Holzknöpfe.«

»Sag bloß.«

»Und die färben ab! Du glaubst es nicht, wie die abfärben.«

»Das ist ein Witz.«

»Aber das ist so. Sie sagen immer, sie haben alles, obwohl sie gar nichts haben. Wenn die Chefin etwas bestellen will, ist nichts da.«

»Das ist ein Witz, wenn das nun nur Holzknöpfe sind, und dann färben sie auch noch ab.« Ist doch lächerlich. Und es ist vollkommen klar: Wir müssen auch unsere Knöpfe im Westen kaufen. Darüber wird nicht geredet. Das wird gemacht. Ein Mann soll nicht über Geld reden, sagt die Großmutter. Das wäre taktlos. Geht einer zum Beispiel in ein Gartenlokal, erkundigt er sich zunächst, was das Mädchen zu essen wünscht. Sie sagt es. Er winkt dem Ober. Der Ober kommt. Der Mann gibt die Bestellung auf. Das Essen wird gebracht. Beide essen. Und dann – erst wenn das Mädchen fertig ist, erfolgt die Abrechnung. Ein heimlicher Wink. Der Ober versteht. Er kommt. Leise sagt der Ober dem Mann den Preis ins Ohr. Bringt der Ober eine Rechnung, bringt er sie unter einer Serviette. Das Mädchen darf durch die Rechnung nicht belästigt werden.

»Woran denkst du?« will Ursula wissen

»Ich möchte mit dir in ein Lokal gehen.«

»Das ist aber nicht nötig.«

»Im Grunewald haben sie prima Lokale. Auch in Treptow. Im Grunewald haben sie ein Lokal, das ist aus einem Jagdschloß des Alten Fritz gemacht. Dort ist noch ein Tisch, an dem der Alte Fritz persönlich gesessen hat.«

»Glaubst du das?«

»Günter sagt es.«

»Wenn das stimmte, hätten die Russen den Tisch verbrannt.«

»Ursula, es ist vielleicht ein ganz einfacher Tisch, und die Russen kamen nicht auf den Gedanken, daß ein König an ihm gesessen haben könnte.«

»Vielleicht.«

»Ursula, du weißt, daß der Alte Fritz meistens nur in einem Feldbett geschlafen hat.«

»Das hast du mir erzählt.«

»Siehst du. Dann wird er es mit seinen Tischen auch nicht so großartig getrieben haben.«

»Das könnte sein.«

»Der setzte sich an jeden Tisch«, sage ich. »Der war nicht wie Ludwig der Vierzehnte. Nur auf Sauberkeit legte er höchsten Wert. Er liebte die Asseln nicht. Kam er in ein Quartier, mußten die Räume sofort geweißt werden.«

»Ja?« fragt Ursula, aber ich spüre, daß sie nichts fragen will. Nur mit mir nach Sanssouci fahren will sie. Plötzlich lacht sie. Sie kann es sich nicht vorstellen, daß der Alte Fritz mitten in seinem Schloß in einem Feldbett geschlafen hat, in so einem Klappding. »Ihr Männer seid doch verrückt«, sagt sie, aber das ist zärtlich gemeint. Ursulas Nasenflügel vibrieren richtig, wenn sie lacht. Ursula lacht oft. Sie kann über die unmöglichsten Dinge lachen. Dadurch wird das Leben fröhlich. Sie muß nicht die Mittlere Reife haben, um klug zu sein – wer das sagt, soll den Mund halten. Es ist klar, daß mich alle um sie beneiden. Nur ihre Locken. Die finde ich künstlich. Sie weiß aber nicht, wie sie es mit den Lockenwicklern anders machen soll.

Undankbar wäre es, da etwas zu sagen. Sie ist schön. Und sie ärgert sich schon längst, daß sie sich damals Pipsens wegen ihre Gretchenzöpfe abgeschnitten hat. Sie hat mir ihr altes Bild geschenkt. Ihre Zöpfe umgeben ihren Kopf wie ein Kranz.

Stundenlang küssen wir uns.

»War Friedrich der Große eigentlich verheiratet?« will sie wissen.

»Natürlich war er verheiratet. Aber seine Frau, das war die Braunschweigerin. Er liebte sie nicht.«

»Woher weißt du das alles?«

»Ich weiß sogar, in welchem Schloß er sie wohnen ließ. Aber das ist doch alles nicht wichtig, Ursula. Wichtig ist, daß er die Kartoffeln anzubauen befahl. Die Bauern wollten davon nichts wissen. Sie haben die grünen Knollen gegessen, oder sie haben die Kartoffeln den Schweinen vorgeworfen.«

»Wir sind froh, daß wir reichlich Kartoffeln haben.«

»Genau das, Ursula. Genau das. Jedenfalls: Die Bauern hatten keine Ahnung. Was blieb dem Mann übrig, er mußte sie zwingen. Er ließ anspannen. Und das hat mir nun mein Onkel Wilhelm erzählt: Er nahm seinen Koch mit. Zum nächsten besten Dorf gefahren. Dort auf den Hof des Schulzen. Ausgestiegen. Der Schulze verbeugt sich. Der Koch hebt ein Säckchen Kartoffeln aus dem Wagen. Der Alte Fritz hält dem Schulzen eine Kartoffel hin.

›Kennt Er die?‹

›Jawohl, Ihro Majestät.‹

›Und wo hat Er die?‹

›Wir haben sie an die Schweine verfüttert, halten zu Gnaden, Ihro Majestät.‹

›So, habt Ihr das?‹

›Die Schweine haben sie gern genommen, Ihro Majestät.‹

›Nun hör Er das!‹ sagt der Alte Fritz zu seinem Koch. Der macht einen Bückling und weiß Bescheid. Ergebnis: Der Schulze mußte vor allen Leuten, vor seinem ganzen Dorf eine Kartoffel essen. Weißgedeckt der Tisch. Butter und Salz dazu. Die Leute sahen sich das an. Und seitdem ist das ein Königsessen.«

Ursula gefällt das.

»Stundenlang könnte ich so mit dir gehen«, sage ich.

»Ich auch«, sagt sie.

Ich halte ihre Hand in meiner Hand. Ich mache das so: Sacht schließe ich meine Hand um ihre Hand, so daß ihre Hand ganz in meiner verborgen ist. Und mit meinem Daumen drücke ich vorsichtig von unten gegen ihre Hand. Kommen wir zu einem Bordstein, gebe ich leichten Druck. So führe ich sie. Sie braucht überhaupt nicht auf den Weg zu achten. Und wenn kein Mensch zu sehen ist, küssen wir uns.

Ich finde den Satz: »Daß du nur nicht deine Krone verlierst« nicht gut. Weshalb redet ihre Mutter so? Eine verständige Mutter sollte es allmählich wissen, daß von mir keine Gefahr droht. Aber dann träumt sie, und schon heißt es wieder: »Mir hat geträumt, mir hat geträumt.« Am nächsten Morgen wird Ursula beim Frühstück wieder feierlich angesehen: »Daß du nicht deine Krone verlierst!« Aber daß der Pips sogar Ursulas Brust heimlich berührt hat, an so etwas denkt heute niemand.

Küssen auf den Mund, das ist schließlich das Wichtigste. Wir fragen nicht nach dem, was war, wir küssen uns tausendmal.

»Was für ein Kleid soll ich mir zur Verlobung nähen?«

»Das ist mir gleich«, kann ich vergnügt antworten, denn ich habe Geld gespart. Ich habe mein selbstverdientes Geld, und es ist die reine Freude, Ursula so fest an mich zu ziehen.

»Kurt, mir bleibt die Luft weg«, sagt sie.

»Vielleicht rosa?« frage ich.

»Ich habe mir schon etwas überlegt«, sagt Ursula. Und lachen kann sie, wenn sie so etwas sagt.

Wir haben das Buch des alten Bischofs gelesen. »Im finstern Tal.« Günter hat es uns besorgt. Nun wissen wir es: Alles ist wahr.

Sie mußten den Führer umbringen. Sie hätten ihn schon vor dem Krieg umbringen müssen. Millionen Menschen sind in den Lagern gestorben. Millionen Russen wurden im Krieg getötet. Nun wissen wir, was das finstere Tal ist: keine Barmherzigkeit.

Ich gehe in die Ausstellung. Nach Feierabend. Es ist nicht voll. Die Schulklassen waren am Vormittag da. Auf einer Glasplatte liegt ein Kopf. Ach, denke ich, sie haben auch solche unheimlichen Puppen für die SS machen müssen.

»Das ist ein Schrumpfkopf«, sagt der Mann, der vor der Vitrine steht.

»Aha«, sage ich.

»Das ist die Hitze, weiter nichts«, sagt der Mann. Er

zündet sich eine Zigarette an. Das ist hier bestimmt verboten.

Ich aber weiß nun, welche Hitze das gewesen sein muß. Der Kopf sieht lebendig aus. So, als ob er schreien will und auch in eine weite Ferne blickt. Maßstabgerecht durch die Hitze verkleinert. Ein uraltes Kind.

Der Mann raucht ruhig. Er sieht sich den Kopf an, wie man sich eine Blume ansieht. »Ich war damals in Norwegen«, sagt er.

Der Schrumpfkopf ist aus Treblinka.

»Ich habe nur von Buchenwald, Ravensbrück und Auschwitz gehört«, sage ich zu dem Mann.

»Das reicht leider nicht«, sagt er.

Ich aber muß an die Liliputaner denken, die beim Kaufmann Wilnat einkaufen gingen. Lachten wir sie aus, jagte er uns aus dem Laden. Die Liliputaner waren nicht einmal halb so groß wie die erwachsenen Menschen, aber sie hatten völlig erwachsene Gesichter und erwachsene Kleider an.

»Bist du von der Schule hier?« will der Mann wissen.

»Nein«, sage ich. »Nur so.«

»Schon in der Lehre?«

»Ja«, sage ich. »Maschinenschlosser. Bei Siemens.«

»Schwermaschinen?«

»Genau«, sage ich. »Ich war froh, daß ich diese Stelle bekam. Aber später werde ich vielleicht noch Tischler lernen.«

»Tischler?«

»Ja, weil mein Vater Tischler war.«

»Du könntest ja den Modelltischler machen. Das schlägt in dein Fach. Die brauchen in jeder Gießerei solche Leute.«

»Das weiß ich. Aber ich wollte eigentlich Kunsttischler werden.«

»Du machst mir Spaß«, sagt der Mann. Er legt die

Hand auf meine Schulter. »Laß die Finger davon.« Er sieht mich ernst an. »Wenn du ein guter Schlosser wirst, hast du dein Essen, hast du dein Auskommen.«

»Das stimmt«, sage ich.

Er sieht über meine Schulter. »Niemand weiß doch, was denen noch einfällt.«

»Das stimmt«, sage ich noch einmal. Wen meint er? Die Russen? Die Amerikaner? Eines Tages bauen sie neue KZs, eines Tages fangen sie einen neuen Krieg an.

»Die Welt ist verrückt«, sagt der Mann. »Ich war damals dort oben. Der Dietl war unser Chef. Bei dem wäre so etwas nicht möglich gewesen. Aber wer weiß?«

»Ja, ja«, sage ich. Ich möchte am liebsten nicht hier sein. Mit Ursula sollte ich vielleicht einmal hierher kommen. Der Schrumpfkopf sieht aus, als ob er blonde Haare gehabt hätte. Und das verstehe ich überhaupt nicht: Die Haare sind ja noch dran. Nur über den Augen ist es anders. Vielleicht ist es so: Sie haben befohlen, dem Kopf neue Haare einzupflanzen. Abgeschnittene Judenhaare. Pieks an Pieks. Oder er ist schlagartig zusammengeschrumpft, so schnell, daß die Haare nicht verbrennen konnten. Ist das möglich? Die Lippen sehen so aus, als ob sie gerade noch etwas getrunken haben, und dann schrien sie.

Ich renne aus diesem Bau. Ich renne zum Bahnhof Bellevue. Ich stehe eingekeilt in dem übervollen Zug. Ich laufe die Treppen rauf. Holt Ursula mich nicht ab?

Nein.

Ich laufe zu Ursulas Haus. Sie kommt mir entgegen.

»Was war in der Ausstellung?« fragt sie.

»Sie haben uns Sachen gezeigt –.«

»Das kann ich mir denken.«

Fragt sie: »Haben diese Hitze die Nazis, die Russen oder die Amerikaner gemacht?« Weiß ich, wer diese Hitze gemacht hat.

Und die vielen Schuhe.

»Millionen Schuhe!«

Schuhberge.

Auch Kinderschuhe.

»Alles fotografiert!«

»Weshalb sie's auch noch fotografieren mußten?«

Aus den langen Haaren der Frauen Pullover für die Soldaten gemacht. Auf die Spinnmaschinen als Wolle gegeben.

»Aber wir fahren heute noch zum Summter See.«

»Ja, das tun wir.«

»Ich ziehe mir auch meinen neuen Rock an.«

»Schön wäre es.«

»Im Ernst.«

»Ist deine Mutter nicht da?«

»Du hast es erraten.«

Ja, so ist Ursula. Sie läßt sich nichts verbieten, wenn ihre Mutter nicht in der Nähe ist. Sie nimmt mich sogar in den Keller mit, wo unheimlich viel eingeweckte Erdbeeren sind. Die sehen wie graue Steinkügelchen aus, schmecken aber bestens.

Gut für uns.

Oder wie Kröten hinter Glas und total unappetitlich.

Gut für uns.

»Ich sage dir, alle, die das gemacht haben, müßten mit dem Kopf voran in die Öfen geschoben werden.«

»Das denke ich auch«, sagt Ursula und reißt mit einem Kwutsch ein Glas auf. »Nur die ganz kleinen Nazis nicht«, sagt sie.

»Die ganz kleinen sicher nicht«, gebe ich ihr sofort zur Antwort. »Die ganz kleinen können nichts dafür. Sie haben meistens das Gute gewollt.« Es ist klar, daß Ursula da an ihren Vater denkt. Der hatte nur das Abzeichen. Und das steckte er nur an, wenn es sein mußte. Das findet niemand. Hinein in die Jauchegrube und fertig.

Diese Erdbeeren schmecken wie westliche Apfelsinen, wenn man sie mit geschlossenen Augen ißt.

»Weißt du«, sage ich, »auch mein Onkel Wilhelm wäre beinahe Ortsbauernführer geworden. Er war heilfroh, daß sie ihn nicht genommen haben.«

»Warum?«

»Er hätte den Bauern die unmöglichsten Sachen befehlen müssen. Zum Beispiel: Ihr dürft den Gefangenen nicht das gleiche Essen geben, das ihr eßt.«

»Na und?«

»Ursula, seit Jahrhunderten haben auf den Höfen dort die Bauern und die Leute gemeinsam gegessen. Und die Fischer? Bei denen war das nicht anders.«

»Ist ja klar«, sagt Ursula. Sie wischt sich mit einem sauber geplätteten Taschentuch ihren Mund. Sie hat einen Beutel mit solchen Taschentüchern. Der hat eine Schnalle aus echtem Perlmutt. »Vielleicht lebt er noch?« fragt sie.

»Wer, der Onkel Wilhelm?«

»Das könnte doch sein. Ihr wißt doch nicht genau, wo er geblieben ist.«

»Wir wissen, daß der Jean tot ist, und wo Jean war, war Onkel Wilhelm. Und umgekehrt«, sage ich.

Aber natürlich, wo das war – ob sie auf dem Treck überrollt wurden oder ob sie mit dem Prahm untergegangen sind –, wer weiß das. Sie hatten gute Pferde. Wahrscheinlich sind sie bis zur Nehrung gekommen. Vielleicht sind sie auch noch auf einen Prahm gekommen. Wir sollten zum Summter See fahren. Die Reifen sind in Ordnung. Ich fasse an meine Brusttasche, Ursula wird sich freuen.

»Weißt du, Kurtchen«, sagt sie, »zum Summter See könnte ich immer fahren.« Manchmal darf sie Kurtchen sagen. Das ist erlaubt, denn das ist bei ihr ein reiner Zärtlichkeitsname.

»Welchen Weg nehmen wir, den Birkenweg oder den Waldweg?«

»Den Birkenweg«, sagt Ursula, und das ist klar, unter den Birken können wir besser nebeneinander fahren. Auf dem Waldweg gibt es, sobald nur drei Tage die Sonne scheint, kleine Sandkuhlen. Das Vorderrad schwimmt, und Ursula muß absteigen. Sie muß sich mit ihrem neuen Rock vorsehen. Und dann ruft sie, ich soll nicht »Kuhlchen« sagen, das sei zum Lachen. Aber »Kurtchen« sagt sie. Fahren wir unter den Birken. Die sind noch jung, es wäre unsinnig, sie zu fällen. Wenn die Berliner gekonnt hätten, wie sie wollten, hätten sie die Birken abgeholzt. In ihrem Tiergarten haben sie jeden Baumrest und jeden Strauch abrasiert.

Wenn Ursula vor mir herfährt, weht ihr Erntekranzrock wie eine Fahne. Das sage ich ihr. »Ursula, dein Rock sieht wie eine lustige Fahne aus.«

»Ja?« fragt sie und freut sich, und ihre Augen glänzen.

»Wie eine bunte Fahne«, rufe ich laut. Das soll dieser Birkenweg hören. »Das ist mir die liebste Fahne. Weißt du, Ursula, alle diese Fahnen, die wir hatten, und zuletzt haben sie uns die verboten. Das ist ein Blödsinn in Deutschland mit den befohlenen und verbotenen Fahnen. Ich kann nur sagen: Dein Rock, der ist mir die liebste Fahne!«

Sie lacht. »Ich möcht das Land sehen, in dem Blumen Fahnenzeichen sind.«

»Ich auch. Die Japaner haben die Chrysantheme.«

»Schön.«

»Was brauchen wir Fahnen«, rufe ich laut, »wenn wir deine Korn- und Mohnblumen haben?«

»Kurtchen, du bist süß!« ruft Ursula mir zu. Kräftig tritt sie in die Pedale. Sie will bald am Summter See sein. Sie hat einen Badeanzug, der ist aus westlicher Wolle gestrickt. Der wird heute ausprobiert. Butterblumengelb mit einem braunen Streifen oben am Hals. »Du bist süß« hat zu mir noch niemand gesagt. Das durfte zu mir vielleicht die Mutter in frühester Kindheit sagen. So, wie das bei den Kindern üblich ist.

»Du«, rufe ich, »der Hitler hat seine besten Männer in den Gefängnissen verkommen lassen.«

»Das hat der Kaiser Nero auch getan.«

»Das stimmt. Aber wer versteht das? Sieh mal, der Hitler wollte einen Krieg gewinnen. Und dann vernichtet er seine besten Soldaten.«

Ursula will jetzt davon nicht reden. Sie ist bald eine gelernte Damenschneiderin. Und eine Kundin hat ihr gesagt: Weißt du, mein Kind, die KZs haben die Kommunisten erfunden. Diese Kundin ist eine Lügnerin. Aber deren Mann wurde auf dem Tempelhofer Feld bei einem Abtransport erschossen. Der sollte bis nach Sibirien gehen. Eine wütende Lügnerin.

Der Günter sagt, viele Widerstandskämpfer waren, als sie noch junge Offiziere waren, von Hitler begeistert. Später war das anders. Und noch später fragten sie sich, ob Gott für ihn sein könnte. Da wußten sie, was sie zu tun hatten, und wurden mutig.

»Du, Ursula.«

»Ja.«

»An Fleischerhaken wurden sie aufgehängt. Und der Hitler hat sich einen Film von ihrer Aufhängung zeigen lassen.«

»Wahnsinn!« ruft Ursula. Sie will heute schnell zum Schwimmen fahren. Das will ich genauso. Wer wollte das nicht. Wer wollte nicht bei dieser glitzernden Hitze schnellstens zum Baden fahren.

»Das waren unsere besten Leute«, rufe ich.

Vorsichtig fasse ich meine Brusttasche an.

Dies ist nun ein einziger Lobgesang: Ich weiß es nun für immer, daß Ursula nichts gegen meinen Wirbel hat.

»Weshalb schneidest du dir die Haare in der Stirn immer so kurz?« hat sie mich gefragt.

»Ursula, du weißt es.«

»Dein Wirbel stört mich überhaupt nicht, Kurt.«

Ich sehe sie voll an. Sie ist das schönste Mädchen, das ich kenne. In ihrem Gesicht ist nur Freundlichkeit. Sie lacht mich kein bißchen aus. Aber weiß sie, wie ich in Wirklichkeit mit dem Wirbel aussehe? Ich könnte ihr das Bild von der Konfirmation zeigen. Ich danke dir, Ursula, ich danke dir sehr.

»Du hast keine Ahnung, Ursula, wie ich mit dem Wirbel aussehe.«

»Ich kann mir das schon vorstellen: ein goldener Stern über der Stirn.«

»Ein goldener Stern über der Stirn? Ursula, ich sollte dir einmal mein gerettetes Bild von meinem Schulanfang zeigen, da hast du ihn.«

»Gern.« Ursula sieht mich immer noch ernst und freundlich an. »Ja, gern, Kurt.«

»Ich weiß nicht, wo die Mutter es hat. Aber der Wirbel hatte nicht einmal unter der Matrosenmütze Platz. Und die Matrosenmütze war extra für den Wirbel gekauft worden.«

»Ja, ja«, sagt Ursula. »Er wird bestimmt wie ein goldener Stern aussehen.« Und sie lacht. Aber sie lacht mich nicht aus.

Das ist eine freundliche Erfindung. Aber jedes Kind weiß, mein Wirbel hat mit Gold nichts zu tun. Wahrhaftig nicht. Das ist eine freundliche Lüge. Aber es könnte ja vielleicht wirklich so sein, daß Ursula der Wirbel – auch wenn er richtig rauskommt – nicht so sehr stören würde. Wenn sie die Bilder gesehen hat und nichts sagt, könnte ich den Wirbel vielleicht wieder etwas kommen lassen. Ich schaue Ursula an. Weiß sie, wovon sie redet? Sie weiß es.

Der Hans Buttgereit sprach von der Fliegenbremse. Bremsenkurtchen haben in der zweiten Klasse fast alle gesagt. Hatte ich es dem Mornigkeit gegeben, haben sie nur noch Bremsi gesagt. Dann ließ das etwas nach. In Berlin haben sie Blonde Blüte gesagt. Ursula weiß das. Nicht ein einziges Mal hat sie diese Bezeichnung ausgesprochen. Aber sie weiß Bescheid. Ich sehe sie von Herzen an. Wer möchte ewig solch kurzes Haar tragen? Ich vielleicht? Ich wollte es schon einmal ausprobieren, ob der Wirbel sich im Alter etwas verwachsen würde. Das wollte ich.

Fahre ich morgens zur Arbeit, kann ich, wenn es geregnet hat, auch im Sommer durch das Kiefernwäldchen fahren. Die Sandkuhlen sind dann kein Problem, und wenn es länger geregnet hat, sind die Sandkuhlen zu einem festen Asphaltweg geworden. Die Kiefernwurzeln sind leicht zu umfahren. Die Kiefernwurzeln kenne ich auswendig. Rase ich auf eine Wurzel zu, reiße ich das Rad herum.

Noch im Gefängnis hat der Bischof vielen Menschen helfen können. Auch den Kommunisten, die dort hart rangenommen wurden, hat er geholfen. Jetzt vergessen sie das. Jetzt wollen sie das nicht wahrhaben. Sie sagen: Wir! Wir sind die Widerstandskämpfer gewesen.

Wer glaubt ihnen das?

Manchmal muß man ja denken, daß Ursulas Brust nicht ganz halbkugelförmig ist. Aber wer glaubt denn, daß das Gerede von den halbkugelförmigen Brüsten eine Wahrheit ist? Die gibt es nur auf den alten Bildern. Ich fliege über eine Wurzel hinweg, und – das Rad fängt sich ab!

Auch in Griechenland werden die Brüste der Milofrauen nicht immer halbkugelförmig ausgesehen haben.

Aber sie sind auch nicht spitz. Spitz sind Indianerfrauenbrüste. Die Schweine haben auch spitze, das weiß jedes Kind, weil die total nach unten hängen. Bei Ursulas Brüsten wird es so sein: flachrunde, weiche Milchbrötchen. Wie sie sie im Westen haben. Seitlich genau an ihrem Badeanzug zu erkennen.

Fahre ich an diesem frühen Morgen zur Arbeit, muß ein Christ in der S-Bahn seinen Platz anbieten. Über zwei, drei Stationen darf ich sitzen bleiben. Aber dann wird es unweigerlich voll. Aufgerissen die Tür, und herein drängen sie. Ich sehe es durch die fast ganz geschlossenen Augen: Kein Platz mehr frei. Es ist klar, daß ich aufstehen muß. Oder ich tue so, als ob ich fest schliefe. Das ist keine Kunst. Aber es ist eine Lüge. Wer möchte nicht gern Ursulas Brust anfassen? Aber dann würden mich die Arbeiter verachten. Weil ich sie noch nicht heiraten kann. Nur der Forster würde mich nicht verachten. Aber wir müssen um unsere Reinheit kämpfen. Ursulas Eltern haben auch um ihre Reinheit gekämpft. Ursulas Vater ist prima. Er mußte damals die Sache durchstehen. Wir dürfen die Reinheit der Mädchen nicht gefährden. Ursulas Mutter hat einen Prediger gekannt, der hat ihr gesagt: Der Anblick eines unbekleideten Frauenarmes habe ihm in der Jugend Qualen bereitet. Das ist der Kampf, den wir alle kämpfen müssen. Und wenn man den nicht richtig kämpft, sehen sie einen im Jugendkreis so komisch an. Bei Ursula und mir ist es klar. Ich sage: Man muß sich entscheiden.

Fahre ich zur Arbeit, schlafe ich manchmal richtig. Um fünf Uhr zehn geht unser Zug. Es ist der zweite Zug. Jeder Arbeiter weiß, daß ich wirklich müde bin. Wenige Lehrlinge fahren durch die ganze Stadt, müssen vom Osten bis weit in den Westen fahren. Die meisten, die im Westen arbeiten, wohnen dichter an der Grenze. Habe ich einen Sitzplatz, kann ich ja fest eingeschlafen sein.

Und die Arbeiter sind in ihrer dunklen Kleidung wie eine warme, dichte Mauer um mich. Sie wollen, daß ich fest schlafe. »Du willst aufstehn? Das laß man.«

Wir fahren zu unserer Arbeit. Unsere Firma hat eine Drehbank gekauft, die hat eine Million Westmark gekostet. Das glaubt niemand. Und damals hatten die Russen alle Maschinen aus den Hallen geholt. Das waren über eintausendsechshundert Maschinen. Das weiß jeder. Die Millionenbank ist grün gestrichen. Die grüne Farbe ist eine freundliche, sie soll uns zur Arbeit Lust machen. Alle Maschinen sollen später einmal grün gestrichen werden. Auch die alten Hobelmaschinen in der Lehrwerkstatt. Ich kenne den Arbeiter genau, der an der Millionenbank steht. Er war früher Lehrgeselle. Jetzt ist ihm diese Drehbank anvertraut. Er wirft den Motor an. Er fährt sacht mit dem Stahl an die Welle heran. Die wollen sie für einen Generator haben. Reichlich muß das Bohrwasser fließen. Aber auch nicht zu reichlich, denn dann kann er nichts sehen.

»Haben Sie manchmal Angst?« frage ich.

»Warum?« fragt er. Er sieht nur auf den Span. Der reißt nicht ab. Das wird ein ausgezeichneter Spanfluß durch einen vorbildlich geschliffenen Stahl.

»Ich meine nur, daß Sie sich manchmal bei diesem teuren Ding gar nicht besonders fühlen?«

»Das kannst du ruhig laut sagen.« Aber er lacht. Wir sind eben Arbeiter.

Ist der Günter etwa neidisch, weil Ursula mich liebt? Ich habe ihm den Anfang zu verdanken. Ohne ihn wäre ich nicht in den Kreis gekommen. Immer möchte ich mit Ursula am Summter See allein sein. Dort eine Hütte bauen. Und sie hat ihren westlichen Badeanzug an. Andere Mädchen haben auch westliche Badeanzüge. Die kümmern uns nicht. Wir nehmen unsere Bibeln und etwas Geschirr mit. Einen Topf. Zwei Teller. Und etwas zum Anziehen: warme Kleidung. Und wir wären verheiratet.

Ja, das kann ich mir denken. Schweinisch ist der rothaarige Krosegk. Er sagt: So etwas macht man in drei Minuten. Ich möchte wissen, was er da in Wirklichkeit macht.

Stundenlang möchte ich in dieser Dunkelheit fahren, die Arbeiter um mich. In ihren Gesichtern ist ein Schlaf. Den kann man auch mit offenen Augen haben. Und an Ursula denken. Und an den Widminner See.

Ursula, wann werde ich dir den Ring geben? In meiner Brusttasche wartet er.

»Hallo«, sagst du. Du hast ein grünes Leinenkleid an, das ist bedruckt mit kleinen schwarzen Hirschen. Diesen Stoff gibt es jetzt im Westen. Deine Augen sind zwei Befehle für mich: Auf ihre Wimpern soll ich sie küssen! Wie die Unteroffiziere es früher befohlen haben. Aber ein Soldat werde ich nie werden. Das ist uns für immer verboten. Und das ist gut so.

»Du«, sage ich, »deine Augen sind meine kleinen Unteroffiziere. Die kommandieren mich.« Und ich küsse sie und rede wie aus den vergangenen Zeiten.

»Werden wir auch Kinder haben?«

»Aber Ursula – wir werden sicher auch Kinder haben. Die Kartoffelschalenzeit ist allmählich vorbei. Auch Milch gibt es schon frei im Osten. Oder wir könnten uns eine Ziege halten.«

»Ob Ziegenmilch für die Kinder gut ist?«

»Ziegenmilch ist sehr gut. Das hat mir schon mein Großvater erzählt. Er kannte den Heinrich Pestalozzi. Der war der berühmteste Lehrer Europas. Und der Pestalozzi ist mit Ziegenmilch groß geworden.«

Du lachst?

Und wenn deine schwere Stunde kommt, muß Gott dich behüten. Alle haben uns beide angesehen, als die

Geschichte von der Geburt im Jugendkreis vorgelesen wurde. Ich dachte, niemals liest der Günter die vor, aber er las sie.

»Mußten wir die Augen niederschlagen, Ursula?«

»Mußten wir nicht.«

Kommt die Stunde der Niederkunft mit den kreißenden Wehen. Läuten die Glocken vom Kirchturm, denn gleich soll der Gottesdienst beginnen. Der Pfarrer hat sich schon seinen Talar angezogen. Stöhnend liegt vor ihm seine Frau. Denn sie ist darniedergekommen. Ja, gerade in dieser Stunde. Und ein Telefon ist nicht vorhanden. Denn so ist das: Die Kommunisten haben nicht das geringste Interesse, einem Pfarrer ein Telefon zu geben, weil er sie an die Freiheit erinnern muß, und die Nazis haben nicht das geringste Interesse daran, einem Pfarrer ein Telefon zu geben, weil er gegen die Vernichtung der Kommunisten in den Konzentrationslagern ist. Seine Feinde können sich nun freuen: Die einzig geliebte Frau liegt auf ihrem Lager und windet sich. Und die Glocke ruft. Die Hebamme sollte längst hier sein. Was wird der Pfarrer tun?

Die Glocke läutet mahnend. Was wird er zu tun haben? Er weiß es. Er zögert. Da hört er ganz leise, von Schmerzen zerquält, die geliebte Stimme: »Du weißt, was du tun mußt.« Stockend kommt das aus dem Munde.

Und er geht in seine Kirche. Geht zu den Menschen, die auf ihn warten. Zerreißt ihr weißer Leib, wird der Herrgott ihn nicht verlassen. Er muß jetzt in seiner Kirche sein. Das ist seine Pflicht. Die Leute in ihren Kirchbänken fragen sich, weshalb ist er heute so ernst? Sie wissen noch gar nichts. Bald muß er seine Predigt an zwei Gräbern halten. An einem großen und an einem kleinen. Aber er hat seinen Auftrag erfüllt.

Fahre ich in dieser Mauer aus dunklen Körpern. Ursulas blondes Haar – wäre es nicht aus diesen baumelnden Locken gemacht, wäre es eine Haarkrone. Manchmal sinkt mein Kopf meinem Nachbarn auf die Schulter. Alle sehen es dann, daß ich fest schlafe. Und sie denken: Schlaf du nur, schlafe und denke deine Gedanken mit geschlossenen Augen. Das größte Wunder ist, daß Ursula meinen Wirbel anerkennt. Das ist ein Wunder Gottes.

»Hast du ihr denn nicht deinen Stein gezeigt?« fragt Forster.

»Klar habe ich das.«

»Und was hat sie gesagt?«

»Sie war begeistert.«

»Ist ja auch klar. Und ihre Alte?«

»Ihre Mutter fand den Stein auch nicht schlecht.«

»So sind die Weiber«, sagt Forster, »sie wollen was sehen.«

Und er sagt, ich sei ein Idiot gewesen, daß ich den Ring geschweißt habe. Das ist mir inzwischen auch klar, daß sogar der Forster recht hat.

»Schlaglot MsL 54 nehmen«, sagt Forster.

»Ja«, sage ich, »ich hätte auch hartlöten können. Aber was geht dich das an?«

»Schon gut«, sagt Forster.

Einen neuen Ring muß ich machen, der Ursula dann auch genau paßt. Aber ihre Mutter hält nicht viel davon. Sie sagte: »Es ist doch nur Eisen.«

Ich habe ihr klar gesagt: »Das ist kein einfaches Eisen, das ist ein hochwertiger Edelstahl. Der rostet nie. Genau wie Gold.« Das wollte Ursulas Mutter nicht glauben. Ich habe gesagt: »Dieser Stahl ist wichtiger als Gold! Ohne solchen Stahl wäre unsere moderne Technik nicht möglich.«

»Der Krieg auch nicht«, hat Ursulas Schwester gesagt. Ursulas Schwester ist schlagfertig. Ich verstehe nicht, weshalb sie gegen mich schlagfertig sein muß. Ich kann ihnen allen sagen: »Im Westen werden neuerdings sogar beste Messer, Gabeln und Löffel aus solchem Edelstahl gemacht. Solche Bestecke, wie man sie zu Verlobungen und Hochzeiten verschenkt.«

Sie haben es nicht geglaubt.

Forster ist kein guter Schlosser. Das weiß jeder. Aber er ist sonst in Ordnung. Er wird nie feilen lernen. Er kriegt keine Fläche gerade. An der Drehbank rast er mit dem Stahl in das Futter, und der ganze Kasten steht mit einem Krach still. In der Schmiede verbrennt er den Stahl. Das liegt daran, daß er immer etwas aufgeregt ist. Man sieht es an seinen Augen. Sie können nicht ruhig blicken. Und seine Hände kann er auch nicht ruhig halten. Außerdem hat er Locken. Die nervösen Menschen sollen alle Locken haben. Günter hat das in einem Psychologiebuch gelesen. Sie sind auch in der Liebe schnell, und deshalb sind auch manche Frauen wild auf sie. Das sind nur ganz bestimmte Frauen. Auch der Albert Einstein hat solche Locken damals, als er noch in Deutschland war, gehabt. Sieht man sich heute dessen Haare an, muß man sagen, sie sind struppig. Sieht man genauer hin, kann man sagen: Der Einstein ist ein Wirbelmensch. Und genau das könnte man auch von dem Albert Schweitzer sagen. Wirbelansätze zu beiden Seiten der Schläfen hat er.

Die beiden Alberts.

Der Forster ist aber in Ordnung. Er verleiht alles. Von der Schublehre angefangen bis zum Haarlineal. Günter hat er sogar seine Mikroschraube geliehen. Günter sagt, wir dürfen den Mann nicht ausnutzen.

»Ja«, sagt der Forster, »ich mache dir einen neuen Ring.« Ausgerechnet er sagt das.

»Aber wir sollten doch lieber Messing nehmen«, sagt er.

»Ist schon gut«, sage ich. Ich werde nie Messing nehmen. »Einen Messingring kann jedes Kind bauen.« Das hätte ich nun nicht sagen dürfen. Der Forster lächelt so, als ob er sich für mich entschuldigen müßte.

»Ich muß das selbst ausprobieren«, sage ich.

»Ist schon klar«, sagt Forster.

In der ersten Zeit hat er immer nur okay gesagt. Als wir ihn dann »Mister Okay« riefen, hat er sich das abgewöhnt. Die Amerikaner haben ihn bei Cherbourg fertiggemacht. Aber das wird er nie zugeben. Er ist eindeutig für die Amerikaner. Er sagt: »Die wollten nur noch Schluß machen und dann nach Hause.« Bei den Farmern hat er reichlich zu essen gehabt. »Apfelsinen massenhaft. Grapefruitsaft literweise.«

Aber der Günter sagt: »Die Mörder von Hiroshima und Nagasaki laufen dort frei herum. Sie werden sogar als Helden gefeiert.«

»Dazu sage ich nichts«, sagt Forster.

»Den Juice literweise?« frage ich.

»Genau den«, sagt Forster. »Der ›German war‹ war für die Amis einfach idiotisch, versteht ihr?«

»Das kann ich mir denken«, sage ich. Und das denke ich mir auch. Amerika ist ein weites, fernes Land. Sie streiten sich dort nicht um einen polnischen Korridor, und sie haben auch für die Juden Platz. Dort könnten die Juden in den Rocky Mountains wohnen, sie müssen das aber nicht. Sie müssen sich nicht verstecken. Ein Jude darf dort sogar Offizier werden.

Ja, der Forster ist schon in Ordnung. Er verleiht sogar seine neue Rundfeile. Die hat ihm sein Vater geschenkt. Das ist eigentlich verboten. Denn es ist keine Kunst, mit der die besten Kehlen zu feilen. Da gewöhnt man sich die Kunst erst gar nicht an. »Was heißt Kunst?« fragt Forster. »Das kann doch auch die Feile tun.« Er wird nie ein guter Schlosser werden. Aber er kennt das Leben. Er hat uns die Sache von den abgebissenen Brustwarzen erzählt. Aus erster Hand. Denn auf dem Operationstisch seines Vaters ist das Mädchen verblutet.

»Weil ihr der Mann die Brustwarzen abgebissen hat?«

»Weshalb sonst?«

»So ein Schwein.«

»Das war kein Schwein, das war ihr Geliebter.«

»Ein schöner Geliebter. Weshalb war der denn so wütend?«

»Der war nicht wütend. Der war superhigh«, sagt Forster.

»Wie, was, wo!?«

Wer kann das verstehen? Auch Günter hält das nicht für möglich.

»Was wollt ihr, der Mann war unheimlich high«, sagt Forster. »Das hat mir mein Vater gesagt«, sagt Forster.

»Ist ja klar«, kann ich dazu nur sagen. Denn es ist so: Wenn man auch nicht immer genau weiß, was manches zu bedeuten hat, man muß manchmal den anderen gegenüber so tun, als wenn man es weiß.

»Ist ja klar«, sage ich und kann den Forster nicht leiden. Ich möchte wissen, weshalb ein Mann die Brustwarzen seiner Frau abbeißt. Knorpelig werden die sein. Wie solche ganz festen Pfifferlinge.

»Und das Blut schießt heraus?«

»Aus zwei Fontänen.«

»Piß, piß!«

»Wer lacht da?!«

Niemand lacht. Wir hören nur zu. »Konnte dein Vater da nichts mehr verbinden?«

»Ich bitte euch.« Da muß nun auch der Forster lachen. »Wenn die Brustwarzen abgebissen sind, ist nichts mehr zu verbinden, denn alle Adern münden in die Brustwarzen, alle Adern stehen mit den Brustwarzen in Verbindung.«

»Alle Adern doch wohl nicht direkt.«

»Direkt nicht alle, aber die meisten«, sagt Forster. Und er muß es wissen, weil sein Vater Frauenarzt ist. »Die Adern münden in die Brüste wie in ein Delta«, sagt der Forster.

»Das ist ja klar.«

»Die Brüste werden andauernd von Blut durchpulst.«

»Na klar. Auch wegen der Ernährung.«

Das muß so sein, das ist uns allen klar.

»Und wenn ein Mädchen auf Touren kommt, fangen die Brustwarzen leicht zu glühen an.«

»So kann man es sagen.«

Aha, sie glühen also.

Rosigbraun sind Ursulas Brustwarzen. Das sah ich am Summter See. Und wenn wir verlobt sind, fasse ich sie an. Vorher fasse ich sie nur von außen an. Gewaschen sind meine Hände immer. Nichts ist hinterher an ihrem Kleid zu erkennen. Nicht ein dunkler Schimmer.

»Ich glaube es niemals, daß der Mann der Geliebte des Mädchens war, wenn er mit ihr das gemacht hat«, sagt Günter nun sehr laut in diese Lehrwerkstatt hinein.

Lacht jemand?

Niemand lacht. Der Krosegk lächelt. Aber der versteht das auch nicht.

Wir sehen alle den Forster an. Soll er uns nun dazu etwas sagen. Will er das? Er fingert an seinem Schraubstock. Er kaut auf seinem Frühstücksbrot. Er sagt: »Der Günter stellt die unmöglichsten Thesen auf.«

»Total verblutet?« will der kleine Hartmann wissen.

»Total.«

»Haben sie nicht die Polizei geholt?«

»Sicher haben sie hinterher die Polizei geholt.«

»Kam der Mann ins Gefängnis oder ins Zuchthaus?«

»Er kam zuerst ins Gefängnis.«

»Das ist ja klar, er kommt in Untersuchungshaft.«

»Er kam zuerst ins Gefängnis«, sagt Forster, »aber dann wieder auf freien Fuß, weil die Sache im Liebesrausch geschehen ist.«

Das versteht nun niemand. »War der denn auch noch betrunken?« Das will ich jetzt wissen.

»Mein lieber Kurt, du denkst wieder einmal daneben«, sagt Forster.

Die anderen lachen. Der Forster sieht mich an.

»Dein Stein, Kurt, hätte da helfen können. Die Heilkraft des Meeres auf die Titten gepreßt, und das Blut wird still. Alles ist Psychologie.«

Ich aber weiß, was der Schulrat Ruhnau bei der Werksbesichtigung gesagt hat. Sagte der Forster zu ihm: »Erlauben Sie, ich bin der Sohn eines Arztes.« Sagte der Schulrat: »Goethe hat auch einen doofen Sohn gehabt.«

Der Arbeiter neben mir reißt eine Zaunlatte ab. Es ist eine braunschwarze, geteerte Latte, die sicher ihr Gewicht hat. Die da drüben können es sehen: Wir sind nicht wehrlos. Laut grölen sie.

Der Arbeiter neben mir setzt sich auf die knallblanke Schiene. Eben fuhr über die noch ein Zug. Er hielt nicht auf der Station. Der Arbeiter sagt: »Die sollen keinen Zeck machen.«

Aber die machen Zeck.

Die Bahner wollen streiken, aber die FDJ schreit herum. Sie dürfen nicht streiken, weil die Bahn kommunistisch verwaltet wird. Vom Bahnhof Gesundbrunnen fuhren die Züge nur noch unregelmäßig. Und am Bahnhof Charlottenburg war es aus. Da standen die Leute und sagten: »Die FDJ hat den Bahnhof Westkreuz besetzt.«

Wer glaubt das?

Nun sehen wir es selbst.

Wir sind vom Bahnhof Charlottenburg losgegangen. Über den Bahndamm. Ein Eierlauf auf Schwellen. Und wir werden auch auf den Bahnhof Westkreuz kommen. Von dort sollen Busse fahren.

»Haut ab!« rufen die FDJler. »Geht nach Hause!«

Den Bahnern wollen sie den Streik verbieten, wir sollten aber nicht zur Arbeit gehen. Denn wenn wir streiken, geht die westliche Wirtschaft kaputt.

Miteinander gehen wir auf den Schwellen weiter. Auch der, der sich auf die Schiene gesetzt hat, steht wieder auf. Das ist kein Zug von Wagen, das ist ein Zug von Menschen.

»Sind Sie müde?« frage ich den, der eben aufgestanden ist.

»Ziemlich«, sagt er.

»Wo arbeiten Sie?«

»Bei Telefunken.«

»Dann müßten Sie doch nicht über den Bahnhof Westkreuz gehen?«

»Weißt du«, sagt er, »ich lasse mir von den Knirpsen da drüben ungern was sagen. Die sollen uns nicht dreinreden.« Er zündet sich eine Zigarette an. »Ich bin seit dreiundvierzig Jahren bei Telefunken.«

Wir lassen uns von denen nicht komisch kommen, das ist klar. Wir rücken über die Schienen vor. Auch auf den Fernbahngleisen gehen wir.

»Und wo arbeitest du?« fragt der Telefunken-Mann. Er hat eine Ledermütze auf. Die ist Vorkriegsware.

»Bei Siemens-Schuckert.«

»So, so. Was denn da?«

»Ich bin Maschinenschlosser-Lehrling im vierten Lehrjahr«, sage ich.

»Da baut ihr ja jetzt schon wieder die schweren Dinger.«

»Ja«, sage ich. Ich gehe neben ihm und sage nichts weiter dazu. Der Telefunken-Mann kann nichts dafür, daß sie bei Telefunken mit schweren Sachen noch nichts haben, sie haben bei Telefunken noch nie Schwermaschinen gebaut. Sie werden erst allmählich damit anfangen. Man kann bequem zu zweit zwischen den Schienen gehen, wenn der eine noch kein ganz ausgewachsener Mann ist.

»Ich muß Ihnen mal was sagen«, sage ich zu dem Telefunken-Mann. »Mein Vater hat geschrieben.«

»Aus der Gefangenschaft?«

»Aus Rußland. Er ist zum Transport eingeteilt. In wenigen Tagen kommt er.«

»Prima«, sagt der Telefunken-Mann.

»Ja, das ist super.«

»Hört mal«, sagt der Telefunken-Mann zu denen, die hinter uns gehen, »sein Vater kommt aus der Gefangenschaft zurück.«

»Und was will der Kronensohn dann hier?« fragt einer.

»Mein Vater kommt ja nicht heute«, antworte ich. »Heute kann er noch nicht kommen. Er ist unterwegs.«

»Na dann prost!«

Der Telefunken-Mann legt den Arm um meine Schulter. Wir müssen weitergehen. Schon schmeißen die FDJler wieder mit Steinen.

»Das ist ein Ding«, sagt einer von hinten, »der Mann kommt nach Hause, und hier ist immer noch nicht Ruhe.«

Was will er? Wir schaffen das schon. Wir wollten wie an jedem Tag zur Arbeit fahren. Aber die Bahner streiken. Und nun gehen wir eben zur Arbeit. Gehen hier über die Schwellen, und vorn steigen die Steine hoch.

Es ist zum Kreischen: Sie schmeißen Steine auf uns. Nur weil wir zur Arbeit wollen. Nur weil wir Westarbeiter sind. Schnell bücke ich mich und werfe auch einen Stein. Hoch und weit werfe ich ihn.

Der soll ein Signal sein. Der zeigt denen was.

»Das laß man«, sagt der Telefunken-Mann.

»Ich habe ja nicht richtig gezielt«, sage ich.

»Ist schon gut«, sagt der Telefunken-Mann.

»Das ist hier ein einziger Zirkus«, sagt der, der auf dem Fernbahngleis neben uns geht.

»Das ist ein feiner Zirkus. Erst blockieren sie die Autobahn, dann riegeln sie die Wasserstraßen ab, die Züge lassen sie nicht mehr durch, und nun sollen die Bahner kein Westgeld verdienen.«

»Und wir sollen zu Hause bleiben.«

»Bei mir ist es aber so: Immer wenn mir Muttern sagt, Heini, du bist erkältet, du gehst mir nicht zur Arbeit, dann gerade, dann gehe ich gerade zur Arbeit. So isset, so bleibt et.«

Ja, das ist zum Lachen: Wir sind morgens sonst immer müde. Und wenn wir von der Arbeit kommen, sind wir zufrieden. Händewaschen zehn Minuten vor Feierabend. Mit sauberen Händen gewartet, bis die Sirene heult. Jeder von uns würde gern mindestens an einem Wochentag nicht zur Arbeit gehen. Vielleicht am Mittwoch? Aber befehlen lassen wir uns das nicht.

»Das ist ein Idiotismus. Ein Idiotismus ist das.«

»Ihr werdet sehen«, sagt der Telefunken-Mann, »sie drehen uns noch die Gurgel ab. Wir haben doch kein Material mehr.«

»Ihr habt jetzt schon kein Material mehr?«

»Da habt ihr aber schlecht gewirtschaftet.«

»Natürlich haben wir noch Material, aber wenn sie – sagen wir drei Monate – diesen Zirkus machen, ist das Kupfer passé.«

»Dann müßt ihr Alu nehmen.«

»Ihr habt keine Ahnung«, sagt der Telefunken-Mann. »Das leitet doch nicht genug. Für unsere Sachen jedenfalls nicht genug.«

»Ich versteh die Russen nicht«, sagt der, der neben uns geht, »daß die das zulassen.«

»Seit wann haben die es nötig, sich beliebt zu machen?«

Jetzt werden sie wieder stundenlang über die Russen reden. Das nützt gar nichts. Ich habe meinen Vater im Sinn. Der freut sich, daß die Russen ihn entlassen. Jedenfalls wissen wir nun, daß sie bei Telefunken nur noch für drei Monate Kupfer haben. Für wieviel Monate haben wir noch Kupfer?

Der Bahnhof Westkreuz liegt in leichtem Dunst. Es ist ein warmer Tag, aber die Sonne will nicht durchkommen. Der Mutter wird das egal sein, sie legt sich in die Sonne, auch wenn die kaum scheint, sie will für den Vater braun werden. Sie hat sich einen Lippenstift gekauft. Die Schwellen federn schön, wenn sie locker sind. Der Meister wird staunen, wenn wir noch kommen. Bin ich im Frühjahr fertig, verloben wir uns. Hier sind die Schwellen unheimlich locker. Hier muß die S-Bahn schleichen. Und die Großmutter wird »mein Goldjung« zu ihm sagen. Auf seinem Foto kann ich beim besten Willen keine braunen, lachenden Augen erkennen. Früher habe ich gedacht, er hat die Augen des Führers. Der Mutter durfte ich damit nicht kommen.

Ich fasse meinen Stein an. »Der Bernstein«, sagen die Fischer, »muß gepreßt und geworfen werden.« Ich weiß, daß auch die Großmutter so denkt. Heimlich denkt sie das von uns Menschen. Sagt sie zur Mutter: »Ach, mein Kind, daß ich dir die Kette nicht habe erhalten können«, ist das der Mutter egal. Die Mutter will nur noch, daß der Vater kommt. Sie will braun werden, und sie hat sich einen Lippenstift gekauft. Niemals werde ich das Ursulas Mutter erzählen. Erst sind wir Flüchtlinge, und dann kaufen wir uns einen Lippenstift. Was wird der Vater mit solch roten Lippen machen?

Die FDJler scheinen sich zu verziehen.

»Seht ihr, die hauen langsam ab!«

Wer weiß, ob das stimmt. Wir können nur sehen, daß sie den unteren Bahnsteig räumen. Vielleicht verschanzen sie sich im Übergang oder in der Schalterhalle? Wir müssen zuerst auf den Ringbahnsteig. Es kann sein, daß von dort noch Züge fahren. Die rot-gelben Wagen sind zu erkennen. Es ist zum Kreischen: Die haben alle Siemensmotoren. Wir haben einmal diese Motoren gebaut, und jetzt wollen die Züge nicht für uns fahren. Wenn es auf dem Bahnhof Westkreuz Malzbier gibt, werde ich ein westliches Malzbier trinken.

Wenn man das Glas mit dem Malzbier gegen das Licht hält, kommt es darauf an, wie die Sonne scheint. Ist der Himmel klar, schimmert es golddunkel. Fünkchen sind darin lebendig. Bin ich in die Gewerkschaft aufgenommen, werde ich jedem ein Fläschchen spendieren.

Nun singen sie hinter uns. Ich spüre den Stein in meiner Hand. Die Wälder sind versunken. Tiefrot, goldgelb und wie Kristall leuchtet es in den Kronen. Die Fischer wissen es. Es ist das vergossene Blut, es ist der Schweiß, der von der Arbeit kommt, und die erhärteten Tränen. Es ist die verewigte Sonne.

Andauernd sitzt die Mutter auf Vaters Schoß. Dauernd legt sie den Arm um ihn. Er sagt: »Duchen, ich kann dich nicht mehr halten. Du vergißt, daß ich ein kranker Mann bin.« Sie lacht. Er lacht. Er sagt »Duchen« zu ihr.

»Und was hältst du von dem Stalin?« kann ich ihn beruhigt fragen, denn ich weiß nun, er ist kein Judentöter gewesen. Niemals hat er hinter der Front auf wehrlose Frauen und Kinder geschossen, niemals hat er polnische jüdische Mädchen in einen Graben getrieben.

Die Mutter sagt: »Kurt, mußt du dem Vater ausgerechnet jetzt solche Fragen stellen?«

Aber er will mir die Antwort gleich geben. »Wir halten wenig von ihm.« Er sagt immer »wir«, wenn er von der

Gefangenschaft spricht. Er meint die lebenden und die toten Mitgefangenen damit. »Besser als der Hitler ist der nicht gewesen.«

Ich weiß, was die Großmutter denkt. Sie denkt: Wer zum Schwert greift, wird durch das Schwert umkommen. Wir haben zum Schwert gegriffen, wir sind durch das Schwert umgekommen. Wir werden nie mehr zum Schwert greifen.

»Aber du weißt ja, wem ich mein Leben verdanke.«

»Ja«, sage ich, »das weiß ich.«

»Die Hauptsache ist, wir sind zusammen«, sagt der Vater und sieht aus unserem Fenster. Er meint uns alle damit, aber die Großmutter und ich gehen in die Küche, damit sich die beiden stundenlang küssen können.

So ist das Leben.

Mann und Frau müssen dafür Zeit haben.

Und ich kann zu Ursula fahren.

Ich muß sogar zu Ursula fahren. Wir müssen jetzt jeden Tag nutzen. Noch sind die Tage lang, noch können wir bis in den späten Abend spazierengehen. Ich rase durch den Wald. Die Kiefernwurzeln können den neuen Felgen nichts anhaben. Der Vater hat gesagt, »unter den Russen gibt es viele gute Menschen«. Ich weiß, was ich weiß. Aber eine russische Ärztin hat ihm das Leben gerettet, das weiß ich auch. Von weitem kann ich Ursulas Haus sehen. Dort wurde alles abgeholzt, und wenn auch die letzten Bäume an der Chaussee noch fallen, ist Ursulas Haus wie ein Leuchtturm, der mir den Weg weist. Wenn gar kein Baum mehr steht, wird unser Dorf umgetauft. Es heißt dann nicht mehr Bergwalde, sondern Bergheide oder Bergsande. So kann man das dann nennen. Der neue Bürgermeister will alles aufforsten, was die Russen und die stellvertretende Bürgermeisterin abgeholzt haben. Die stellvertretende Bürgermeisterin hat ihren Namen geändert und ist im Westen. Wer will das glauben, daß sie im Westen eine solche nehmen. Sie wird ihnen Lügen erzählen.

Ratsch muß ich bremsen.

Das blaue Kleid ist eindeutig zu erkennen. Was will Ursula in den Brennesseln? Die Brennesselzeit ist vorüber. Vorbei ist die Zeit, wo wir das Zeug gesammelt haben.

»Was will die Blaue Blume in den Brennesseln?!«

»Dich überraschen.«

»Sag bloß. Dann mußt du dir aber das blaue Kleid ausziehen.«

Sie lacht.

Sie steigt aus dem Brennesselacker und hat keine Strümpfe an. Uns können Brennesseln nichts tun. Wir sind unabhängig von ihnen. Unsere Haut ist für immer immun. Wir beide haben massenhaft Brennesseln gesammelt.

»Weißt du, ich mag dich am meisten so, wenn deine Locken nicht so echt aussehen.«

Sie lacht. Aber morgen wird sie sich garantiert wieder Locken gewickelt haben, die wie echte Troddeln haargenau nebeneinander und gleich groß an ihrem Hinterkopf baumeln. Das muß auch deshalb so sein, weil ihrer Meisterin solche Locken gefallen.

»Du, wenn du die Gesellenprüfung hast, Ursula, dann lassen wir deine Haare im Wind wehen, ist das klar?«

»Kannst sie immer noch nicht leiden?«

»Deine Haare mag ich unheimlich«, sage ich und kraule darin. »Ich mag nur diese Korkenzieherlocken nicht.«

»Die sind aber echtes Biedermeier.«

»Ich weiß«, sage ich. »Auf dem Wiener Kongreß haben sie solche Locken gehabt, das hat mir der Günter bewiesen, aber da hatten sie auch solche durchsichtigen langen Kleider an.«

»Das war Musselin. Den Stoff möchte ich nicht nähen«, sagt Ursula. Sie sieht heute wieder wie die Blaue Blume aus, wie die aus dem Lied, das wir singen: Und wer die Blaue Blume finden will, der muß ein Wandervogel sein. Auf einen Stamm können wir uns mit dem Kleid nicht setzen, aber das ist auch nicht wichtig. Wichtig ist nur das eine: Ich kann Ursula sagen, daß mein Vater kein Judentöter gewesen ist.

»Na siehst du.«

»Ja«, sage ich. »Die Sorge sind wir los.«

»Ich habe es immer gewußt, daß von euch keiner so was tut.«

»Ja, ja«, sage ich. »Das war gut gemeint. Aber was hätten wir gemacht, wenn er einer von denen gewesen wäre? Oder er hätte auf russische Frauen und Kinder geschossen? Du, ich sag dir das eine: Meinen blaugrauen Kriegspullover ziehe ich nicht mehr an.«

»Er ist dir ja auch zu klein.«

»Ob klein, ob groß, der ist aus Menschenhaar gemacht. Ich sage dir, ich bin sicher, daß sie den aus jüdischem Frauenhaar gemacht haben.«

»Aber Kurtchen.«

»Ich weiß es.«

»Das bildest du dir ein.«

»Ich bilde mir gar nichts ein«, kann ich ruhig sagen und fasse ihre Hand an. »Erstens hat sich der Pullover an seinen abgeschabten Stellen, am Hals, an den Ellenbogen, leicht bräunlich verfärbt.«

»Aber Kurtchen.«

»Es kann ja auch Männerhaar oder Kinderhaar sein. Zweitens: Ich habe mir ein paar Haare aus meinem Wirbel gerissen und sie im Kerzenlicht verbrannt. Ebenso fünf, sechs Haare aus dem Pullover, aus der Borte. Sie rochen genauso wie meine Menschenhaare.«

»Meinst du das?« Ursula schaut über das gerodete

Gehölz, als ob da noch etwas wäre. Sie sieht sehr schön aus. Aber ich küsse sie jetzt nicht.

»Das meine ich nicht, das weiß ich.«

»Es wäre ja widerlich. Die Menschen waren verrückt.«

»Ich könnte dir das jederzeit beweisen«, sage ich und fasse meinen Wirbel an.

»Wir haben Glück gehabt«, sagt sie. »Nicht wahr? Uns kann nichts mehr passieren. Hier ist nichts mehr.«

»Euer Haus steht noch.«

»Das steht.«

»Das ist ja nur gut. Das ist uns allen ein Trost, Ursula, daß euer Haus steht.« Was will sie? Will sie jetzt mit mir durch diesen Wald gehen? Ein schöner Wald. Der ist im Himmel verraucht. Nur der Waldweg ist übriggeblieben. Aber die Sträucher werden heranwachsen. Und die angesamten kleinen Birken. Ginster und Erika wird es geben. Erika massenhaft. Erika werden wir schon in diesem Herbst suchen gehen.

Sie denkt an etwas anderes. Sie wird daran denken, daß morgen Zuschneidetag ist, und dann heißt es: Seid sparsam, seid sparsam! Oder weil Ursula noch nicht hundertprozentig zuschneiden kann – ganz hundertprozentig kann das niemand –, muß sie für die Meisterin aus Steglitz Okasa holen. Das Okasa-Pulver ist für den Freund der Meisterin bestimmt. Nie sieht die in Ursulas Augen, wenn sie zu ihr sagt: »Kind, würdest du bitte für mich in den Westen fahren?« Sie ist eine östliche Meisterin. Sie ist in der Partei, aber läßt sich aus dem Westen Okasa holen. Nach der Gesellenprüfung ist das vorbei, dann verläßt Ursula diesen Laden.

Ich möchte jetzt nur so langsam neben ihr durch diesen restlichen Wald gehen. Ich werde mich nicht über die wenigen noch stehengebliebenen Bäume ärgern. Ein paar einzeln stehende Kiefern werden es nicht mehr lange machen. Sie knicken wie Halme um.

Ich werde es Ursula jetzt nicht sagen, daß der Vater geweint hat. Er hat nicht geweint, als er die Mutter erblickt hat. Er hat auch nicht geweint, als er die Großmutter in der Küche überraschend von hinten umarmt hat. Plötzlich kam es über ihn, als wir ihm sagen mußten, daß der Jean wahrscheinlich auch auf dem großen Prahm gewesen ist.

Da ist der nun für immer in der See versunken. Der Jean ist tot, der Onkel Wilhelm ist tot, aber bei uns ist der Himmel. Sie sagen, wir können nur noch dankbar sein.

»Du«, sagt Ursula, »der Gerhard Sonneberg war bei uns.«

»Was will der denn?« frage ich. »Der studiert doch.«

»Ja, aber er hat Semesterferien.«

»Jetzt noch Ferien?«

»Das sind solche Ferien, die die Studenten nach einem Semester bekommen.«

»Aha«, sage ich. »Nach einem Semester. Aber du wirst lachen, ich habe vergessen, was ein Semester ist.«

»Ein Semester ist dann vorbei, wenn sie ein halbes Jahr studiert haben.«

»Also Halbjahresferien?«

»Ja.«

»Die Studenten haben es gut. Sie bekommen alle halbe Jahr Ferien?«

»Ja, so ist das wohl«, sagt Ursula. Ich habe ihre Hand fest in meiner Hand. »Er hat jetzt das vierte Semester hinter sich. Und deshalb ist er gekommen.«

»Aha«, sage ich. Was hat das mit uns zu tun? Was soll das mit uns zu tun haben? Wir gehen hier zusammen durch diesen Wald, und sie hat ihr blaues Kleid an. Ich werde ihr jetzt keine Fragen stellen. Ich bin nicht neugierig. Unter diesen wenigen Birkenstämmchen, die kaum Schatten spenden, versuchen sich Amseln zu verstecken. Die singen sich gegenseitig an.

»Ich möchte wissen, wo die Amseln, die hier noch sind, ihre Nester haben.«

»Das weiß ich auch nicht.« Sie sieht sich um. »Da sind ja Sträucher«, sagt sie.

»Klar«, sage ich. »Die kommen wieder hoch.« Zur Chaussee hin sind massenhaft Sträucher. Der Sand unter unseren Füßen ist ziemlich fest. »Was will er denn?« frage ich.

»Wer?«

»Der Gerhard.«

»Er will uns besuchen«, sagt Ursula.

»Ach so«, sage ich.

»Ja«, sagt sie, »er hat der Mutter geschrieben.«

»Ach so«, sage ich. Ich halte Ursulas Hand fest in meiner Hand. Wir gehen hier miteinander diesen Waldweg entlang. Wir haben uns hier hundertmal geküßt.

»Die Mutter sagt, daß wir ihn einladen müssen.«

»Deine Mutter sagt das?«

»Ja.«

Ich versuche, Ursula anzusehen. Aber das kann ich nicht. Sie sieht auf ihre westlichen Schuhe. Die gehen neben mir einher. Und unsere Hände waren immer gemeinsame Schwinghände.

»Meine Mutter hat sein Bild aufbewahrt. Sein Bild, das er mir damals gegeben hat. Ich wußte ja nicht, was ich damit machen soll«, sagt Ursula.

Der Sand unter unseren Füßen ist wirklich ziemlich fest. In den Speichen meines Rades sirrt es.

»Ich habe das Bild mit eigenen Augen gesehen.«

»Na also«, sagt der Vater. »Das muß dir genügen. Du solltest nicht mehr dorthin fahren.«

»Ich fahre ja nicht mehr dorthin. Aber das Bild ist nicht in ihrem Zimmer, das Bild ist im Wohnzimmer.«

»Das reicht doch.« Er will meine Hand nehmen. Seine

Hand ist warm und etwas feucht, es ist klar, daß er Fieber hat. Er richtet sich auf.

»Bleib liegen«, sage ich.

»Es ist so schön, aus dem Fenster zu sehen«, sagt er und stützt seinen Rücken ab. »Die Bäume sind herrlich.«

»Ja«, sage ich. »Die Tannen sind das Beste, was es hier zu sehen gibt.«

»Du mußt doch stolz sein.«

»Das ist klar«, sage ich. »Das Bild steht neben der Kristallschale auf der Anrichte. Wäre ich nicht Schlosser geworden, wäre das alles nicht passiert. Ich hätte Tischler werden müssen wie du, dann wäre ich ein halber Wissenschaftler.«

Er lacht. »Das ist vorbei. Heute werden Schlosser gebraucht.« Er lehnt sich zurück.

»Du irrst total«, sage ich. »Wir haben die Entwürfe gerettet. Jetzt kommt die große Zeit der Reparaturen. Die ramponierten Möbel in den geplünderten Schlössern müssen wiederhergestellt werden. Und das kann nur ein Fachmann.«

Er macht die Augen zu. Ich weiß, was er denkt. Er denkt: Wir hatten eine Werkstatt. Wie mag es in unserer Werkstatt aussehen? Wir hatten einen Lagerschuppen. Wir hatten zwei Gesellen. Und hinter dem Haus waren massenhaft Stachelbeeren. Die Stachelbeeren aß er am liebsten. Die Stachelbeeren müßten wir jetzt für ihn haben.

»Ich hätte dein dritter Geselle werden können«, sage ich.

»Das hättest du.«

»Als du noch in Gefangenschaft warst«, sage ich, »und ich zu lernen anfing, haben sie mit mir einen Test veranstaltet.«

Er macht die Augen auf. »Daß du von der Schule abgingst, hat mir nicht imponiert.«

»Der Günter ist auch von der Schule abgegangen«, sage ich. »Der Test ist eine amerikanische Erfindung. Damit wird festgestellt, wofür ein Mensch geeignet ist.«

»Und wofür bist du geeignet?«

»Ich eignete mich für den Schlosserberuf.«

»Siehst du.«

»Vorsicht. Ich eignete mich für den Schlosserberuf, weil ich dich verraten habe«, sage ich. »Die entscheidende Frage hieß: Was fassen Sie lieber an, Holz oder Stahl?«

»Du schriebst natürlich: Stahl.«

»Genau. Ich wollte die Lehrstelle haben.«

Er lacht. »Das war intelligent gefragt.«

»Ich fasse aber lieber Holz an«, sage ich. »Ich könnte Holz streicheln. Inzwischen fasse ich allerdings auch ganz gern Stahl an.«

»Siehst du.«

Jetzt schläft er wieder. Seine Hand wird schlaff. Leicht wie ein Blatt, das fliegen will. Er kann sogar auf dem Stuhl plötzlich müde werden, einschlafen und murmeln aus seinen Träumen. Schlafen und Träumen. Aber wenn er wieder arbeiten wird, werden sie ihm die erweiterten Lebensmittelkarten geben. Wir müßten in Potsdam wohnen, da hätte er reichlich zu tun.

Sacht gehe ich aus dem Zimmer. Ich gehe den Gartenweg entlang. Die Großmutter steht am Tor und liest einen Brief.

»Der Gertchen Wittmoser ist gestorben«, sagt sie.

»Der?«

»Ja«, sagt sie. »Die Frau Toussaint hat geschrieben. Und dein Moppel ist tot.«

»Nein. Der Studienrat?«

»Euer Studienrat. Lies selbst«, sagt sie. »Er ist in Hamburg umgekommen. Bei einem Luftangriff. Tut es dir leid?«

»Wie kommt der Moppel nach Hamburg? Klar tut es mir leid.«

»Ihr habt ihn ja nie geliebt.«

»Wie sollten wir ihn auch lieben?«

»Na ja«, sagt sie und sagt gar nichts. Sie will nur über die Straße sehen.

»Der Onkel Wilhelm ist tot, der Jean und der Onkel Siegfried. Renate ist tot. Der kleine Teppner und der Gert nun. Die Schwester Anna ist mit Sicherheit tot. Und den Moppel hat es in Hamburg erwischt.« Ich nehme den Brief in die Hand. »Seine Witze waren blöd, aber heute sehe ich das anders.«

»Weiß ich, weiß ich. Ihr wart nicht gut zu ihm.«

»Mit dem Moppel hätten wir es schon geschafft«, sage ich. »Wie soll aber, wenn alles tot ist, die Liebe sich zeigen?«

»Du hast die kleine Hannah vergessen«, sagt die Großmutter. »Damit fing es an.«

»Das Hannchen hat noch lange gelebt«, sage ich. »Zuerst waren ihre Eltern tot. Aber das wußten wir nicht. Das Hannchen habe ich niemals vergessen«, sage ich, und mir fällt die Prinzessin ein. Das war an jenem Tag.

Ich werfe meinen Stein in die Luft.

In das Haus werde ich nicht gehen. Wie sollte ich? Alle Briefe sind mit einem grünen Band fest umschnürt. Es ist das Band, das sie in der Versandabteilung zum Verschikken der Elektromotoren nehmen. Herr Huckwitz hat es mir gegeben.

»Du könntest das Päckchen mit der Post schicken«, sagt die Mutter.

»Mit der Post?«

»Per Einschreiben.«

Per Einschreiben? Das würde eine sehr verwunderliche Sendung. Die Briefträgerin würde sich amüsieren, wenn wir uns auf einmal Päckchen schicken. Sie würde sofort wissen wollen, was in dem Päckchen ist, und Ursulas Mutter verrät dann alles.

»Die Briefträgerin will doch sofort wissen, was los ist«, sage ich.

»Das ist ja eine reizende Dame«, sagt der Vater. Er ist der glücklichste Mensch, die Mutter hat drei Brettchen – gut abgelagertes Lindenholz – ausgerechnet von dem neuen Bürgermeister bekommen.

»Sag nichts gegen die Postbotin«, sagt die Mutter zu ihm, »deren Mann ist in der Partei. Aber der ist eigentlich ein guter.«

»Aha, aha«, sagt der Vater und will davon gar nichts wissen. Er streicht über das Lindenholz, als wäre es ein Frauenarm. »Mit der Post soll Kurt das schicken?«

»Ja, meinst du nicht?« Die Großmutter sieht den Vater an.

»Sehr mutig wäre das nicht. Wie denkst du darüber?« werde ich von ihm gefragt. Er nimmt die Beine aus dem Bett. Will er aufstehen?

»Ich habe ja überhaupt noch gar nichts gesagt«, antworte ich. »Ich weiß nicht, was ich dazu sagen soll.« Ich wollte diese Ursula heiraten. Das wissen alle. Ich wollte sie von Herzen gern haben, aber ich bin ein Wirbelmensch, und ich bin kein Student. Das weiß ich.

Ich weiß auch, daß mein Vater garantiert klüger als Ursulas Vater ist, wenn er auch nicht das Abitur hat. Und dies ist kein Haus, dies ist eine Bruchbude, in der wir nur zwei Stuben haben. »Ich werde das Päckchen selbst abgeben«, höre ich mich sagen.

»Du solltest es selbst tun.« Der Vater sieht zufrieden aus. Er hat seine Lindenholzbrettchen im Sinn. Er hat keine Ahnung. Es könnte durchaus sein, daß der Gerhard noch da ist, daß er noch gar nicht abgefahren ist. Es könnte sein, daß er schon wieder zurück ist. Oder es könnte sein, daß ihre Schwester aufmacht. Was sag ich dann?

Die Großmutter und die Mutter sind mit des Vaters Meinung zufrieden. Ich möchte wissen, was der Jung-Siegfried mit der Kriemhild gemacht hätte. Und was hätte er mit dem Gerhard Sonneberg gemacht? Die Faust aufs Auge. Hinein in die Schnauze den Speer.

Einmal waren wir an einem See. Auf dem See waren Enten. Links vom See, auf einer Anhöhe, lag ein altes Wirtshaus. Der Gaststättenleiter hatte keine Lust, uns zu bedienen. Niemand war sonst da. Nebeneinander saßen wir und konnten durch die Baumkronen den See sehen. Wir hätten stundenlang nebeneinander so warten können. Sie fragte: »Magst du auch Wildenten?«

Kein Boot war auf dem See.

So wird es sein, ich muß danach noch zum Summter See fahren. Tief soll der Ring sinken. Weit werde ich ihn werfen. Er sirrt. In hohem Bogen sirrt er.

Neben ihm kommt sie zum Tor. Sie hat nicht seine Hand angefaßt. Ich halte das Rad zwischen meinen Knien und mich am Zaun fest. Ich steige nicht ab. Sie macht das Tor auf. Ich überreiche das Päckchen. Sie sieht das Päckchen an, lockert das Band.

»Ach das ist es«, sagt sie.

»Ja«, sage ich.

»Komm«, sagt er zu ihr. Er hat einen hellgrauen Anzug an mit langen Hosen. Der ist garantiert amerikanisch. Nur die rote Krawatte ist aus Deutschland. Er gibt dem Tor einen Stoß. Das schlägt nicht ganz zu. Sie bleibt auf der anderen Seite stehen. Ich reiße den Reißverschluß von meinem Cowboyhemd auf. Ich steige vom Fahrrad. Ich lege den Stein in ihre Hand.

»Der ist für dich.«

Sie sieht auf den Stein. Der leuchtet, als wäre es in ihm lebendig. Er liegt auf ihrer flachen Hand.

»Der hat sogar deiner Mutter gefallen.« Ich muß das Rad festhalten.

»Ja«, sagt sie. Sie sieht nur auf den Stein. »Ich kann das nicht annehmen.« Sie gibt mir den Stein zurück.

»Komm«, sagt der Pips, »wir müssen jetzt.«

»Ja«, sagt sie. »Wir müssen.« Sie sieht ihn nicht an.

»Wir fahren heute nach Wittenberg«, sagt sie. »Gerhards Vater nimmt uns mit.« Sie sieht auf die Zementplatten des Weges, als ob da etwas wäre.

»Nach Wittenberg?« frage ich.

»Ja«, sagt er. »Bildungstour. Wittenberg, Weimar. Muß ja auch sein.«

»Das ist klar«, sage ich.

»Du weißt«, sagt sie, »wir wollten immer dorthin.«

»Gewiß«, sage ich. »Wir wollten miteinander nach Wittenberg fahren.« Ich schlage das Tor hinter mir zu. Den Wagen sehe ich erst jetzt. Es ist ein alter Opel-Kapitän, der neu lackiert ist. Schwarz.

Ich habe schnell die Ecke erreicht. Ich fahre auf dem Bürgersteig. Ich kenne das hier alles auswendig. Vor dem Waldweg biege ich nach links ab. Ich fahre am Bahndamm entlang. Kommt ein Zug? Ja. Er ist deutlich zu hören. Ich werfe das Rad in den Graben und springe die drei Schritt. Ich sehe den Zug. Er biegt langsam in die Kehre. Am hellichten Tag hat der die Scheinwerfer an. Ich lege den Stein auf die Schiene. Der will nicht. Mit der flachen Seite lege ich ihn nach unten. Der Zug rauscht heran. Ich trete in den Graben zurück. Der Zug nimmt hier immer Fahrt auf. Die Räder schlagen in den Schienen. Grauschwarz sausen die Räder. Die Schwellen heben sich. Grauschwarz saust es an mir vorüber.

Langsam steige ich danach auf den Damm. Die Schiene liegt blank. Nichts ist zu erkennen. Die Rücklichter des Zuges verglühen. Ich bücke mich. Eine Handbreit neben der Schiene liegt der Stein.

»Aber Kurt«, sagt der kleine Hartmann, »ich breche doch keinen Gewindebohrer ab.«

Ich sage nichts dazu.

»Sieh selbst«, sagt er, »der schwimmt in Öl.«

»Das kann alles im Schneidöl schwimmen, wenn er sich festfrißt, frißt er sich fest.«

»Ja, ja«, sagt Hartmann. Er glaubt es nicht ganz. Aber er ist jetzt vorsichtiger geworden.

Bricht er den Gewindebohrer ab, kann er das Schwenklager wegwerfen, und wenn das Schwenklager hin ist, ist der ganze Maschinenschraubstock gewesen.

»Ihr kommt doch klar?« fragt Herr Huckwitz.

»Wir kommen schon klar«, sage ich, und ich weiß, was der kleine Hartmann denkt. Der denkt, was wir alle wissen: Dieser Herr Huckwitz hat so eine stille Art, zu uns zu kommen. Immer muß man mit ihm rechnen.

»Ihr wißt, was davon abhängt?« Herr Huckwitz lächelt uns freundlich an. Auch seine Goldrandbrille ist ein einziges Lächeln.

»Ja«, sagt der kleine Hartmann und dreht das Windeisen nur noch mit spitzen Fingern. »Wir sind ja gleich durch.«

Das hätte er nicht sagen sollen.

»Laßt euch Zeit«, sagt Herr Huckwitz, und damit ist nur der Hartmann gemeint. »Es kommt nicht darauf an, daß ihr schnell durchkommt, es kommt darauf an, daß ihr heil durchkommt.«

Das ist der Satz, den wir auswendig kennen. Wir wollen keinen Ärger haben. Jeder von uns weiß, etwas Schlimmeres als einen abgebrochenen Gewindebohrer kann es nicht geben. Erstens ist der nicht billig, zweitens ist das Werkstück vermauert. Da bleibt nur noch: Ausglühen, Ausbohren, Verschweißen. Aber wer schneidet in ein vollgeschweißtes Altgewinde ein neues Gewinde hinein? Das wird Murks. Das schafft niemand. Das muß dann einen größeren Durchmesser haben, und daran kann jeder erkennen, daß hier gemauert worden ist. Das beste wäre in solchem Fall: gar nicht erst zu schweißen, sondern gleich größer bohren und dann nachschneiden. Ein größeres Gewinde nehmen, sich zu der Sache bekennen.

Diesmal geht es in Ordnung. Der Bohrer kommt langsam. Hartmann wäre ein Idiot, wenn das jetzt noch schiefginge. Wir haben den kleinen Hartmann gern, aber wenn es ans Gewindeschneiden geht, macht es bei ihm knick, knack. Forster sagt: »Mister Knick-Knack.« Ausgerechnet der redet so.

»Kurt, wir müssen noch in die Schleiferei.«

»Ja, Herr Huckwitz.«

Gehen wir in die Schleiferei. Soll ich ihm tragen helfen? Wenn Herr Huckwitz vor mir geht, wünsche ich nur das eine: So breit möchte ich in den Schultern werden. Das hab ich mir immer gewünscht.

»Mit dir sollte ich noch zu den Fräsern gehen.«

»Ja«, sage ich und weiß nicht, was das soll. Weshalb zu den Fräsern? Die Fräserei kenne ich auswendig. In der Fräserei ist für uns nichts zu holen.

Am Fahrstuhl ist niemand.

»Ich habe nichts dagegen, wenn man sich entschuldigt, wenn man mir auf die Füße tritt«, sagt Herr Huckwitz.

»Entschuldigung, das hab ich nicht bemerkt.«

»Glaube ich.« Herr Huckwitz lächelt mich an, als ob er sich dafür entschuldigen will, daß ich mich bei ihm zu entschuldigen habe und weil er das gesagt hat.

»Ich dachte, es wäre die Fußleiste«, sage ich.

Der Fahrstuhl hält, und wir gehen in die Fräserei. An der Werkzeugausgabe bleiben wir stehen. In der Werkzeugausgabe ist niemand. Herr Huckwitz klingelt aber nicht.

»Können sie dir in deinem Verein nicht helfen?« werde ich plötzlich gefragt. Er sieht mich genau an. Das weiß ich nicht. Wie sollen sie mir da helfen? Ursula kommt nicht mehr. Sie ist nur noch mit Pips zusammen. Sie fährt auch in sein Studentenzimmer. Sie wird ihm in seinem Studentenzimmer ihre Brüste zeigen.

»Ich weiß es nicht«, sage ich. Es hat keinen Sinn, und es ist idiotisch, daß die Ersatzteile in diesen Regalen so ausgerichtet liegen, und es ist mehr als idiotisch, daß sie hier in der Fräserei bei solchem Lärm arbeiten müssen.

»Kurt, Kurt«, sagt Herr Huckwitz. Ich weiß, was er denkt. Er denkt an die Zeit, als er mich als ersten an die neue Radialbohrmaschine ließ. »Raboma« durften wir noch nicht sagen. Das war eine unangemessene Abkürzung. Die Maschine war aus Frankreich. Bohrleistung in Stahl fünfzig Millimeter, Ausladung eintausendvierhundert. Stufenloser Antrieb. Das war etwas. Und Ursula war stolz.

»Dein Vater ist wieder hier, nicht wahr?«

»Ja«, sage ich.

»Hat er sich erholt?«

»Nein«, sage ich.

Es ist albern, daß in dieser Werkzeugausgabe sogar die Antriebswellen ausgerichtet liegen. Wie die Pimpfe in Seitenrichtung.

Herr Huckwitz nimmt einen Bestellblock vom Bord und geht in den großen Flur. Ich gehe ihm nach, wie ich ihm immer nachgegangen bin, wie wir den Lehrgesellen nachzugehen haben. Er sieht sich nicht um. Was wollen wir hier? Was die hier machen, ist eine sture Arbeit. Zahnräder, Zahnräder und nochmals Zahnräder. Der alte Hertelt sitzt an seiner Maschine wie angebunden. Herr Huckwitz legt ihm die Hand auf die Schulter.

»Ach du bist das«, sagt der alte Hertelt, und das ist zum Staunen, wie der die Leute erkennt.

»Ja«, sagt Herr Huckwitz.

Herr Huckwitz sieht dem alten Hertelt bei der Arbeit zu. Da ist nichts Besonderes. Der Fräser schneidet tadellos, den schleifen sie ihm an. Das machen sie für ihn. Keine Schwierigkeit. Der alte Hertelt sitzt an seiner Maschine wie ein Kind vor einem Radioapparat im Dunkeln. Er kann uns auch nicht hören, denn der Fräser ist gerade kräftig dabei, und bei dem Krach, der hier überall herrscht, ist es überhaupt schwierig. Aber ich wette, er weiß es sogar, daß nicht nur der Herr Huckwitz hinter ihm steht. Der Fräser läuft seine Bahn durch, das Bohrwasser fließt vorbildlich ab, und der alte Hertelt fegt mit einer Bürste die Späne herunter. Das sollte er lassen. Wir haben um seine Hände Angst, aber er macht das, und es ist so, als ob er die Maschine mit eigenen Augen erkennen könnte. Eigentlich müßte er beim Fegen die Maschine abstellen. Aber wer stellt mitten im Fräsvorgang die Maschine ab. Was ergibt das für einen Schnitt? Das weiß jedes Kind. Es ist so: Der alte Hertelt kennt alle seine Bewegungen auswendig. Und er ist auf seine gläsernen Augen stolz.

»Ich habe dir einen mitgebracht«, sagt Herr Huckwitz.

»Was will der denn?«

»Auslernen«, sagt Herr Huckwitz.

»Bei mir doch nicht. Ihr macht Witze«, sagt der alte Hertelt.

»Ja«, sage ich, »das ist die weiteste Reise meines Lebens.«

Günter lacht. Günter bekommt immer ein rotes Gesicht, wenn er sein Rad aufpumpt, das liegt an seinen unterentwickelten Oberarmmuskeln.

Jedenfalls sind unsere Räder in Ordnung. Wir haben

uns erstklassige Bereifung besorgt. Continental-Mäntel vorn und hinten, und hinten sogar Continental-Schläuche. Wir fahren über Potsdam um Berlin herum, weil ich die Strecke bis Potsdam kenne. Noch besser wäre es, im Osten um die Stadt herumzufahren, wenn wir die Autobahn nehmen dürften. Aber die Autobahn dürfen wir natürlich nicht nehmen. Wir haben keine westlichen Hemden und erst recht keine westlichen Hosen an. Niemand kann denken: Aha, das sind zwei, die drüben arbeiten. Oder: Das sind zwei, die haben Beziehungen nach drüben.

Wer hat keine Beziehungen nach drüben? Aber ist es nötig, daß die Polizisten luchsäugig werden? Wir fahren mit unseren neuen Reifen auf dem erstklassigen Pflaster der Potsdamer Chaussee. Wir werden nicht lange in Potsdam bleiben. Eine Stunde ist für Potsdam vorgesehen. Im Park von Sanssouci könnten wir frühstücken. Wenn es Regen gibt, könnten wir in ein Lokal gehen. Da gibt es vielleicht Apfelsaftbrause. Im Sommer hatten sie welche. Sie hatten damals auch ein mit Himbeercreme gefülltes Schokoladentäfelchen. Das konnte man bequem in zwei Teile teilen.

Wenn wir auf dem Ribbelpflaster ins Rasen kommen, reißt der Wind so in meinen Haaren, daß jeder denken muß: Der hat ganz prima nach hinten gekämmtes Haar. Der Wind ist besser als jede westliche Pomade. Die östliche taugt auch nichts. Nur in einer Sache ist die östliche Pomade besser: Sie strömt keinen Geruch aus. »Du hast Sorgen«, sagt der Vater. Er hat keine Ahnung. Aber der Wind ist ein Wunderwind.

Russenautos fahren mit Benzinfässern und Laster mit Tomatenkisten und mit abgehauenen jungen Bäumen. Die sind verkohlt. Da hat es einen Waldbrand gegeben.

Günter tritt so in die Pedale, als ob er mir etwas zeigen will. Aber ich lasse mir nichts zeigen. Ich versuche sogar, bei dieser Raserei zu pfeifen. Vor dem Nauener Tor ziehe ich an Günter vorbei. Ich mache das so, daß er nicht unbedingt denken muß, der Kurt will an mir vorbeiziehen. Ich winke ihm, denn er weiß nicht, daß wir zum Park nach rechts abbiegen müssen. Also die Biege. Da sind auch schon diese alten gelblichen Häuser mit den italienischen Dächern. Von den geklauten Säulen wollen wir schweigen. Nichts gegen die Russen. Seitdem der Vater hier ist: Nichts gegen die Russen. Sie haben ihm das Leben gerettet. Sie haben die Frauen vergewaltigt. Sie haben uns Brot gegeben. Und der Krieg war zu Ende.

»Wir haben eine gute Zeit gemacht. Wir fahren doch noch in den Park rein?« ruft der Günter und ist schon wieder neben mir.

»Aber immer.«

Wir müssen aufpassen. Hier fahren die Laster mit einem Affenzahn, und außerdem haben sie hier auch noch Personenwagen, wegen der politischen Verwaltung. Aber das Wetter hält sich. Es regnet noch immer nicht. Wir sind vom Radfahren warm. Wir werden uns in den Park setzen. An den Bäumen sind noch Blätter dran.

»Du, an den Bäumen sind ja noch massenhaft Blätter dran!«

»Das hat seine Ursache darin, daß sie hier in Potsdam reichlich Wasser haben.«

»Wie oft warst du schon hier?«

»Einmal«, sagt Günter.

Wir stellen unsere Räder hin. Günters Mutter hat uns Kartoffelsalat mit Zwiebeln und Gurken mitgegeben. Aber sie hat die Löffel vergessen.

»Das ist ein Ding!«

Das ist der größte Blödsinn! Er hat den besten Kartoffelsalat und keine Löffel mit. Und es ist so: Natürlich kann man den Kartoffelsalat mit den Fingern oder mit allem möglichen essen – mit einem Lineal, mit einer

Wäscheklammer –, aber das wird alles Krampf, wenn es ein ziemlich suppiger Kartoffelsalat ist.

»Es könnte ja sein, daß sie in dem Kioskwagen da drüben was haben«, sagt Günter.

Ja, das könnte sein, daß sie dort einen Kunststofflöffel haben.

»Die haben aber noch nicht auf«, sage ich.

»Aber da ist doch eine«, sagt der Günter, und er hat recht. Eine Frau in einem weißen Kittel macht die Läden von dem Kioskwagen auf.

»Die wird uns was husten«, sage ich, aber ich gehe zu dem Wagen hin. Günter paßt auf den Kartoffelsalat und unsere Räder auf. Die Bäume haben wirklich noch massenhaft Blätter, wenn es regnen sollte, könnten wir hier bestens sitzen.

Die Frau hat die Läden aufgemacht. Sie ist etwas dick und hat diese Arbeit wohl nicht sehr gern. Die Läden quietschen. Eine Angel ist total verrostet, wenn die nicht geölt wird, wird sie eines Tages absegeln. Und dann: Knall, bumm.

Ein Mädchen wischt mit einem Scheuerlappen die Stufen ab, als ob da ein Thron wäre. Das Mädchen hat wunderbar eichhörnchenbraunes Haar. Immer, wenn es mit dem Lappen an das Ende einer Stufe kommt, streicht es sich die Haare aus der Stirn.Es wird höchstens vierzehn Jahre alt sein, und ich kann nur staunen, daß ein Mädchen in dem Alter solche ausgezeichneten Haare haben kann. Ich bin doch schon oft in Potsdam gewesen. Es sind – man möchte fast sagen – die reinsten Prinzessinnenhaare. Ja, das sind sie.

Die Frau sagt: »Die Löffel reichen nie, die kann ich nicht auch noch verschenken.«

Das glaube ich der Frau gern, daß sie nicht einen von ihren Löffeln verschenkt. Sie hat eine sehr weiße, saubere Schürze um, aber sie hat ein Gesicht, das vor lauter

Unzufriedenheit krank aussieht. »Ihr habt wohl auch nichts anderes zu tun, als in der Gegend herumzufahren?« fragt sie.

Ich müßte dieser Frau jetzt sagen: Ich habe gar kein Interesse daran, daß wir uns duzen, mein liebes Lieschen. Aber es ist ja wahrscheinlich so, daß diese Frau die Mutter des Mädchens ist.

Das Eichhörnchenmädchen wischt immer noch an der Treppe herum. Es hat wunderbar große, kräftige Hände, man denkt: Bärchentatzen. Die Hände sind etwas schneller gewachsen als das Mädchen im ganzen. In ein, zwei Jahren wird alles proportional stimmen. Der Günter winkt. Die Frau kurbelt an einer Markise, die diesen sauberen Kiosk auch noch vor der Sonne schützen soll.

Das Mädchen ist plötzlich fort, und es ist ebenso plötzlich wieder da. Unter dem Scheuerlappen sehen zwei dunkelgrüne Kunststofflöffel hervor. Das Mädchen hat die blauesten Augen, die ich in meinem ganzen Leben gesehen habe. Ich stecke die Löffel ein und tippe mit meinem rechten Zeigefinger vorsichtig die Nase des Mädchens an. Ich sage kein Wort, und dies soll der Dank für das Geschenk sein. Das Mädchen hält die Nase in die Luft, denn genau in diesem Augenblick kommt die Sonne wie ein Prellball aus Gold durch die Wolken. Die Markise quietscht. Bald werden die ersten Bockwürste heißgemacht. Bald werden die ersten Kunden kommen. Das sind die Bürohengste, die erst jetzt zur Arbeit müssen. Und so was kann ein Arbeiter nur dann sehen, wenn er Urlaub hat.

Günter sitzt auf der Bank und sieht zu der großen ägyptischen Säule hin. »Na, hat die Alte die Löffel endlich herausgerückt?«

»Das war gar nicht so einfach«, sage ich.

»Prima, daß du ihr die Dinger aus den Rippen geleiert hast«, sagt er und schraubt nun das Glas auf.

»So schlimm war es nicht«, sage ich.

Wir essen abwechselnd. Die Gurken sind gnurpelig. Die Kartoffeln bestens durchzogen, schon jetzt, am frühen Morgen. Die Zwiebeln knallfrisch. Aber der Kartoffelsalat ist etwas suppig, so daß wir ohne die Löffel nichts hätten machen können. In der Werkstatt brauchten wir solche Dinger nicht. Einen Schlag mit dem Hammer in einen Streifen Blech, fertig ist der Löffel.

»Du, was meinst du?« werde ich von Günter gefragt. »Wer war größer, der Martin Luther oder der Alte Fritz?«

Was soll ich dazu sagen? Der Günter ist satt, nun kommt er mit dieser Frage.

»Der Alte Fritz hat die Kartoffel in Deutschland eingeführt«, sage ich.

»Genau«, sagt Günter. Er findet den Sanssouci-Park prima. Der heißt auf deutsch Ohne-Sorge-Park. Und das ist eine rechtmäßige Bezeichnung. Mitten im Herbst blühen hier massenhaft Blumen, und alles schweigt still. Auch solche wunderbaren Blumenbäumchen. Von weitem denkt man: Aha, er hat sich da Stachelbeerbäumchen pflanzen lassen, aber wenn man näher herankommt, kann man die orangenen und roten Blüten erkennen.

»Du, Günter«, sage ich, »wir haben nicht das Abitur, aber dumm sind wir auch nicht.«

Er lacht. Das macht ihm Spaß.

»Immerhin«, sagt er, »der Martin Luther hat vor Kaiser und Reich gestanden.«

»Obwohl er nichts Besonderes war.«

»Obwohl er gar nichts Besonderes war. Mönchlein, Mönchlein, du gehst einen schweren Gang.«

»Und sie haben ihn überall in den Dörfern und Städten auf seinem Wäglein freundlich empfangen.«

»Genau«, sagt Günter.

»Weißt du«, sage ich, »wenn man es haargenau nimmt, der Martin Luther ist ein Arbeiterkind gewesen.«

»Ein Facharbeiterkind. Mit Sicherheit. Was denn sonst?« fragt Günter laut in diesen Park hinein. »Was denn sonst? Haargenau: Er war ein Arbeiterkind. Sein Vater hat im Bergbau geschuftet, wie sie zu allen Zeiten im Bergbau geschuftet haben. Der Luther wußte Bescheid. Er kannte das Volk. Er konnte dem Kaiser was erzählen.«

Ja, das konnte er. Wenn wir erst in der Gewerkschaft sind, werden wir auch in den Versammlungen frei unsere Meinung sagen.

»Du«, sage ich zu Günter, »wenn wir in der Gewerkschaft sind, dann werde ich erklären: Es ist höchste Zeit, daß sie die Duschen im Dynamo-Werk reparieren und daß sie das Schwimmbad wieder freigeben.«

»Das wird auch höchste Zeit«, sagt Günter.

Die Sonne ist noch nicht von den Wolken vertrieben. Drüben beim Kiosk werden nun die ersten Würste verkauft. Das Mädchen ist verschwunden. Im Park glänzt eine Kuppel auf. Wind befreite sie von den Zweigen. Die Kuppel liegt wahrscheinlich über dem Haus, in dem der Alte Fritz seine Bilder aufbewahrt hat. Wir werden jetzt nicht dorthin gehen. Aber an so einer Kuppel kann man den Morgenstrahl erkennen.

Wir fahren schon. Das ist hier natürlich verboten. Wir sind gar nicht müde von den bisherigen drei Stunden. Das Mädchen steht in der Tür und winkt. Ich winke zurück.

»Die Kleine ist süß«, sagt Günter, »aber sie ist noch ein Kind.«

Er hat keine Ahnung. Er hat nicht ihre erwachsenen Hände gesehen. Das ist hier ein Weg mit einer total funkelnden, goldenen Sonne. Stundenlang könnten wir den fahren.

Der Küster fragt uns, ob wir auch noch auf den Turm wollen. Das wollen wir heute nicht. Der Küster heißt Lehmann und spricht von dem Luther, als ob er täglich mit ihm gefrühstückt hätte. Der Küster Lehmann sieht wie ein gelehrter Doktor aus, der Luther wie ein Handwerksgesell, dem sie einen Talar angezogen haben. Aber zu seiner Zeit ist das ein Reisemantel gewesen. Nur auf dem Junker-Jörg-Bild sieht der Luther total anders aus. Aber wer weiß, ob sie das Junker-Jörg-Bild nicht auch deshalb so gezeichnet haben, damit die Feinde ihn nicht wiedererkennen.

»Ich staune, daß ihr das von Berlin bis hierher so schnell geschafft habt«, sagt Herr Lehmann. »Aber sie kommen ja aus aller Welt. Sie kommen auch aus Westdeutschland und aus Dänemark. Aus Kanada sind zwei gekommen.« Herr Lehmann freut sich, weil ihm die Kanadier ein vergoldetes Ahornblatt geschenkt haben. Er hätte ihnen gern ein vergoldetes Eichenblatt von der Luthereiche geschenkt, aber das darf nicht hergestellt werden. Die Kanadier haben sich je ein Laubblatt mitgenommen. Da, wo die Eiche steht, sagte der Luther: »Weil du die Wahrheit Gottes verstört hast, zerstöre dich dieses Feuer!« Und er warf die Bannbulle in die Flammen. Die Studenten waren begeistert. Sie liefen mit Fackeln durch die Stadt. Die Professoren waren erschrocken. Luther war ernst.

Wir sind müde. Wir müssen ein Quartier finden. Der Küster will uns sein goldenes Ahornblatt schenken. Wir nehmen es nicht an. Das wäre was für Ursula gewesen. Grau und regnerisch ist es. Bald wird es dunkel sein. Diese Stadt Wittenberg sieht unheimlich grau aus.

In das Pfarrhaus werden wir gehen. Der Pfarrer ist sicher ein oberer, aber das soll uns nicht stören. Mit dem Fahrrad sind wir in diese Stadt zu einer Besichtigung gekommen. Wir stellen die Fahrräder gegeneinander vor die Lutherkirche. Nein, an die Kirchenwand werden wir sie nicht lehnen. Wir gehen über das Kopfsteinpflaster. Kleine Steine dicht an dicht. Regenfeucht schimmern sie. Wir sind müde. Neben jeder Kirche ist ein Pfarrhaus. Das ist auch hier so.

Wir wissen: Der Martin Luther hat in diesem Haus nicht gewohnt. Der Martin Luther hat in dem Augustiner-Kloster gewohnt. Das werden wir morgen sehen. Das Zimmer mit dem Tintenfaß ist aber auf der Wartburg. In dem Augustiner-Kloster ist das Zimmer mit dem Römerbrief.

In dem Pfarrhaus wohnt ein Superintendent. Es ist klar, daß sie hier in Wittenberg einen Superintendenten haben.

»Du«, sage ich zu Günter, »hier in Wittenberg sollten sie eigentlich einen Bischof haben, wenn wir schon Bischöfe haben.«

»Du hast recht«, sagt Günter. Er klingelt.

»Aber dem Luther wäre das vielleicht auch nicht wichtig.«

Ich schaue mir die abgegriffene Türklinke an. Die ist ausgeleiert. Die sollten sie neu versplinten.

»Der Luther war sein eigener Bischof«, sagt Günter. Er hat geklingelt, aber es kommt niemand.

»Vielleicht hast du nicht genug Saft gegeben?«

Er drückt noch einmal. Jetzt hören wir die Klingel deutlich. Laut hallt sie durch das Haus. Hinter der Tür muß ein großer Flur sein, so hallt das. Schritte werden hörbar. Männerschritte sind das. Die Tür geht auf. Der Superintendent steht vor uns.

»Entschuldigen Sie bitte, wir sind zwei Mann aus einem Jugendkreis im Norden von Berlin. Wir sind hierher gekommen, um die Lutherstätten zu besichtigen.«

Der Superintendent sieht uns an. Es muß der Superintendent sein. Er hat ein weißes Hemd an und einen schwarzen Schlips umgebunden. Er sieht wie ein Ingenieur aus, der Trauer hat. In den grauen Anzugstoff sind lauter schwarze Punkte hineingewebt. Sie müssen ja immer etwas Dunkles tragen.

»Wir wollten nur fragen, ob wir vielleicht hier irgendwo übernachten können. Morgen nachmittag sind wir mit der Besichtigung fertig.«

Der Superintendent sieht uns weiterhin genau an. Er hat seine Hand auf die Türklinke gelegt, die wackelt auch von innen. Aber sie ist aus Messing.

»Wir haben die Besichtigung heute nicht geschafft«, sage ich. »Wir möchten uns morgen das Augustiner-Kloster ansehen. Vielleicht wissen Sie ein Quartier für uns beide?«

»Ja«, sagt der Superintendent, »meine Frau ist im Augenblick nicht da.« Der Mann hat ein Gesicht, das ein wenig wie das von Herrn Huckwitz aussieht. Seine Haut sieht jedenfalls wie die von Herrn Huckwitz aus. »Kommen Sie bitte herein«, sagt er.

»Sie können ruhig du zu uns sagen«, sage ich. Denn es ist ja so: Wenn wir auch Lehrlinge im letzten Lehrjahr sind, wir werden von jedem geduzt. Man kommt sich komisch vor, wenn man nicht geduzt wird. Der Luther hätte garantiert du zu uns gesagt.

Nun gehen wir langsam durch einen hohen, dunklen Flur. Schwarze Deckenbalken sorgen dafür, daß dieses alte Haus nicht zusammenkracht. Schwarze Deckenbalken sind im Arbeitszimmer. Da sitzen wir auf binsengeflochtenen Stühlen. Der Superintendent entschuldigt sich, er muß an seinem Schreibtisch arbeiten. Seine Haare sind straff nach hinten gebürstet. Sein Kragen ist am Hals abgeschurgelt. In etwa dreißig Meter Entfernung – Luftlinie – steht die Lutherkanzel. Ein Superintendent in Wittenberg müßte eigentlich eine frohe Haut haben. Nicht so porig-gelblich. Nicht soviel in diesem dunklen Zimmer gesessen. Sich neben das Lutherdenkmal gestellt und mit den Leuten geredet. Bücher hat er massenhaft. Eins heißt »Große Heilige«, ein anderes »Karl Barth, Die Dogmatik«. Mindestens zehn Bücher heißen so. Die Bücher von Martin Luther sind die größten. Sie sind in Leder gebunden.

Er schreibt. Wir denken, er könnte sich doch ein wenig freuen, daß wir extra wegen dieser Besichtigung aus Berlin hierher gekommen sind. Ab Potsdam eine Idiotenchaussee nach der anderen. Massenhaft Fernverkehr. Kiefern, Birken und Sand. Dann Zuckerrübenfelder ohne Ende.

»Ja«, sagt er. »Meine Frau wird gleich kommen.«

»Siehst du«, flüstert der Günter mir zu, »nun sind wir auch hier, und deine dämliche Ulla sind wir los.«

Ich aber muß an ein Bild aus Bayern denken. Die Mädchen tanzen, die Jungen klatschen. Unter dem Bild steht: Unverdorbene Jugend unter den klaren Bergen. Die Mädchen haben alle den Haarkranz, den Ursula damals hatte. Eine winzige Hakenkreuzfahne ist auf einem Häuschen zu erkennen. Das gehört der Sennerin. Die Mädchen tanzen untergehakt.

Mich haben die leicht nach außen gebogenen Beine nicht gestört. Mich wahrhaftig nicht. Ich hätte sie geheiratet, auch wenn sie ein verkürztes Bein gehabt hätte. Mädchen mit verkürzten Beinen möchten genauso gern heiraten wie andere und haben genau solche Liebessehnsucht. Aber der Pips hätte sie dann nicht geheiratet, dann garantiert nicht.

Nie wieder hat einer auch nur ein Wort von ihren Beinen zu sagen gewagt. Da, mein Bürschchen, flog dein Kopf gegen den Abkündigungskasten vor der Kirche. Da, mein Bürschchen, ist dein albernes Grinsen für immer fort. Unten geht die Tür auf.

Vor Jahren habe ich einen Film gesehen: Der Inder küßte den Stein. Wer hat damals an Beine gedacht? Nur der Walkowiak rief: Du bist befruchtet, du bist befruchtet! Der Jungzugführer hat es ihm verboten. Keine Inderin könnte heiraten, wenn die Beine das Entscheidende wären, denn die sind verhüllt unter den wunderbaren Gewändern.

Nun geht auch in unserer Nähe eine Tür auf. Der Superintendent schiebt seinen Stuhl zurück und geht seiner Frau entgegen. Auf dem Flur sprechen sie.

»Im nächsten Jahr kaufen wir uns ein Zelt«, sagt Günter. Wer weiß, wo wir dann sind?

Die beiden kommen in das Zimmer. Wir stehen auf. Die Haare der Frau des Superintendenten sind weiß. Sie gibt uns die Hand. Sie lacht. »Selbstverständlich können Sie beide bei uns übernachten.«

»Wir möchten ja nur eine Nacht bleiben«, sagt Günter.

»Wir haben die Besichtigung nicht ganz geschafft«, sage ich.

»Das sollen Sie doch auch nicht«, sagt der Superintendent und sieht seine Frau mit vergnügten Augen an. Das ist doch klar, daß die beiden weiße Haare haben, sie haben die Nazizeit hinter sich. Und die war für sie nicht leicht. Der Führer hätte von ihnen lernen müssen. Er hat das Gegenteil gemacht.

»Selbstverständlich können Sie bei uns bleiben.«

Ich darf in dem Zimmer des Sohnes wohnen, der in Dresden an einer Technischen Hochschule studiert. In dem Zimmer ist ein großes Einstein-Bild. Günter schläft in einem Gästezimmer. Die Frau des Superintendenten zeigt uns das. An einem Haken hängt ein sauberes Handtuch. Über dem Haken ist ein kleines Schild angebracht: »Für den Gast«.

»Haben Sie denn auf uns gewartet?« frage ich die Frau des Superintendenten.

»Vielleicht ja«, sagt sie und lacht.

Sie lacht echt. Sie ist garantiert zufrieden, daß sie für ihren Mann und die anderen Menschen sorgen kann. Das ist auch bei der Mutter so. Wir sollen gleich zum Abendbrot kommen. Das wollen wir nicht annehmen. Aber es wird uns gesagt: »Wir müssen doch nicht mehr hungern. Wir zählen uns doch nicht die Brotkrumen in den Mund, oder?«

»Nein, das gewiß nicht. Das gewiß nicht.«

Wir aber haben eine westliche Wurst ohne Etikett in östlichem Papier in meiner Tasche. Die Frau des Superintendenten will die Wurst nicht zerteilen. Nur der Superintendent darf sich ein Stückchen nehmen. Sie bietet uns von ihrem Weißkäse an, der ist mit Leinöl gemacht, und etwas frische Wurst hat sie auch. In der ist unheimlich viel echtes Blut drin, sie ist knallrot.

»Das ist ja so eine Art Blutwurst«, sagt Günter.

»Ja. Hier nennt man das frische Wurst«, sagt der Superintendent, »aber ich frage mich manchmal, ob Martin Luther sie gegessen haben dürfte.«

»Mit Sicherheit nicht«, sagt seine Frau.

»Die hätte ihm seine Käthe wohl nicht vorgesetzt«, sagt der Günter.

»Sie sind angenehm ehrlich«, sagt der Superintendent, und Günter schneidet ihm eine Doppelscheibe von unserer Wurst ab. Seine Frau muß auch eine Scheibe annehmen. Wir haben ziemlichen Hunger. Wir haben diese Wurst mit unserer eigenen Hände Arbeit verdient, auch wenn sie hundertmal westlich ist. Wir werden sie an diesem Abend hier miteinander aufessen. Wir sind total müde. Aber eigentlich möchten wir noch stundenlang aufbleiben. Vielleicht wird uns der Superintendent von damals erzählen. Von einem wissen wir, der verweigerte jede Beerdigung, wenn sie neben dem Sarg ihre Fahne entfalten wollten.

»Ja«, sagt Günter, »nun hast du es doch nach Wittenberg geschafft.«

»Eine Wette?« fragt der Superintendent.

»Eine Wette nicht unbedingt«, sage ich, »ein Versprechen. Das hat sich erledigt. Ich wollte einem Mädchen Deutschland zeigen, und mit Wittenberg wollten wir anfangen, dann nach Weimar, dann nach Dresden.«

»Eine gute Sache. Alles mit dem Fahrrad?«

»Ja«, sage ich.

»Sie fährt mit dem Auto«, sagt Günter. »Sie ist neuerdings mit einem Auto unterwegs.«

Die beiden sagen nichts dazu.

Draußen vor dem Fenster steht ein Baum still. Das ist eine Linde. Die Blätter sind regenfeucht. Sie verdunkeln das Zimmer.

»Ich möchte am liebsten noch einmal das Meer sehen«, sagt die Frau des Superintendenten.

»Ja«, sage ich, »das Meer.« Ich lege den Stein auf den Tisch.

»Bernstein«, sagt sie.

»Ja«, sage ich.

»Bitte, das Licht«, sagt sie zu ihrem Mann. Der steht auf und geht nicht zum Schalter. Er holt einen Leuchter mit einer weißen Kerze und stellt ihn vor uns hin.

»Das ist ja eine erstklassige Kerze«, sagt Günter und reicht ihm die Streichhölzchen.

»Es ist ein Kerzenrest vom Altar«, sagt der Superintendent. »Danke«, sagt er zu Günter und zündet die Kerze an. Sofort leuchtet der Stein.

Sie sagen nichts und schauen.

Die Kerze brennt ruhig.

»Aus meiner Heimat«, sage ich. »Auf den Strand geworfen.«

»Ein Edelstein«, sagt die Frau.

»Und nicht ganz billig«, sagt Günter.

»Darf ich?« fragt der Superintendent und sieht zu mir hin.

»Bitte«, sage ich.

Er nimmt den Stein und läßt ihn von dem Licht durchstrahlen.

»Da sind auch noch andere Farben«, sagt seine Frau.

»Das Dunkle ist das Blut«, sage ich, »und das Klare, das ist der Schweiß, der von der Arbeit kommt.«

»Die reine Mythologie.« Der Superintendent lächelt, aber er will noch mehr davon hören.

»Die Fischer haben es erzählt«, sage ich.

»Wie gut, daß du die Kerze geholt hast«, sagt die Frau, »ohne sie würden wir nichts erkennen.«

»Vorsicht«, sagt der Günter. »Wir haben einen blinden Arbeiter im Werk, er sitzt in der Fräserei, der versteht den Stein auch. Er streichelt ihn.«

»Was der da wohl versteht?« fragt der Superintendent.

»Das weiß ich auch nicht«, sage ich.

Nachts liege ich noch wach. Auf dem Nachttisch neben mir liegt der Stein. Wir warten auf den Schlaf. Müde bin ich. Ich möchte niemals ein Gesicht haben, das so traurig wie das des Superintendenten ist. Nur wenn er seine Frau ansieht, lacht er. Und er wohnt hundert Meter von der Lutherkanzel entfernt. »Ich muß dir sagen, daß du sehr schöne Haare hast«, das hätte ich dem Eichhörnchenmädchen sagen sollen. Meine Arme riechen noch etwas nach Schweiß, das könnte auch von einem Scheuerlappen kommen. Sie wischt und wischt. Sie streichelt mich mit ihren großen Händen. Die sind bestimmt weich. Und in ihre Augen werde ich sehen. Die Kuppel des Schlosses leuchtet. Alles ist von Gold durchschienen.

CHRISTINE BRÜCKNER
OTTO HEINRICH KÜHNER

Erfahren und erwandert

Feuilletonistisches, Literarisches, Lyrisches – dieses Buch ist das Ergebnis der Reise- und Lebenserfahrungen, die Christine Brückner und Otto Heinrich Kühner zusammen, aber auch jeder für sich in drei Jahrzehnten gemacht haben.

PROPYLÄEN

CHRISTINE BRÜCKNER

Jauche und Levkojen

Roman

Nirgendwo ist Poenichen

Roman

»Es gibt nicht viele deutsche Beispiele für diese gleichsam zeitlose Erzählkunst. Ein ganzes Zeitalter und seine Gesellschaftsverhältnisse werden besichtigt – mit der richtigen Mischung von Geist, Herz und Sinnlichkeit.«

Joachim Günther

ULLSTEIN

CIP-Kurztitelaufnahme der Deutschen Bibliothek

Pruszak, Hans-Joachim:
Bernsteinweg / H. Joachim Pruszak. – Berlin;
Frankfurt/M; Wien: Ullstein, 1983.
ISBN 3-550-06477-2